KB058908

엄한 여자 상사가
고등학생으로
돌아갔더니
내게 호감을
보이는 이유

Why is my strict boss melted by me ?

2

네?

"비와는
나나노스케가
마음에 들었거든."

"딱히, 카미조 토우카하고는 상관없거든! 잠깐, 나나노스케! 너무 달라붙은 거 아니야?"

"뭐야, 뭐야, 둘이서 사이좋게 이야기 중?"

사콘지
비와코

Biwako
Sakonji

시모노 나나야

Nanaya Shimono

Character

나카츠가와 나오
Nao Nakatsugawa

카미조 토우카
Toka Kamijo

타도코로 오니키치
Onikichi Tadokoro

시모노 코후유
Kofuyu Shimono

Contents

WHY IS MY STRICT BOSS MELTED
BY ME ?

Illustrations copyright © YOM

엄한 여자 상사가 고등학생으로 돌아갔더니
내게 호감을 보이는 이유 2
~서로 짝사랑하는 사람들이
처음부터 다시 시작하는 고등학생 생활~

토쿠야마 긴지로

커버, 삽화, 본문 일러스트
요무

── ▌ 프롤로그

"잔업은 아직 안 끝났어?"

"죄, 죄송합니다! 이제 금방 끝나요!"

창밖이 완전히 어두워진 밤, 사무실.

나, 시모노 나나야는 잔뜩 밀린 잔업을 처리하고 있었다.

퇴근 시간이 훨씬 지나 조용한 사무실에 남아있는 사람은 두 명.

책상 앞에서 필사적으로 키보드를 두드리고 있는 일반 사원인 나와…….

엄한 여자 상사, 카미조 토우카 과장님이다.

과장님은 내 바로 뒤에서 마치 간수처럼 나를 감시하고 있다. 복사기에 기대고 있는 그녀의 날씬한 허리 라인은 그대로 타이츠에 감싸인 예쁜 다리로 이어진다. 섹시하다.

모델처럼 완벽한 몸매. 그리고 아이돌처럼 작은 얼굴에 단정한 이목구비. 길고 윤기있는 검은 머리카락에서는 달콤하고 요염한 향기를 풍기고 있다.

그렇다, 내 여자 상사는 엄청난 미인이다.

"정말, 얼른 하라고."

하지만 아무리 미인이라 해도 상사는 상사다. 그녀가 내뿜고 있는 압박감 때문에 나는 등에 식은땀을 흘리며 엑셀과 격투를 벌였다. 안 그래도 사무 작업은 잘하지 못하는 편인데 과장님이

3

딱 붙어 있으니 긴장해서 작업 속도가 더 느려졌다.

과장님은 뭔가 생각하는 듯이 이쪽을 빤히 보고 있었다.

표정이 전혀 바뀌지 않는 그녀는 대체 무슨 생각을 하고 있는 걸까. 이 녀석 때문에 막차를 못 타겠네, 같은 생각을 하고 있는 걸까. 아니, 그런데 과장님은 회사 근처에 사니까 전철을 타진 않을 텐데.

그렇다고 해서 한없이 잔업하는 걸 지켜보게 할 수는 없다. 관리직이기 때문에 부하가 모두 집에 갈 때까지 남아 있는 상사의 귀감. 엄한 구석도 있긴 하지만, 그녀는 부하들을 잘 챙겨준다.

"조금만 더 기다려 주세요."

초조해하면서 과장님에게 말하자 대답이 돌아왔다.

"막차가 끊겨버린다고. 시계 좀 봐."

나는 벽에 걸린 시계를 보았다.

이미 12시가 지났다.

"어라? 이상하네. 잔업을 그렇게 오래 했나?"

내 감각으로는 아직 퇴근 시간 이후로 두 시간도 안 지난 것 같은데…….

긴장해서 생체시계가 이상해져 버린 건가? 이런 시간에 나가면 막차를 탈 수가 없는데.

"무슨 잠꼬대 같은 소릴 하는 거야. 이제 됐어, 오늘은 여기까지. 퇴근하자, 시모노 군."

과장님은 그렇게 말하고는 컴퓨터 전원 버튼을 직접 손가락으로 눌렀다.

"과, 과장님, 뭐 하시는 거예요! 그렇게 전원을 억지로 끄면——."

그런 말이 입 밖으로 나온 건지 나오지 않은 건지 애매한 채로 컴퓨터 화면과 함께 내 시야가 후욱, 까맣게 물들었다.

무슨 일이 일어난 건지 이해하기도 전에 정신을 차려보니 나는 침대 위에 앉아 있었다. 깨끗한 느낌이 드는 예쁜 침대다. 향수를 뿌린 것처럼 좋은 향기가 났다.

주위를 둘러보니 아파트의 어떤 방이었다. 생활감이 있는 걸 보니 아마 누군가가 살고 있는 것 같다.

침대 건너편에는 방의 출입구인 문이 있었다. 그 너머에서 물이 튀기는 소리가 살짝 들렸다.

쏴아~, 문 너머에서 불규칙적으로 들린다.

나는 여기가 누구의 방인지, 신기하게도 알고 있었다.

조심조심 침대에서 일어나 문을 열었다. 곧바로 소리를 따라 복도를 나아가 세면실 문을 열었다.

안쪽에는 욕실.

유리 너머로 S자를 그리는 예쁜 여자의 실루엣이 비치고 있었다.

내 심장이 쿵쿵, 크게 뛰기 시작했다.

"시모노 군?"

샤워기 소리와 함께 달콤한 목소리가 들렸다.

목소리가 울려서 그런지 더 요염하게 들렸다.

"과, 과장님? 저기, 제가 왜 과장님 집에……?"

"무슨 소릴 하는 거야……, 이제 와서. 그건 그렇고, 같이 씻

5

을래?"

"?!"

나는 견딜 수가 없어서 빠른 걸음으로 침대가 있는 방으로 돌아왔다.

손에서 땀이 엄청나게 솟구쳤다.

뭐야. 대체 뭐냐고, 이 상황. 대체 뭐가 어떻게 된 거야.

나는 비틀거리면서도 겨우 제정신을 유지하며 다시 침대에 앉았다.

이건, 그러니까, 그런 건가?

어째서 내가 과장님 방에 있는 건지는 모르겠다. 잔업 이후의 기억이 날아가 버렸다. 하지만, 그런 건 아무래도 상관없다.

이건 그러니까…….

외박인가———?

내가 여기서 첫 경험을……, 좋아하는 여자하고…….

혼란스러운 마음과 기대하는 마음이 소용돌이치는 와중에 끼익, 밸브를 잠그는 소리가 울렸다.

이제 심장이 터져버릴 것 같다.

방문이 천천히 열렸다.

열린 문 너머에는 머리카락이 젖은 카미조 토우카가 목욕 타월만 걸친 채 서 있었다. 방 안에 샴푸와 그녀의 달콤한 향기가 증기로 변해 단숨에 가득 찼다.

손이 떨린다. 너무 예뻐서 온몸의 감각이 마비되기 시작했다.

하지만 과장님은 그런 나를 아랑곳하지 않고 천천히 이쪽으로 다가왔다.

그리고 아직 마르지 않은 손바닥이 내 어깨를 살며시 툭, 밀쳤다.

나는 눈 깜짝할 사이에 침대에 눕게 되었다.

그러자 과장님이 내 몸 위에 몸을 겹쳤다.

"시모노 군……."

"과, 과장님……."

"……괜찮지?"

내 귀에 과장님의 숨결이 닿았다.

탄력 있고 부드러운 피부가 내 몸에 딱 달라붙었다. 정말 뜨겁다. 과장님의 체온이 느껴진다.

타월 너머로 느껴지는 과장님의 봉긋한 가슴. 달라붙는 허벅지.

아, 이게 첫 경험. 이게 행복이라는 건가.

"네. 저도 계속 과장님을 좋아했거든요."

나는 과장님의 질문에 그렇게 대답했다.

"어?"

그녀가 이쪽을 보았다. 정말 의아하다는 듯이———. 의아하다는 듯이?

"왜 그러세요? 과장님."

"좋아한다고……?"

"……네, 네?"

"난 딱히 시모노 군을 좋아하지 않는데."

"네, 네, 네, 네, 네?"

"동생 같은 느낌으로만 보고 있거든?"

"네, 네, 네, 네, 네, 네, 네, 네, 네?"

"그래도 난 귀여운 연하가 좋아. 나미키 군도, 키시마 군도, 마에시마도. 다들 귀엽고———, 맛있었어."

"네에에에에에에에에에에에에에에에에?! 네? 네? 아니, 마에시마도?!"

"시모노 군도, 괜찮지? 먹어버려도."

"으아아아아아아아아아아아아아아아아!"

"이런 건 내 과장님이 아니야!!"

나는 소리를 지르며 내 방 침대에서 눈을 떴다.

정신을 차리고 보니 나는 울고 있었다.

젠장, 꿈인가……, 으으, 꿈이라 다행이다.

인생 사상 최악의 꿈이다. 거의 트라우마 감이다.

나는 눈물을 닦으며 심호흡을 했다.

깨어나서 생각해보니 있을 수 없는 일만 연달아 일어났다.

아니, 사무실에 있는 시점에서 꿈이라는 걸 깨달았어야 했다.

왜냐하면 지금 나는, 스물일곱 살 회사원이 아니라———.

열여섯 살 고등학생이니까.

카미조 토우카의
모닝 루틴

타임 리프 이후 평일편

AM 05:30	기상 & 양치질
AM 05:35	부엌에서 핫 밀크를 타서 컵을 들고 방으로 돌아온다
AM 05:40	책상에 앉아 예습 시작
AM 06:30	가볍게 샤워 & 몸무게 체크(어플이 없기 때문에 노트에 적어둔다)
AM 06:45	타월로 몸을 두른 채 세안 & 스킨 케어 후 드라이
AM 07:00	일어난 오빠 유이토와 함께 아침 식사 & TV로 뉴스 체크
AM 07:30	10분 동안 독서(나나야가 좋아할 것 같은 라이트노벨이나 만화 공부)
AM 07:40	헤어스타일링
AM 08:00	등교 시작
AM 08:10	일부러 멀리 돌아가 나나야의 등굣길에 잠복한다
AM 08:15	우연을 가장해서 등교 중인 나나야와 접촉(요일에 따라 접촉하는 장소를 바꾼다)
AM 08:30	전날에 준비했던 소재로 나나야에게 머신건 토크
AM 08:31	머신건 토크가 너무 지나쳐서 나나야에게 태클을 당한다
AM 08:32	태클을 거는 나나야도 귀엽다고 생각하며 마음속으로 히죽거린다
AM 08:33	실제로도 히죽거리고 있었는지 나나야에게 태클을 당한다
AM 08:35	학교 도착

제1장 ▍ 고등학생은 여름방학이 길다

Why is
my strict
boss
melted
by
me ?

고등학생으로 돌아온 지 두 달이 지났다.

모교인 아마쿠사 미나미 고등학교의 교문을 지나자 시끄러울 정도로 유지매미의 울음소리가 울려퍼졌다.

7월———, 계절은 여름이다.

나, 시모노 나나야는 보잘것없는 스물일곱 살 회사원이었다. 일을 할 때 실수도 잦았고, 주임으로 승진도 못하던 일반 사원.

그런 내가 어쩌다 보니 11년 전으로 타임 리프해서 두 번째 고등학교 생활을 보내고 있다. 열여섯 살에 1학년. 그야말로 고등학교 시절 3년을 통째로 만끽할 수 있는 나이다.

타임 리프를 한 원인은 신기한 신사에서 '좋아하는 사람과의 만남을 다시 처음부터 시작하고 싶다'고 소원을 빌었기 때문이다.

좋아하는 사람이란 스물여덟 살 나이에 과장까지 올라갈 정도로 실력이 매우 뛰어난 여자 상사, 카미조 토우카다. 그녀는 일을 매우 열심히 하고 연애에는 전혀 흥미가 없는 데다 엄격한 여자다. 부하인 내가 그녀에게 다가가는 건 불가능할 거라고 생각하며 포기하고 있었다.

하지만 다행히도 그녀와는 같은 고등학교 출신이다. 신기한 신사 덕분에 고등학교 시절로 타임 리프한 나는 후회되는 걸 처음부터 다시 시작할 수 있는 기회를 얻었다. 상사가 되어버린 카미조 토우카를 함락시키는 건 불가능하겠지만, 접점이 없는 고등학교 시절의 그녀라면 아직 기회가 있을 것이다. 게다가 나는 11년 동안 인생 경험을 쌓은 치트 능력도 가지고 있다.

어른의 매력으로 고등학생인 카미조 토우카를 함락시켜주지. 그렇게 생각하고 있었는데…….

"나나야 군~!"

지긋지긋한 더위를 단숨에 날려버릴 정도로 시원스러운 느낌이 흘러넘치는 목소리가 내 뒤에서 울려 퍼졌다.

하얀 피부와 까만 머리카락의 우아한 대비를 산뜻해 보이는 하복이 아름답게 장식해주고 있었다.

교내 제일이라 해도 과언이 아닐 미소녀, 카미조 토우카(열일곱 살)가 내 앞에 나타났다.

"과장님, 좋은 아침이에요."

"학교에서 과장님이라고 부르지 마!"

외모만 보면 카미조 토우카(열일곱 살)이지만, 그녀의 알맹이는 카미조 토우카(스물여덟 살). 그렇다. 내가 잘 알고 있는 **상사**인 과장님도 신기한 신사의 영향으로 인해 함께 타임 리프한 것이다.

크읔, 과장님도 함께 타임 리프를 한 거면 어른의 매력 같은 게 통할 리가 없잖아. 타임 리프 하기 전에 부하와 상사였던 관계가 전혀 변하질 않았으니까!

아니, 한 가지 바뀐 게 있긴 하다.

"오늘은 드디어 종업식이야, 나나야 군!"

과장님이 찰싹, 내 팔에 그녀의 하얀 피부를 밀착시켰다. 안 그래도 더위 때문에 올라간 상태였던 내 체온이 급상승했다.

왠지 모르겠지만 타임 리프를 한 이후로 과장님이 내게 호감을 보이고 있다. 이유는 모르겠지만, 연애 경험이 없는 동정인 내가 이런 상황을 견딜 수는 없다. 그렇기 때문에.

"과장님, 더워요. 여름이거든요?"

"그런데? 더운 건 여름이기 때문이지 나 때문이 아니잖아?"

얼마 전까지는 내가 이렇게 츤데레처럼 태클을 걸면 금방 화를 내던 과장님도 요즘은 끈질기게 물고 늘어지기 시작했다. 이건 고등학교 시절로 돌아온 걸 계기로 과장님과 친해지기 시작한 증거인 건지, 아니면 남동생 같은 위치가 고정되기 시작한 징조인 건지.

여심에 둔한 나는 이 수수께끼를 풀 수가 없다.

"그건 그렇고 나나야 군은 여름방학 일정 정해졌어?"

"여름방학 일정요? 원래 여름방학에 일정을 짜야 하는 거였나요? 일도 안 하고 학교에도 안 가니까 그냥 쉬는 거 아닌가요?"

"너도 참……, 지금 우리는 고등학생이거든? 알겠어? 고등학생의 여름방학이 얼마나 긴 줄 알아? 회사와는 전혀 다르다고. 오봉 연휴 닷새 정도로 끝나는 게 아니야. 아무런 생각도 없이 허무하게 한 달을 보낼 셈이니?"

"이야기를 듣고 보니 그렇네요. 그렇구나……, 고등학생의 여름방학은 길구나. 사회인은 그렇게 오래 쉬는 걸 상상도 못 하니까. 대학교 이후로 첫 바캉스라……, 우오~! 왠지 신이 나네!"

"아니, 사회인이라도 보통 오봉 연휴 때는 일정을 짜곤 할 텐데."

"겨우 닷새 정도밖에 안 되는데 일정 같은 걸 짤 필요가 있나요? 귀성하고, 성묘하고, 수박을 먹다가 정신을 차리고 보면 책상 앞이잖아요. 그 순간이 인생에서 제일 괴롭지……."

떠올리고 싶지 않은 과거로군. 아니, 미래인가?

"귀성하면 친가로 가는 거지? 지금 이 시대에 다니는 고등학교 친구들 중에 11년 뒤에도 고향에 남아 있는 애들도 많을 테고……, 오봉 연휴 때 만나서 놀 친구 없어? 저, 저기, 같은 반이었던 여자애라든지."

"없어요. 소꿉친구인 나오조차 졸업한 뒤에는 해외로 가버려서 소원해졌다고 말씀드렸잖아요."

"그렇구나~. 그렇지~. 나나야 군은 여자애를 대하는 게 서투르니까~. 있을 리가 없겠네~."

이 사람 뭐지? 엄청나게 도발하시는데. 엄청나게 활짝 웃으면서 도발하시는데. 회사에서 관리직들을 위한 갑질 교육이라도 받았나? 아니면 지금은 회사원이 아니라 마음껏 갑질을 할 수 있다는 건가? 어? 이 사람 뭐지? 엄청 열받는데.

"네, 네, 어차피 저는 오봉이든 설날이든 골든 위크든 친가에서 지내는 쓸쓸한 회사원이라고요."

"그러니까 지금은 회사원이 아니라 고등학생이잖아. 진짜, 나나야 군은 어쩔 수 없네. 그럼 토우카 누나가 나나야 군을 위해서 여름방학 계획을 짜 줄게."

"어, 무서운데. 그러지 마세요 과장님. 고등학생으로 돌아와서까지 휴일 출근하고 싶진 않다고요. 여름방학 정도는 놀게 해 주세요."

"어째서 당신은 그렇게 안 좋게만 받아들이는 건데! 여름방학이니까 당연히 놀 계획이지!"

과장님은 그렇게 말하면서 가슴 앞으로 팔짱을 꼈다. 딱 좋은 크기의 가슴이 그 팔에 얹히는 스타일. 이른바 가슴 갑질이다. 나만 그렇게 부르지만.

"설마 과장님 입에서 논다는 말이 나올 줄이야……."

"저기, 잠깐만, 당신 마음속에서 내 이미지는 대체 어떻게 되어 있는 거야?"

"일만 하는 사람."

가방으로 허벅지를 맞았다.

"당신 진짜, 고등학생으로 돌아온 이후로 아무렇지도 않게 내 험담을 하게 되었네."

"무슨 소릴 하시는 거예요! 칭찬이잖아요!"

"어디가 칭찬이야! 일만 하는 사람이라고 완전히 바보 취급하는 거잖아!"

"어째서요! 일만 하는 사람의 반대말을 생각해 보세요. 놀기만 하는 사람이죠? 놀기만 하는 사람이라고 하면 기쁘신가요? 오히려 그게 험담이죠."

"뭐, 놀기만 하는 사람은 좀 그렇긴 하지."

"보세요. 그럼 반대말인 일만 하는 사람은 칭찬 아닌가요?"

"그런가……는 무슨! 바보야!"

자그마한 손으로 주먹을 쥐고 들어 올리는 과장님.

그러던 와중에 우리는 출입구에 도착했다. 신발장 위치가 학년마다 다르기 때문에 나는 과장님에게 고개를 꾸벅 숙여서 인사했다.

"그럼, 고생 많으셨습니다, 과장님."

"학교에서 고생 많다고 하지 마!"

"죄송합니다, 버릇이라 무심코."

"두 달이나 지났는데 안 고쳐지는 버릇이라니, 일부러 그러는 거잖아!"

"에헤헷."

"둘러대지 마!"

시모노 소년은 요즘 과장님을 화나게 하는 것도 나쁘지 않다는 걸 깨달았다. 그렇게 까불대던 내게 과장님이 집게손가락을 들이대며 계속 말했다.

"아무튼. 내일, 여름방학 계획을 세울 거니까 역 앞 햄버거 가게에 집합이야. 알겠어? 이건 업무 명령이니까!"

"상사의 압력! 자기한테 유리할 때만 이래! 알겠어요. 업무 명령이라면 따라야죠. 저는 과장님의 직속 부하니까요."

"좋아!"

만족스러운 듯한 미소를 지으며 과장님은 2학년 신발장 쪽으로 사라졌다. 내가 이런 말을 하긴 좀 그렇지만, 과장님도 무슨 라이트노벨 히로인 같다. 엄청 이 시대에 어울리고 어디선가 본 듯한 광경이었다고.

아, 그러고 보니까 한 가지 중요한 말을 하는 걸 깜빡하고 있었다.

내 상사는 귀엽다.

◆

"그런 꿈을 꾸었거든요."

"그렇구나. 내용이 조금 개인적으로는 복잡한 기분인데……. 뭐, 그건 제쳐두고……, 좋아하는 여자가 자신을 연애 대상으로 보지 않는 꿈을 꾸어서 자신감이 더 없어져 버렸다. 그런 거지? 시모노 군."

맞이한 여름방학 첫날.

점심 때 한참 붐비는 시간을 지난 역 앞 햄버거 가게에서 나는 존경하는 연애 멘탈리스트 Yuito 선생님과 감자튀김을 먹고 있었다. 옆 앞 로터리를 내려다볼 수 있는 2층 테이블석이다.

Yuito 선생님이란 내가 회사원이었던 원래 시대에서 활약하는 연애 멘탈리즘 등의 심리학 강좌 동영상을 올리는 유튜버다. 우연히도 타임 리프한 이 시대에서 젊은 시절의 그와 알고 지내게 되었기에 나는 가끔 이렇게 Yuito 선생님……, 아니, 유이토 씨에게 연애 의논을 하고 있다. 그의 관찰안은 이미 대학생의

17

영역을 넘어섰다.

"네. 꿈이라는 건 심층 심리가 어쩌고저쩌고 하잖아요?"

나는 얼마 전에 꾼 꿈의 내용을 대략적으로 유이토 씨에게 가르쳐 주었다. 물론 꿈 속에서 사회인이었다는 이야기는 대충 생략했다. 나와 과장님이 타임 리프를 했다는 사실은 아무도 모른다.

"그렇구나. 꿈과 무의식의 관계성에 대해 나도 그렇게까지 잘 아는 편은 아닌데, 그런 꿈을 꿀 정도니까. 상대방이 어떻다기보다는 너 자신이 아무래도 여자들을 껄끄러워하는 마음이 강한 것 같아. 뭔가 콤플렉스라도 있는 거야?"

"음~, 딱히 콤플렉스가 있는 건 아니지만요, 이렇게 인기가 없는 인생이 계속 이어지다 보니 자연스럽게 자신감을 잃게 된다고 해야 하나……."

"응? 넌 아직 열여섯 살이잖아? 너 정도 나이라면 연애 경험이 적은 것 정도는 딱히 이상할 게 없을 텐데."

"아, 네! 뭐, 그렇긴 하지만요! 아하하!"

위험하다, 위험해. 유이토 씨도 설마 눈앞에 있는 남자 고등학생이 사실 자기보다 연상인 아저씨라고 생각하진 않겠지만, 말은 조심히 해야지.

나는 감자튀김 옆에 두었던 콜라를 들고 초조해져서 바싹 마른 목을 축였다.

"시모노 군, 이대로 가다간 만약에 상대 여자애가 너를 좋아해서 서로 좋아하는 관계가 되더라도 교제가 오래가진 못할 거야. 상대방의 사소한 말과 행동에 일일이 일희일비하다가는 네 정신이 못 버틴다고."

"역시 유이토 선생님, 잘 아시네요. 그렇다니까요. 기적이 일어나서 만약에 사귀게 된다 하더라도 잘 해나갈 미래가 전혀 보이지 않아요. 역시 저하고는 어울리지 않는다고요."

"그게 잘못된 거야!"

유이토 씨가 손가락을 따악, 튕기고 시원스러운 미남 미소를 지으며 나를 보았다.

"그게 무슨 말씀이시죠?"

"너는 그 여자애에게 지나치게 열등감을 품고 있어. 어울리지 않는다고 생각하면서 자신감을 잃는 건 네 성격상 어쩔 수 없겠지. 저번에도 말했지만 겸손한 건 나쁜 게 아니야. 오히려 매력 포인트지. 하지만 너는 자기 마음속으로 상대와의 격차를 너무 지나치게 설정하고 있어."

뭐, 원래는 상사와 부하 관계니까. 게다가 직책으로 따지면 과장과 일반 사원. 격차가 있는 건 당연하다.

"그래도 유이토 선생님, 실제로 능력 차이가 많이 나거든요. 그건 쉽사리 메꿀 수가 없다고 해야 하나……."

"능력이란 사람의 개성이야. 그 거리를 무시하고 좁힐 필요는 없거든. 그것보다 훨씬 중요하고 쉽사리 차이를 메꿀 수 있는 게 있으니까."

"정말로요?!"

"그래. 은혜 포인트지."

"은혜 포인트……?"

대형 쇼핑몰 같은 곳에서 주는 포인트 같은 건가?

"시모노 군의 이야기를 들어보니 너는 그 여자애에게 많은 도움을 받고 있는 것 같은데? 정말 큰 은혜를 느끼고 있고."

"네, 그렇긴 하죠. 아무리 고마워해도 부족할 정도로 신세를 지고 있거든요."

작은 것부터 시작해서 큰 것까지 몇 번이나 업무 실수를 메꿔 주었고, 도와주었다. 과장님이 없었다면 내가 영업 같은 힘든 일을 계속할 순 없었을 것이다.

"그 은혜가 축적되어서 나중에는 존경이라는 이름의 족쇄가 되어버렸어. 네가 그녀에게 은혜를 느끼면 느낄수록, 수직적인 거리가 생겨나 버리는 거야. 하지만 은혜라는 건 수동적인 거지. 쌓인 포인트를 마이너스로 만들 수는 없어. 그렇다면 어떻게 해야 할까? 시모노 군이 그 여자애에게 은혜 포인트를 쌓으면 되는 거야. 비슷할 정도까지는 아니더라도 양쪽에 쌓인 은혜 포인트 차이가 줄어들수록 네가 자신감을 얻게 되겠지."

그, 그렇구나. 지금까지는 과장님에게만 은혜를 느끼고 있었는데, 그것과 비슷할 정도로 내가 과장님을 위해서 뭔가 해준다면 조금씩 대등한 입장으로 다가갈 수 있을 것이다. 부하가 상사에게 뭔가 해준다는 생각을 하는 건 좀 건방진 걸지도 모르겠지만, 어렵게 생각하지 말고 은혜갚기라고 치면 된다.

"제가 지금까지 상대방이 저를 어떻게 생각하고 있을지 수동적으로만 생각하긴 한 것 같네요. 그게 아니라 자신이 어떻게 움직일지……, 그게 중요한 거군요."

"그래, 그래. 그리고 사람은 누군가가 자신에게 뭔가 해주면 보답을 해야만 한다는 심리가 작용해서 상대방이 신경 쓰이는 법이야. 이것도 어엿한 연애 테크닉이라고, 새끼양 군."

크으~, 나왔다! 연애 멘탈리스트 Yuito의 명대사! '연애 테크닉이라고, 새끼양 군'을 직접 듣게 될 줄이야! 이때부터 이미 말버릇이었구나!

"감사합니다! 유이토 선생님!"

"아하하, 선생님은 무슨. 나는 그냥 대학생인데. 아, 이런, 벌써 데이트 시간이네. 미안해, 시모노 군, 나는 이만 실례할게."

그는 그렇게 말하고 일어난 다음, 자기 쟁반을 들었다.

"시간을 뺏어서 죄송합니다. 저는 아직 여기에 볼일이 있으니까 쟁반은 두고 가셔도 돼요. 제 거하고 같이 정리해둘게요. 시간 없으신 거죠?"

"응? 그래? 고마워. 후후, 너는 정말 자잘한 것까지 신경을 잘 쓰는구나. 고등학생 같지 않아. 멋진 남자야."

유이토 선생님은 내 어깨를 두드린 다음 귓가에 살며시 속삭였다. 어? 이 감정은 뭐지? 유이토 씨를 좋아하게 되어버려! 애초에 좋아하긴 했지만!

나는 눈을 반짝이며 유이토 씨를 배웅했다.

과장님에게 은혜를 갚는다……. 뭔가 도움이 될만한 게 있으려나. 그런 생각을 하며 감자튀김을 먹고 있자니 1층으로 이어지는 안쪽 계단에서 낯익은 얼굴이 나타났다.

화려한 금발. 높은 위치에서 묶은 트윈테일 양쪽 끝은 볼륨 있게 세로 롤로 말려 있고, 작은 키와 거의 비슷할 정도로 길다. 갸루의 화신이라고도 할 수 있는 그 패션은 헤어스타일에 밀리지 않을 정도로 화려했다. 펑퍼짐한 분홍색 파카 셔츠는 허벅지까지 내려왔고, 아마 그 안에 입고 있는 것 같은 핫팬츠가 거의 보이지 않았다. 파카 주머니에는 휴대폰이 들어 있는 건지 스트랩이 잔뜩 매달려 있었다. 자그마한 몸집처럼 얼굴도 동안이었고, 화장이 진하긴 하지만 솔직히 말해 귀여웠다.

이런 나와는 인연이 없을 것 같은 갸루의 얼굴을 어떻게 알고 있냐 하면, 그녀가 아마쿠사 미나미 고등학교의 학생이기 때문이다.

그녀의 이름은 사콘지 비와코. 과장님과 마찬가지로 2학년이고, 과장님과는 다른 방향으로 카스트 톱. 이른바 인싸계의 여왕. 갸루 여고생계의 유명 인사.

나조차 첫 번째 고등학교 시절부터 알고 있었을 정도로 유명한 사람이다.

그런 사콘지 선배가 쟁반에 음료수를 하나 얹은 채 2층 플로어로 왔다. 주위를 두리번거리다 빈 자리에 앉았다.

평소에는 다른 사람들을 잔뜩 데리고 돌아다니는데 혼자 있으니 신기하다. 하지만 혼자 있어도 뿜어내는 오라가 전혀 다르다. 저렇게 자그마한 몸이 착각 때문에 거인처럼 보인다.

무심코 그녀를 조용히 관찰하고 있자니 갑자기 눈이 딱 마주쳐버렸다. 이런! 나는 그렇게 생각하고 곧바로 눈을 피했다.

딱히 나쁜 짓을 한 것도 아니고 그녀가 나를 알고 있을 리도 없지만, 왠지 사자에게 들킨 임팔라 같은 심정으로 가슴이 두근거렸다. 나는 왜 알지도 못하는 여고생을 보고 겁을 먹은 걸까. 한심해서 눈물이 난다. 그래도 뭐? 지금 나는 고등학생이니까? 학교에서 유명하고 무서운 선배가 있으니 겁을 먹는 것도 딱히 이상하진 않겠지. 응, 그렇겠지! 그렇다. 내 마음속에서 갸루는 무조건 무서운 생물이다.

내가 조심조심 다시 사콘지 선배 쪽을 보자 그녀는 무서운 표정을 지으며 이쪽을 빤히 노려보고 있었다.

다시 재빨리 눈을 피했다. 어? 내가 뭔가 기분을 상하게 했나? 눈이 마주친 걸 째려본 거라고 착각한 건가? 아니, 아니, 진정하라고. 그녀는 갸루이긴 하지만 양아치는 아니다. 쌍팔년도도 아니고, 눈이 마주쳤다고 시비를 거는 고등학생은 11년 전에도 별로 없었잖아.

아~, 껄끄럽다. 할 수만 있다면 가게를 나가고 싶지만, 곧 과장님하고 친구들이 여기로 온다.

저번에 이야기했던 대로 여름방학을 어떻게 보낼 것인지 계획을 짜기 위해 나오와 오니키치까지 함께 끌어들여서 회의를 하려는 모양이었다. 약속 시간까지는 20분 정도 남았다.

뭐, 금방 누군가가 올 테니 조금만 참으면 된다. 테이블에 자리를 만들어두기 위해서라도 유이토 씨의 쟁반을 정리할까.

나는 최대한 사콘지 선배의 시야 안에 들어가지 않게끔 조심하며 쟁반을 반납하는 곳으로 가지고 갔다. 종이 쓰레기는 아래쪽 쓰레기통에 넣었다.

그리고 음료수 뚜껑을 떼어내고 남은 얼음을 전용 개수구에 넣으려던 때였다.

"잠깐, 그건 자기가 치워야 하는 거거든?"

안쪽 자리에서 갑자기 그런 목소리가 들렸다. 반사적으로 내가 그쪽을 보니 그렇게 말한 사람은 사콘지 선배였다.

사콘지 선배가 앉아 있는 곳은 벽에 딸린 카운터 같은 자리. 그녀는 옆에 앉아있던 젊은 회사원인 것 같은 남자 두 명에게 말을 건 모양이었다.

그들은 식사를 마친 건지 자리에서 일어나 있었고, 귀찮다는 듯이 사콘지 선배 쪽을 보고 있었다. 테이블에는 식사를 마치고 쓰레기가 남아 있는 트레이가 그대로 놓여 있었다.

"점원이 치울 거니까 딱히 상관없잖아."

남자 중 한 명이 한숨을 쉬며 말했다.

"상관없지 않거든? 보통은 저렇게 쓰레기통으로 가지고 가서 깔끔하게 분리수거하고 반납하는 곳에 쟁반을 겹쳐놔야 하거든?"

사콘지 선배가 그렇게 말하며 갑자기 내가 있는 쪽을 손가락으로 가리켰다.

"참, 시끄럽게 구네. 사회인은 너희 학생들처럼 여름방학이라 한가하지 않다고. 안 그래도 일 때문에 피곤한데."

그들은 왠지 모르겠지만 나를 노려보았다. 뭔가 싸움이 날 것 같은데.

"당신들이 내팽개치고 간 쟁반을 정리할 점원분도 계속 일하

25

고 있거든? 사회인인 점원분도 그렇게 한가하지 않거든?"

남자들에게서 눈을 한 번도 피하지 않고 쏘아붙이는 사콘지 선배. 저런 사람이 내 근처에도 있는데. 사람은 보기와는 다르다고 해야 하나, 의외로 성실하네. 세상의 모든 갸루 분들, 편견을 품어서 죄송합니다.

"……꼬맹이가 말은 잘하네. 진짜, 이제 됐지?"

회사원 두 명은 내가 있는 쓰레기통 쪽으로 쟁반을 가지고 왔다. 그리고 곧바로 쟁반을 내 눈앞에 내려놓고 계단 쪽으로 갔다. 어? 쓰레기가 아직 남아 있는데.

뭐, 어쩔 수 없지. 내가 같이 치울까.

"정말, 글러먹은 어른이야."

나는 그렇게 중얼거리며 세 개로 늘어난 쟁반을 정리했다. 그러자 하얗고 자그마한 손이 뻗어와서 쟁반 위에 있던 쓰레기를 하나 집었다.

"도와줄게."

어느새 사콘지 선배가 옆에 와 있었다. 향수를 뿌린 건지 The 여자 같은 느낌의 향기가 내 코를 강하게 자극했다. 엄청 좋은 냄새다. 이게 갸루의 여왕인가. 근처에 있기만 해도 땀이 계속 흐르는데.

"가, 감사합니다."

"왜 네가 고맙다고 하는 거야? 빵 터지거든?"

사콘지 선배는 깔깔 웃으며 쓰레기를 같이 치웠다. 좀 전까지 무서운 표정을 짓고 있었는데, 웃으니까 귀엽네.

"그 두 사람을 쫓아갈 줄 알았는데요."

그렇게 떠나가는 걸 보니 나도 좀 열받았으니까.

"더 이상 참견하면 폭력을 쓰려 할지도 모르니까. 말해봤자 통하지 않을 녀석이라는 걸 알았고."

"그렇군요."

오~, 의외로 물러날 타이밍도 냉정하게 판단하는구나. 역시 스쿨 카스트의 톱에 군림할 정도니 머리도 꽤 좋은 모양이다. 진짜 누군가하고 비슷하네. 아, 그런데 그 사람은 물러날 타이밍을 무시하고 돌진하는 타입인가?

그렇게 생각하고 있자니 어느새 쟁반 세 개가 정리되어 있었고, 사콘지 선배는 자취를 감추었다. 원래 있던 자리를 봐도 없다. 어디로 가버린 거지? 그녀가 강하게 남기고 간 향기만이 주위를 감싸고 있었다.

뭐, 딱히 상관없지.

약간 의아해하면서도 나는 내 자리로 돌아왔다.

"아, 여기 있네! 안녕, 나나야~."

"그래, 나오."

자리에 앉자마자 다가온 사람은 소꿉친구인 나카츠가 나오였다.

오렌지색 단발에 동안 거유. 활발하고 기운이 넘치며 귀여운 여자애다.

"뭐야, 혼자 일찍 와서 여자애들을 물색하고 있었던 거야~? 진짜, 나나야에게는 내 가슴이 있잖아~?"

"언제부터 네 가슴이 내 것이 된 건데! 난 이런 태클을 걸기 싫어! 내가 말하면서도 창피하다고!"

"아, 감자튀김 먹어야지~."

"어, 무시만은 하지 말아줄래? 저기~, 넌 그런 구석이 좀 있거든?"

나오는 장난꾸러기 초등학생 같은 표정으로 내 옆에 앉아 감자튀김을 먹었다. 활발하고 기운이 넘치며 귀여운 여자애이기만 하면 좋았을 것을, 이 녀석은 진짜로 안타까운 소꿉친구다. 뭐, 나오가 안타깝다기 보단 내가 안타깝다고 하는 게 정확할지도 모르겠다.

"과장님하고 오니키치는 아직 안 왔어?"

"응, 나만 왔어."

"나나야~, 걱정하지 않아도 여름방학 일정에 수영장이나 바다를 제안해줄게~. 어차피 나나야는 과장님의 수영복을 보고 싶은 거지?"

"무……, 무슨 말씀을 하시는 건지 잘 모르겠네요. 딱히 저는 과장님에게 그런 흑심을 품고 있지 않거든요."

"흐음~, 그럼 그만둬야지."

"품고 있어! 흑심 품고 있으니까 제안하라고! 나는 창피해서 제안할 수가 없으니까 여자인 나오가 제안하라고!"

"아하하하하! 나나야 너무 재미있다! 어쩔 수 없네~, 소꿉친구인 나오에게 맡기렴."

"네, 나오 님. 부디 잘 부탁드립니다."

"아니, 나나야, 사실 내 수영복도 보고 싶지? 거유니까. 거유의 수영복, 그것도 여사친의 수영복. 말로 표현할 수 없는 배덕감과 흥분."

"저기, 너 사실 거유 여자애의 몸을 빼앗은 남자 고등학생 같은 거 아니야? 발상이 남자의 꿈을 너무 잘 알고 있어서 무서운데."

대단하네. 남자의 심리를 이렇게 빤히 들여다보고 있는 여자애가 소꿉친구라니, 아저씨는 완전히 공포에 질렸다고.

"흐음~, 남자들은 역시 그런 생각을 하는구나~. 변태."

이 녀석, 대체 뭐야! 완전히 소악마 같은데! 히죽거리면서 이쪽 보지 마! 젠장, 티셔츠 하나밖에 안 입었는데 어째서 그렇게 가슴이 강조되는 건데. 거유는 진짜 대단하네!

"아, 과장님하고 오니키치도 왔다."

내가 나오에게 휘둘리던 동안 멤버가 다 모인 모양이었다.

계단 쪽에서 쟁반을 든 과장님과 오니키치가 사이좋게 이야기를 하며 이쪽으로 왔다.

"나중에 토우카 거 너겟 하나 달라고, 히어 위!"

"진짜~, 오니키치 군도 똑같은 너겟 주문했잖아."

"토우카의 너겟을 먹고 싶거든. 막 이래, 이예이~."

"아하하, 바보 같은 소리 하지 마."

어?

왠지 사이가 너무 좋으신 것 같은데요?

아니, 둘 다 약간 지각했는데? 어째서 그렇게 즐거워보이시는 건가요?

약속 시간보다……, 응, 뭐, 아직 5분 정도 남았으니 지각은 아니지만. 그래도 제일 늦게 왔거든요? 애초에 왜 둘이서 같이 온 건가요?

그 두 사람이 우리가 있던 자리에 도착했다.

"미안해, 늦게 와서. 계산대에 사람이 좀 많았거든. 좀 전에 2 층을 보러 왔었는데 나나야 군이 자리를 잡아둔 걸 보고 먼저 주문부터 하고 왔어."

"딱히 기다리진 않았으니 괜찮아요. 자, 얼른 앉으세요."

내가 그렇게 말하자 두 사람은 맞은편에 앉았다. 당연히 과장 님과 오니키치가 나란히 앉았다. 어째서! 애초에 나오는 왜 둘 밖에 없는데 내 옆에 앉은 건데!

"음, 왠지 이 의자는 내 엉덩이하고 안 맞는 것 같네. 나나찌, 자리 바꾸자고, 히어 위!"

그렇게 말하며 일어선 사람은 같은 반 친구인 타도코로 오니 키치. 키가 크고 시원스러운 갸루남, 첫 번째 고등학교 생활 때 부터 나와 친한 친구였다.

내가 과장님에게 마음이 있다는 걸 알고 있는 오니키치는 억 지스럽게 자리를 바꾸고는 내게만 보이는 각도로 윙크를 했다. 오니키치~! 역시 너는 내 편이구나~!

모두 자리에 앉자 과장님이 이야기를 꺼냈다.

"그럼 올해 하기 휴가 관련 스케줄 조정 회의를 시작하겠습니 다. 잘 부탁드립니다."

"아니, 회사냐고!"

내 태클도 효과가 없었는지, 과장님이 가방에서 스테이플러로 정리한 기획서 같은 서류를 모두에게 나누어주기 시작했다.

"그럼 우선 올해 하기 휴가의 공통 휴가 이념 확인부터, 페이지를 한 장 넘겨주세요."

"공통 휴가 이념이 뭔데요?!"

"흐음, 흐음. 그렇군요, 과장님."

"나오, 진짜로 이해하긴 한 거야?! 너무 적당히 넘어가는 거 아니야? 그렇게 일단 '그렇군요'라고 말하면 될 거라고 생각하는 영업맨이 꽤 많이 있다고! 나라든가!"

"나나야 군, 진지하게 봐줘."

"아, 네, 죄송합니다."

어? 내가 혼나는 거야? 콩트 아니야? 이 사람이 진지하게 이러는 건가?

일단 보기라도 할까.

나는 과장님에게 받은 서류의 페이지를 한 장 넘겨서 훑어보았다.

『공통 휴가 이념 : 기획 운영에 참여하고 있는 다른 프로젝트 멤버를 가장 우수한 파트너로 인식하는 것과 동시에 한 명의 고객으로 여기며 각자의 만족도를 달성하기 위해 최선의 노력을 다하기를 게을리하지 않는 것.』

진심이었네! 프로젝트라잖아! 고객이라는 단어도 썼고! 휴가

인데도 노력까지 원하고!

"이어서 7월 스케줄로 넘어가려 하는데요."

"과장님! 스톱! 과장님은 여름방학이 뭐라고 생각하시는 건데요?!"

"뭐냐니. ……처, 청춘?"

"왜 얼굴이 빨개진 건데! 이런 걸 만들어놓고 용케도 그렇게 풋풋한 소녀 같은 말을 하네!"

"아까부터 대체 뭐야! 불만이라도 있어?!"

"많이 있죠! 미리 말씀드리지만요, 과장님, 여름방학은 이미 오늘부터 시작되었다고요! 이 시간도 여름방학이에요! 여름방학에 뭐할까~, 그렇게 모두 함께 꺅꺅 떠들어대는 것도 여름방학의 묘미잖아요! 대체 이 부담되는 진행은 뭔데요!"

"왜 그래! 지금도 즐겁잖아! 어젯밤에도 신이 나서 이 기획서를 만들었다고!"

"기획서라고 했어! 봐, 기획서라고 했다고! 아니, 신이 나서 이걸 만든 과장님도 나름대로 귀엽긴 한데!"

"무! 무무무무! 무슨 소릴 하는 거야! 어?! 방금 뭐라고 했어?! 다시 한번 말해봐! 마지막 부분을 다시 한번 말하라고! 누가 귀엽다고?! 자, 다시 한번 말해봐!"

점점 이해가 잘 안 되는 이야기를 하면서 열을 올리는 우리 둘 사이에 나오가 천진난만한 목소리를 내며 끼어들었다.

"저요~, 저요~! 저는 수영장에 가고 싶어요~! 과장님의 수영복을 보고 싶어요~!"

"오, 나오, 그거 좋은데~! 여름 하면 수영장이지~!"

오니키치도 신이 나서 맞장구를 쳤다.

"나나야도 좀 전에 과장님의 수영복을 보고 싶다고 했었고! 흑심이 있다고도 했었고!"

"저기, 바보야? 대체 뭔데? 왜 그런 소릴 하는 거야? 나를 싫어하는 거야?"

좀 전에 한 이야기는 둘만의 비밀 같은 분위기 아니었어? 아저씨는 여고생의 마음을 전혀 이해할 수가 없어서 눈물이 나올 것 같아.

"그그그그, 그런 말을 했어? 나나야 군?! 혹시 여름방학이 되기 한 달 정도 전부터 크헤헤헤, 그 녀석의 수영복은 이런 느낌이려나? 어라어라, 천의 면적이 너무 작은 거 아닌가요? 과장님? 호오~, 과장님은 이런 취향이셨군요~. 자, 단둘이서 함께 잔업을 해볼까요? 그런 망상을 하면서 매일 밤 히죽거렸던 거야?! 정말 파렴치해! 최악이야!"

"안 그랬어요! 그 성희롱 아저씨는 대체 뭔데요! 나오가 하는 말은 항상 그랬듯이 농담이니까 화내시지 말고 냉정해지세요! 오해니까!"

"알았어! 그렇게까지 말한다면 어쩔 수 없지!"

"휴우……, 다행이네요. 오해가 풀린 것 같아서."

"갈 거야! 수영장에 가면 되잖아! 멋대로 내 수영복 차림을 보면 되잖아!"

"그렇죠. 일단 첫 번째 일정은 정해졌고……. 아니, 가는 거냐고!!"

"오늘은 이제 해산! 나오, 잠깐 같이 좀 가자! 수, 수영복을 골라줘!"

"알겠습니다~, 과장님! 후후후, 남자들, 기대하라고~."

그렇게 성난 파도 같은 기세로 하기 휴가 관련 스케줄 조정 회의라는 것은 시작한 지 5분도 지나지 않아 막을 내렸다.

결국 정해진 일정은 하나뿐.

내가 잘 아는 애니메이션으로 예를 들자면, 이렇게 부르는 게 제일 이해하기 쉬울 것이다.

그렇다, 수영복 에피소드다.

◆

이번 여름, 내가 사는 곳에 대형 워터파크가 오픈했다.

11년 뒤에도 장사가 잘되는 이 워터파크는 당시부터 이 지역 젊은이들에게 인기가 많았고, 나도 타임 리프를 하기 전에는 오니키치와 함께 여동생인 코후유를 데리고 몇 번 가본 기억이 있다.

타임 리프를 한 두 번째 고등학교 생활에서는 이번이 처음이다. 내게는 이미 익숙한 수영장이기에 신선한 느낌은 좀 떨어지지만, 이제 막 오픈한 곳 특유의 이런 분위기는 신기하게도 역시 가슴이 두근거린다.

물론 이번에도 코후유를 데리고 왔다. 타임 리프를 하기 전의 코후유는 이 워터파크를 좋아해서 데리고 가면 항상 기뻐해 주었다. 그러니까 그 추억은 이 역사에서도 만들어주고 싶다. 내게도 여동생을 챙기는 오빠 마음이라는 게 있다.

　그 여동생은 아직 탈의실에서 수영복으로 갈아입고 있어서 수영장 쪽으로는 오지 않았다. 이제 막 오픈해서 그런지 파크 안은 많은 사람들로 붐비고 있다. 아직 중학교 2학년인 여자애를 혼자 내버려둘 수 없는 상태이긴 하지만, 탈의실에는 나오와 과장님도 함께 있다. 특히 과장님은 거의 보호자나 마찬가지니까 안심이다.

　나와 오니키치는 느긋하게 수영장 쪽에서 여자 일행들을 기다렸다. 날씨는 수영장에 오기 딱 좋은 날씨. 신기루가 보일 정도로 뜨거운 열기와 귀를 찌르는 매미 울음소리에 나는 구름 한 점 없는 하늘을 올려다보았다.

　"그건 그렇고 덥네~. 얼른 물에 들어가고 싶어."

　"나는 이 수영장 가장자리에서 느긋하게 지내는 것도 완전 괜찮겠는데!"

　"오니키치는 그냥 선탠을 하고 싶은 것뿐이잖아?"

　"딩동댕동! 나나찌 선수에게 1만 포인트! 히어 위 고~!"

　수영장 가장자리에 설치되어 있는 공용 서머 베드에 누우며 오니키치가 엄지손가락을 척 치켜들었다. 역시 갸루남. 선글라스가 터무니없이 잘 어울린다.

　"나나찌, 왠지 몸이 좋은데. 웨이트 트레이닝이라도 하는 거야?"

"응? 아, 요즘 말이지. 저번 같은 일이 생겼을 때 역시 조금은 힘이 있어야지 싶어서."

"타츠키찌가 그랬을 때?"

6월에 치러진 학생회 선거. 그때 우리는 약간의 문제를 일으켰다. 문제라고 해야 하나, 최종적으로는 싸움 같은 걸 해버리게 되었는데…….

그것도 내가 일방적으로 때려버렸다.

"그래. 과장님한테 엄청 혼나서 말이지, 때린 건 정말 반성하고 있어. 그래도 남자니까 오니키치처럼 날뛰는 상대를 스마트하게 막을 수 있는 힘을 길러두어야지."

"헤이, 헤이~, 나나찌, 부끄럽다고~! 그런데 토우카하고는 어때? 잘 해나가고 있어?"

"어떠냐니……, 딱히 별거 없어."

"이봐, 이봐, 나나찌는 여전하구나. 연상이라고 신경 쓰는 거야? 좀 더 어택을 하라고~."

"아니, 연상이라든가 그런 걸 신경 쓰는 건 아닌데."

엄청 신경 쓰고 있긴 하지만 말이야. 연상이라기보단 상사니까.

"이러는 주제에 연상 취향이니까 말이야~."

"미안하네. 그래도 매력적인 연상 누님 캐릭터가 나오는 애니메이션이 세상에 너무 많은 게 문제야. 내 연상 취향은 전부 애니메이션의 영향이라고."

"오, 그렇지, 그렇지. 어렸을 때 좋아했던 애니메이션이나 만화 캐릭터에 영향을 꽤 많이 받는단 말이지~."

"그치, 그치! 그렇단 말이야~. 아~, 그리고 학생 시절에 푹 빠졌던 캐릭터도 뭐라 해야 하나, 새콤달콤한 청춘의 추억이라고 해야 하나, 몇 년 뒤에 DVD 같은 걸 보면 가슴이 조여드는 느낌이 든단 말이지~."

"무슨 소릴 하는 거야? 나나찌. 학생 시절이라니, 초등학생 때 말이야?"

"아, 아니! 응, 뭐, 그런 느낌이려나!"

나도 참, 조금만 흥분하면 금방 내가 고등학생이라는 사실을 잊어버린다.

"빵 터지네. 그런데 나나찌의 연상 사랑은 이해가 되지만, 어택하지 않으면 의미가 없어. 알겠어? 서머거든? 서머는 연애의 계절이라고!"

여름을 서머라고 하지 마. 뭐든지 팍팍 치고 나가는 적극적인 자세는 본받고 싶긴 하지만.

그런 이야기를 하고 있자니 학교 수영복 차림인 코후유가 포니테일을 살랑살랑 휘날리며 혼자 이쪽으로 달려왔다.

"오빠, 이거 바람 넣어줘."

코후유는 들고 있던 튜브를 내 쪽으로 아무렇게나 던지고는 옆에 있던 서머 베드에 걸터앉았다.

"어라? 다른 두 사람은?"

나는 받은 튜브의 공기 주입구를 앞니로 깨물면서 코후유에게 물었다.

"너무 늦길래 그냥 내버려두고 왔어."

"이 녀석, 멋대로 어른하고 따로 다니면 안 되지."

"코후유 혼자서도 괜찮거든? 그리고 그 아줌마들도 어른이 아니라 어린애고."

아니, 그렇긴 한데……, 자기가 아줌마라고 해놓고 모순되는 말이라는 걸 눈치채지 못한 건가? 이 완전 S인 여동생.

"나나찌, 그렇게 따지던 동안에 기다리던 두 사람이 도착했다고."

오니키치가 눈짓으로 신호를 보냈다.

그 시선을 따라가 보니 여름의 강한 햇살을 받아 빛나는 여자가 두 명.

"에헤헤~, 기다렸지~!"

선두에 서 있던 건 나오. 그 박력 있는 몸을 보란 듯이 강조하고 있는 것은 노란색 비키니. 나오의 수영복 차림에 주위 남자들의 시선이 일제히 쏠리고 있었다. 그라비아 아이돌 뺨치는 몸매다.

"이예이, 이예이! 귀엽다고, 나오!"

오니키치가 휴대폰으로 사진을 찍기 시작했다.

"별말씀을~! 이예이~!"

나오는 싫어하는 기색도 보이지 않고 뽐내는 듯이 포즈를 취하며 오니키치에게 대답했다. 엄청나네, 인싸들의 대화. 갑자기 그라비아 촬영회가 시작되었는데.

그리고 그런 나오 뒤에서 천천히 모습을 드러낸 사람이…….

"자, 잠깐만, 나오. 역시 이건 너무 부끄러운 것 같아."

카미조 토우카.

하얀 비키니로 몸을 감싸고, 속살을 가리려는 듯이 한 손으로 반대쪽 팔을 누르고 있다.

나는 깜짝 놀라 말을 잃었다.

천사다. 내 빈약한 어휘력으로는 천사라는 말로밖에 표현할 수가 없다.

그렇게 너무나도 투명한 느낌에 나는 튜브를 잡고 있던 손을 무의식적으로 꽉 쥐었다. 튜브의 공기가 슈욱, 빠졌다. 모처럼 절반 정도 바람을 넣었는데 눈 깜짝할 새에 원래대로 돌아와버렸다.

"그치~, 과장님, 내가 말한 대로 됐지? 나나야는 과장님한테 넋이 나갔다고~. 이히히."

"그, 그래? 나잇값도 못 하고 꼴사납다고 생각하는 거 아니야?"

과장님은 눈을 이리저리 굴리면서 이쪽을 힐끔힐끔 확인하듯이 보았다.

나잇값? 이 사람이 대체 무슨 말을 하는 걸까.

이것만은 말할 수 있다.

스물여덟 살이든, 열일곱 살이든, 내 감상은 바뀔 일이 없다.

"예쁘다……."

그것 말고 다른 말이 나올 리가 없다.

"오~, 말 잘하네~, 나나야."

"나나찌, 꽤 하네! 히어 위!"

헉! 내가 방금 무슨 소릴?!

"야~! 암퇘지 할멈! 더러운 수법으로 오빠를 유혹하지 마! 잠깐, 내 말 듣고 있어?! 이봐! ·················저기, 괜찮아?"

코후유조차 걱정할 정도로 과장님의 눈빛은 멍한 상태였다.

하얗던 피부에 발끝부터 서서히 붉은 기운이 돌기 시작했고, 눈 깜짝할 새에 머리끝까지 사과 같은 색으로 물들었다.

그리고 과장님은 로봇처럼 딱딱하게 굳은 몸으로 천천히 돌아선 다음, 워터파크 가운데에 있는 파도 수영장 쪽으로 두 손을 들어올린 채 뛰어가기 시작했다.

"으아―――――――――――――――――――

―――――――――――아아."

과장님이 외치는 목소리가 조용히 멀어져갔다.

인파로 인해 혼잡한 파도 수영장 쪽으로 과장님이 사라진 직후, 워터파크의 스피커에서 안내 방송이 흘러나왔다.

『지금부터 10분 동안 휴식 시간이 있겠습니다. 수영장에 계신 손님 여러분께서는 담당 직원의 지시에 따라 수영장 밖으로 나와주세요.』

담당 직원의 말에 따라 들어간 지 5초 만에 수영장 밖으로 나온 과장님이 무표정하게 터벅터벅, 이쪽으로 돌아왔다.

"괘, 괜찮으신가요? 과장님."

"뭐가? 더워서 수영장에 들어갔던 것뿐인데? 아~, 기분 좋았어. 시원해졌네~."

겨우 5초 만에?!

"그건 그렇고, 마침 휴식 시간이니까 끝나기 전에 모두 함께

Illustrations copyright © YOM

준비 운동을 할까? 제대로 안 해두면 위험하니까."

제일 먼저 수영장에 들어갔던 사람이 갑자기 인솔을 맡은 선생님 같은 소리를 하는데.

그래도 준비 운동을 하지 않고 수영을 하는 건 부상의 원인이 된다. 젊을 때일수록 신체 능력을 과신하면서 그런 사전 준비를 게을리하곤 하니까. 이런 건 실질적인 보호자인 나와 과장님이 확실하게 챙겨야지.

그런 이유를 들면서 대충 둘러대면 내가 좀 전에 했던 말도 얼렁뚱땅 넘어갈 수 있겠지. 아, 나는 왜 그렇게 창피한 말을 소리 내어 해버린 걸까.

과장님의 깜짝 놀란 그 반응. 분명히 기분 나쁜 녀석이라고 생각했을 게 틀림없다.

그야 그렇겠지. 수영복 차림을 보고 갑자기 예쁘다고 작은 목소리로 중얼거리는 남자. 기분 나쁜 수준을 넘어서서 공포에 질릴 것이다.

그것도 상사 상대로 그런 말을 하다니, 버릇없는 것도 정도가 있지.

도망쳐버릴 정도로 충격을 받았나 생각하니 오늘은 이제 내 멘탈이 회복되지 않을 것 같다. 젠장……. 그래도 과장님의 수영복을 보니 역시 신이 난다. 나는 정말 단순하고 창피한 남자구나. 이것도 전부 과장님이 너무 귀여운 게 잘못이지.

정말, 죄가 많은 여자다. 카미조 토우카.

◆

확실하게 준비 운동을 마친 우리는 파도 수영장과 흘러가는 수영장, 폭포 수영장을 즐긴 다음 실내 에리어에 설치된 작은 기포 욕조식 온천 수영장에 몸을 담그고 잠깐 휴식을 취하고 있었다. 동그란 온천 수영장 주위에 다섯 명이 일정한 간격으로 앉았다.

"아아아아아아아아기분좋아아아아아아아아아아."

커다란 가슴이 기포 욕조의 수압으로 조금씩 흔들리는 가운데 나오가 진심으로 기분 좋다는 듯이 그런 목소리를 냈다.

공중목욕탕에 온 것 같은 나오의 아저씨 같은 느낌을 보고 과장님도 눈을 감고는 천장 쪽으로 고개를 들어 올리면서 말했다.

"이렇게 목욕탕 같은 것도 있구나. 여기 대단하네."

"어? 과장님. 설마 여기 온 거 처음이신가요?"

내 말을 듣고 옆에 앉아있던 오니키치가 웃었다.

"그야 이제 막 오픈했으니까 다들 처음이겠지. 나나찌는 가끔 그렇게 얼빠진 구석이 있다니까~."

"아, 그렇구나. 그렇지. 아하하하."

웃으면서 둘러댔지만, 물론 과장님은 눈치챘기에 나를 째려보았다. 자기도 가끔 고등학생이라는 걸 깜빡하는 주제에. 아~, 무섭다, 무서워.

그런데 좀 전에 한 이야기를 들어보니 과장님은 진짜로 여길 처음 와본 모양이다. 다시 말해 원래 시대에서도 오픈한 이후로

11년 동안 한 번도 오지 않았다는 뜻이다. 이 지역에서는 이렇게 유명한 곳인데.

역시 학생 시절에는 별로 놀지 않고 살았던 걸까. 고등학교 때는 학생회 일도 있었고, 성적도 좋았으니까. 바쁘긴 했겠네.

이러쿵저러쿵해도 나는 과장님의 사생활에 대해 전혀 알지 못한다. 특히 타임 리프하기 전에는 접점이 회사에서만 있었으니 첫 번째 고등학교 생활이 어땠는지는 짐작도 안 간다.

그런 의미에선 섬세하지 못한 질문이었을지도 모르겠다. 반성, 반성.

"슬슬 워터 슬라이드를 탈 시간이야!"

좀 전부터 아저씨처럼 늘어진 표정을 짓고 있던 나오가 갑자기 진지한 표정을 지으며 모두에게 말했다.

"워터 슬라이드……?"

과장님이 나오에게 물었다.

"응! 여기 메인 놀이기구! 슬라이드의 높이가 일본에서 제일 높대!"

"호, 호오. 그렇구나."

나오가 말한 대로 이 워터파크가 유명해진 가장 큰 이유는 일본에서 가장 큰 고저 차를 자랑하는 워터 슬라이드 때문이다. 안타깝게도 2년 뒤에는 다른 워터파크에 기록을 쉽사리 추월당하지만, 그래도 검색해보면 금방 나올 정도로 11년 뒤에도 인기가 많은 놀이기구다.

여기에 왔다면 워터 슬라이드를 타야 한다. 물론 나도 이런 흐름이 될 거라 예상하고 있었다.

하지만…….

"미안, 코후유가 높은 곳을 무서워하거든. 나는 코후유랑 기다리고 있을 테니까 셋이서 다녀와."

코후유는 극도로 겁이 많아서 절규 계열 놀이기구를 정말 싫어한다.

타임 리프 이전에도 이곳의 워터 슬라이드를 탄 적은 한 번도 없었다. 나는 이런 놀이기구를 정말 좋아하기 때문에 모두 함께 슬라이드를 타러 가는 건 대찬성이지만, 탈 수 없는 코후유를 혼자 여기 남겨두는 건 아무리 그래도 너무 불쌍하다.

"그럼 내가 코후유하고 같이 남을게. 나나야 군도 타고 싶지?"

그렇게 말한 사람은 과장님이었다.

"아니, 그럼 죄송하죠, 과장님. 모처럼 기회가 생겼으니까 타고 오세요."

나는 타임 리프를 하기 전에 코후유가 없을 때 이곳의 워터 슬라이드를 이미 경험했다. 하지만 과장님은 온 것 자체가 처음이니 당연히 이곳의 워터 슬라이드도 경험해보지 못했을 것이다. 신경 쓰지 말고 다녀왔으면 좋겠다.

"괜찮아. 내가 제일 누나니까 나나야 군은 굳이 참을 필요 없어."

"무슨 말씀을 하시는 거예요. 그렇게 사양하지 마시고…….

"됐으니까! 응? 나나야 군?"

착각인가, 왠지 과장님 주위에만 묘하게 거품이 세게 일어나는 것처럼 보인다. 마치 용암의 주인인 것처럼. 설마…….

"혹시 과장님도 무서우신가요?"

"뭐?"

방긋 웃으며 고개를 갸웃거리는 과장님.

"아뇨, 아무것도 아니에요. 코후유를 좀 잘 부탁드립니다."

"응, 내게 맡겨줘."

나는 모든 것을 깨달았다. 이래 봬도 그녀 아래에서 5년이나 일해 왔다.

"어~, 코후유는 이 아줌마랑 남는 거 싫어~!"

"이놈, 떼쓰지 마! 애초에 코후유**만** 못 타는 데 과장님이 신경 써서 남아주시려는 거잖아. 가기 전에 아이스크림 사줄 테니까 얌전히 말 들어!"

"아이스크림 사줄 거야?! 앗싸~! 그럼~ 어쩔 수 없지! 민트 초코로 사줘, 오빠!"

중학생답게 간식에 낚인 여동생. 좋아, 한 건 해결됐다.

아, 과장님은 정말 자상하신 분이구나. 그래, 그렇게 엄격하고 어른스러운 과장님이 일본에서 제일 높은 워터 슬라이드를 무섭다고 못 타진 않을 거야. 응, 그러면 되는 거다. 나나야.

그렇게 자상한 과장님에게 코후유를 맡기고 우리 동급생 일동은 셋이서 워터 슬라이드 쪽으로 향했다.

◆

"흐엑~, 높다~!"

워터 슬라이드로 이어지는 철골 나선식 계단을 올려다보며 나오가 신이 나서 하늘 쪽으로 소리쳤다.

개방 시간이 되자마자 왔는데 슬라이드 앞에는 이미 길게 줄이 늘어서 있었고, 제일 끄트머리에 있는 우리는 아직 계단의 입구 앞에 있었다.

"한동안 줄을 서야 할 것 같네."

나도 계단 정상을 올려다보았다. 이 슬라이드를 마지막으로 탔던 게 대학교 시절에 친구들하고 같이 왔을 때였나? 속도도 꽤 빨라서 박력이 있단 말이지. 왠지 오랜만에 가슴이 두근거리네.

그런 추억에 잠겨 있자니 우리 뒤쪽으로 남녀 몇 명이 다가왔다.

"꺄하하하하! 진짜 대박 빵 터지거든! 그게 뭐야!"

귀여운 여자애의 시원스러운 웃음소리가 울려 퍼졌다.

"어라? 저 사람 우리 학교 선배 아니야?"

오니키치가 계단 난간에 몸을 기대며 이쪽으로 다가오는 사람들을 보고 말했다.

"응? 어디?"

"저기, 선두에 있는 화려한 여자. 사콘지 선배잖아."

나는 깜짝 놀라 집단의 선두를 보았다.

그 옆에서 나오도 오니키치의 말에 대답했다.

"아, 정말이네~! 저 선배 귀엽지~! 과장님하고 비슷할 정도로 귀여워!"

그렇긴 하다. 엄청 화려한 수영복에 나이스 보디. 키가 작긴 하지만 얼굴도 작아서 빼어난 몸매를 자랑하고 있다.

저렇게 눈에 띄는 사람을 착각할 일은 거의 없다.

저건 사콘지 비와코 선배다.

아니, 내가 왜 깜짝 놀란 거지? 그녀하고는 저번에 한두 마디 이야기를 나눴을 뿐이고 딱히 친구가 된 것도 아닌데.

사람들이 우리 앞에 도착하자 사콘지 선배가 이쪽을 힐끔 보았다. 여전히 어질어질할 정도로 좋은 향기가 풍긴다.

"아, 너."

사콘지 선배가 나를 알아보고 말을 걸어왔다. 역시 기억하고 있었나.

"아, 안녕하세요."

"비와는 그 이후에 바로 생각났거든. 너, 선거 때 뭔가 다투던 남자애지?"

"아, 네. 일단은 아마쿠사 미나미 고등학교 1학년이고요. 시모노 나나야라고 합니다."

그렇구나. 그래서 그때 내 얼굴을 빤히 보고 있었구나. 생각해보니 전교 학생들 앞에서 그렇게 다퉜으니 얼굴 정도는 기억하고 있겠지.

"호~, 너희는 아마쿠사 미나미 1학년이었구나. 그럼 연공서열을 따져서 우리가 먼저 좀 타자. 응? 우리가 선배잖아."

사람들 중에서 남자가 한 명 앞으로 나와 말했다.

사콘지 선배의 일행이라 그런지 외모도 잘생긴 남자였다. 뭔가 대놓고 기분 나쁘게 구는데, 기분을 상하게 해서 쓸데없이 다투는 것보다는 그냥 양보하는 게 나으려나?

뭐, 나는 상관없지만. 그래도 그건 내가 혼자 있을 때 이야기다.

여기에는 오니키치와 나오가 있다.

일단 정신 연령을 따지면 내가 가장 연장자다. 그리고 이 두 사람은 내 소중한 친구다.

부조리한 말을 들으면 어떻게 할까. 과장님이라면 제대로 맞서 싸울 게 분명하다.

설령 어느 정도 분위기가 험악해진다 하더라도…….

"잠깐, 촌스러운 짓 하지 말아줬으면 하거든. 보통 이럴 때 선배 같은 건 상관없을 것 같거든."

최근에 어디선가 들은 듯한 어조였다.

"어, 아, 그래, 미안해, 비와코. 농담이라니까. 응? 아하하."

남자는 껄끄럽다는 듯한 표정을 지으며 뒤로 물러섰다.

"미안해, 사과."

사콘지 선배가 한 손을 들고 우리에게 고개를 숙였다. 마지막에 말한 사과라는 건 뭐지? 갸루들끼리 사과할 때 쓰는 여고생어 같은 느낌인가?

"아뇨, 신경 쓰지 않으셔도 됩니다."

"그 아저씨 같은 말투는 뭐야. 엄청 빵 터지거든?"

사콘지 선배는 그렇게 말한 다음 다시 자기들끼리 이야기를 나누기 시작했다. 그 모습을 본 나오가 내게 작은 목소리로 물었다.

"뭐야, 뭐야? 나나야, 비와코 선배랑 알고 지내는 사이야?"

"아니, 저번에 잠깐 마주쳤을 뿐이고, 알고 지내는 사람이 될

만한 행동을 하진 않았는데."

"흐음~. 과장님에서 갈아탄 줄 알았네. 나나야는 연상이라면 누구든 상관없으니까. 아, 중요한 건 가슴인가?"

"아니, 말이 너무 심하잖아!"

아~, 그건 그렇고 무서웠다.

역시 저 사람은 왠지 오라가 다르단 말이지.

인싸에 소꿉친구인 나오와 오니키치조차 쓸데없는 말을 하지 않고 얌전히 있었으니까.

오니키치는 갸루남으로 지낸 경력이 얼마 안 되기도 했겠지만, 머리가 좋으니까 적당한 거리감을 재어보고 있었던 건지도 모르겠다. 갸루남의 후각을 통해 왕이 뿜어내는 무언가를 감지한 건가?

그런 다음 20분 정도 기다리고 나서야 겨우 계단 정상으로 올라가 슬라이드의 출발 지점에 도착했다. 그 20분 동안 코후유는 과장님과 잘 지내고 있었을까. 실례가 되는 말을 하지 않았으면 좋겠는데.

우리 앞에 있던 커플이 타기 시작하자 담당 직원이 안내해주기 위해 말을 걸었다.

"그럼 두 분씩 타세요."

여기 슬라이드는 오서독스하게 두 줄로 되어 있었기에 두 명이 동시에 출발하는 형태다.

"오니키치랑 나오 먼저 타도 돼."

나는 앞에 서 있던 두 사람에게 말했다.

"오, 미안한데, 나나야. 그럼 먼저 실종되도록 하지."

실종이라는 말은 그렇게 쓰는 게 아니거든.

"나나찌, 아래에서 기다린다~! 히어 위!"

두 사람은 담당 직원의 신호에 따라 미끄러지기 시작했다.
응, 이런 상황이 히어 위 고의 고를 붙일 절호의 타이밍이잖아.
진짜로 고를 붙이는 기준을 모르겠네.

"다음 분, 혼자 타실 건가요?"

담당 직원이 내 얼굴을 본 다음, 자연스럽게 뒤쪽에 있던 사콘
지 선배를 보았다.

나도 덩달아 무심코 뒤쪽을 돌아봐 버렸다.

"아, 네, 혼자서……."

"상관없거든? 비와도 탈 거거든?"

사콘지 선배가 그렇게 말하며 성큼성큼 앞으로 나섰다.

"그럼 두 분, 오시죠."

나는 그 말에 따라 사콘지 선배와 나란히 서서 준비했다.

슬라이드의 출발 지점에 앉자 코오오오오, 물이 흐르는 소리가
한층 더 강해졌다. 엉덩이 아래쪽에서 느껴지는 수온이 차갑다.

왜, 왠지 긴장되네. 아니, 역시 이 슬라이드는 높은데.

갑자기 심장 맥박이 빨라졌다.

두근두근두근, 나는 담당 직원이 신호를 보내기를 기다렸다.

"1학년, 경주할까?"

갑자기 옆에서 목소리가 들렸다.

고개를 돌리니 사콘지 선배가 장난기 어린 미소를 지으며 내

게 귀여운 덧니를 드러내고 있었다.

그와 동시에 담당 직원이 신호를 보냈다.

나는 심장이 터져버릴 것 같을 정도로 크게 뛰는 가운데 원통 형태인 슬라이드 안으로 빨려들어갔다.

물의 흐름에 따라 내 몸이 점점 가속해나갔다.

좀 전에 한 말은 무슨 뜻이었을까.

혹시 사콘지 선배는 나를 지인으로 인식해준 건가?

그 갸루의 카리스마가, 이렇게 시원찮은 남자인 나를?

아, 신경 쓰이네! 출발하기 전에 그녀가 대체 무슨 폭탄을 떨어뜨리고 간 거야.

그 미소는 반칙이라고.

빙글빙글 돌아가는 슬라이드 속에서 내 머리도 빙글빙글 혼란스러웠다.

에잇! 좋아, 좋다고! 경주라면 받아들여 주지.

내가 이 슬라이드를 지금까지 몇 번이나 탄 줄 알아? 커브의 상태나 경사의 각도 같은 것까지 이 코스에 대해서는 전부 파악하고 있다고. 타임 리프 치트, 확실하게 보여주지!

나는 기억에 남아있던 커브 포인트가 올 때마다 중심을 재주 좋게 좌우로 이동시키며 최고 속도를 갱신했다. 지금까지는 실수하지 않았다. 마지막 직선 코스만 남았다.

이제 최대한 몸을 똑바로 펴고 공기저항을 최소화해서 미끄러지기만 하면 된다!

동그란 출구의 빛이 내 시야에 들어왔다.

자, 결판을 내자!

첨버엉~!!

슬라이드를 빠져나간 곳에서 커다란 파도가 두 개 동시에 일어났다.

나는 온몸을 한번 물속에 담근 다음 세차게 수면 밖으로 고개를 들었다.

"푸핫!"

무승부인가? 필살 타임 리프 치트를 쓴 데다 안 그래도 체중 때문에 내가 유리한데. 꽤 하네, 사콘지 선배.

나는 눈가에 달라붙은 물방울을 털어내며 그녀를 찾아보았다.

그러자 눈앞에서 커다란 물보라를 일으키며 사콘지 선배가 수면 위로 나타났다.

"푸하앗~! 무승부였네, 1학년!"

사콘지 선배는 마치 인형처럼 날씬한 몸을 옆으로 흔들어 물방울을 털어냈다.

그렇다, 마치……, 인어의————.

"사, 사콘지 선배……."

"응? 왜 그래?"

"으아아아아아아아아! 사콘지 선배! 아래! 아래쪽을 봐요!"

나는 곧바로 두 손으로 내 눈을 가렸다.

왜냐고? 왜냐하면…….

그녀의 탄력 있고 부드러워 보이는 가슴이 드러나 있었기 때문이다.

그렇다, 천이 없는 것이다!

"어? ……아앗!!"

사건을 눈치챈 사콘지 선배는 얼굴을 새빨갛게 물들인 채 곧바로 팔로 소중한 부분을 가렸다.

"봐, 봤어……?!"

"안 봤어요!"

"……윽!"

사콘지 선배가 눈물을 머금으며 의심스러운 눈초리로 나를 노려보았다. 깨물고 있던 입술이 빨개질 정도로.

착수 시의 수압 때문에 비키니의 끈이 풀어져 버린 건가? 무슨 이런 일이.

이럴 때 어떻게 대처하면 되는지, 난 모른다고.

당황한 내게 추가 공격을 가하려는 듯이 싸~한 감촉이 물속에 있는 허벅지 근처에 달라붙었다.

아니, 원래 이런 상황이 되면 기뻐해야만 하겠지만.

나는 조용히 허벅지에 달라붙은 '물건'을 만졌다.

……틀림없다. 사콘지 선배의 비키니다.

곧바로 그녀에게 건네야만 하는 소중한 천.

하지만, 과연.

지금 내가 급하게 그녀의 비키니를 물속에서 꺼내면 쓸데없는 오해를 사지 않을까.

내가 정신없는 틈을 타서 그녀의 비키니를 벗겼다……고.

『거기 두 분, 위험하니 얼른 비켜주세요~.』

수영장 가장자리에 있던 담당 직원이 메가폰으로 주의를 주었다.

계속 여기 있으면 다음 차례 사람이 와서 위험하다. 젠장, 체면 걱정을 하고 있을 때가 아니잖아.

이러고 있는 와중에도 그녀는 창피해하면서 곤란해하고 있는데.

나는 마음을 굳게 먹고 오른손으로 쥐고 있던 비키니를 사콘지 선배 앞으로 내밀었다.

"선배, 이거요!"

"어! 어째서 네가 가지고 있……!"

"아무튼 여기 있으면 위험하니까 일단 가장자리 쪽으로 가시죠. 제, 제가 주위 사람들이 못 보게끔 가려드릴 테니까요."

"……윽!"

그녀는 불만스러운 표정을 지으면서도 얌전히 내 지시에 따라 주었다.

도착 지점 가장자리에서 나는 주위 사람들의 시야를 가리게끔 그녀 앞에 섰다. 다행히 수영장 가장자리 바로 옆에는 나무가 있어서 그늘진 곳이 있었다. 내가 움직이지만 않으면 다른 사람들은 못 볼 것이다.

사콘지 선배는 내 시선을 신경 쓰며 비키니를 다시 입으려고 분투하고 있었다. 하지만 한 손으로 가슴을 가리면서 입으려고 하니 제대로 되지 않아서 고생하는 모양이었다.

그러다 보니 최악의 타이밍에 다음 차례 사람이 슬라이드 밖에 도착했다.

물론 타고 온 사람들은 사콘지 선배의 일행. 여자하고……, 좀 전에 새치기를 하려 했던 남자다. 두 사람은 물 위로 고개를 내민 다음 곧바로 우리를 알아보고 다가왔다. 진짜 최악이다.

예상했던 대로 남자가 의심스러운 표정으로 내 어깨를 두드렸다.

"야, 뭐 하는 거야."

내 몸을 잡아당겨보니 거기에는 비키니 끈이 어설프게 풀린 상태인 사콘지 선배가 있었다.

"어, 비와코! 이 자식, 비와코한테 무슨 짓을 한 거야!"

당연하게도 남자가 나를 노려보았다.

뒤에 있던 여자는 곧바로 사콘지 선배에게 다가가 수영복을 입는 걸 도와주기 시작했다. 그리고 혐오감을 드러내는 표정으로 나를 보며 한마디 했다.

"최악이야."

마음을 헤집는 듯한 저온 보이스. 그리고 내 어깨를 잡고 있던 남자의 손에 힘이 더욱 세게 들어갔다.

"이 변태 자식! 용서 못 해!"

"됐어!"

말린 사람은 사콘지 선배였다.

"이제 됐으니까. 1학년 너도, 이제 됐으니까 저쪽으로 가."

사콘지 선배는 내 얼굴도 보지 않고 쌀쌀맞게 말했다.

남자가 혀를 차며 내 어깨를 놓았다.

"저, 저기……, 선배, 죄송합니다……."

나는 그런 말을 남기고 그 자리를 떠났다.

수영장 밖으로 올라와 터벅터벅 걸어가기 시작했다.

아~.

아아~.

아아아~~~~~~!

진짜로 힘 빠지네에에에에에!

최근에는 거의 없었던 진짜 탈력감이라고오오오!

아니, 오해라고. 오해니까 나는 잘못한 게 없다고.

잘못한 건 없는데, 이유가 뭘까, 왠지 엄청 죄책감이 들어!

아니, 과장님 말고 다른 연상 누님에게 한눈을 팔면서 두근두근하던 내게 신께서 천벌을 내린 거겠지. 인생을 다시 시작할 기회를 줬으니까 확실하게 한 여자만 보렴, 그렇게 신께서 질책해주신 거다. 다시 말해 내가 잘못한 거지. 시끄러워~! 그 짝사랑 상대까지 같이 타임 리프 시킬 정도로 적당적당한 신 주제에 잘난 척하지 마! 당신에게 천벌 받은 걸 받을 이유가 없다고! 나는 잘못한 게 없어!

젠장! 이 감정은 대체 뭐야! 엄청 울고 싶어! 어른이니까 울진 않겠지만 말이지!

"이봐~! 나나찌~!"

만신창이가 된 나를 오니키치가 불렀다. 도착 지점에서 조금 떨어진 벤치에 나오와 둘이서 앉아 있었다.

모처럼 친구들하고 즐거운 시간을 보내고 있는데 내가 풀 죽은 표정을 짓고 있다간 쓸데없는 걱정을 끼쳐서 전체적인 분위기가 식어버릴 것이다.

지금은 전환할 때다.

훗……, 5년이나 회사원을 하다보면 감정을 억누르며 미소를 만들어내는 건 식은 죽 먹기가 된다고. 이것이 스물일곱 살, 어른 시모노 나나야다.

"그래, 기다렸지!"

나는 좀 전까지 풀 죽었던 표정을 확실하게 미소로 바꾸고는 두 사람 곁으로 뛰어갔다.

"늦게 왔네, 나나야. 슬라이드가 너무 무서워서 기절이라도 했던 거야?"

"그랬으면 구급차가 왔겠지! 나는 저런 비명 나오는 놀이기구는 잘 탄다고. 너도 예전에 자주 유원지에 갔었으니까 알잖아."

"흔들리는 내 가슴을 보고 싶어서 제트 코스터를 좋아하는 줄 알았지."

"난 몇 살부터 변태였던 건데! 애초에 너도 어렸을 때는 가슴이 납작했잖아! 흔들릴 게 아예 없다고!"

"호오~, 납작하다는 걸 알아볼 정도로 어린 나이 때부터 내 가슴을 봤구나."

"진짜 말은 하기 나름이구나! 나를 그렇게 궁지에 몰아넣을 때만 머리가 엄청 좋아지는 이유가 뭐야?!"

"진짜, 나나야는 가슴 마인이네~. 자, 과장님하고 코후유가 기다릴 테니까 슬슬 가자."

"그래, 그렇지. 코후유가 과장님을 울리는 거 아닌지 걱정되기 시작하네. 네가 방금 나한테 했던 것처럼 말이야."

그렇게 농담을 하며 우리는 과장님이 있는 곳으로 돌아갔다.

◆

"아, 어서 와."

실내 에리어. 푸드 코트 테이블 석에서 사이좋게 크레이프를 먹고 있는 과장님과 코후유를 발견했다.

우리는 곧바로 빈 자리에 앉았다.

"재미있었어?"

놀다 온 아이를 보는 듯한 눈초리로 과장님이 부드럽게 웃었다.

"응, 대단했어! 화악, 하고, 너무 빨라서 중간에 수영복이 벗겨질 뻔했어. 아하하~."

나오가 천진난만하게 대답했다. 윽, 머리가……, 뭔가 떠올리고 싶지 않은 기억이……. 그렇게 기억상실증에 걸린 주인공의 기분을 맛보며 나는 크레이프를 와구와구 먹고 있던 코후유에게 말을 걸었다.

"야, 코후유, 왜 크레이프 같은 걸 먹고 있는 거야. 아까 아이스크림 사줬잖아."

"괜찮아, 나나야 군. 내가 먹고 싶어서 같이 사준 거야. 그치? 코후유."

"흥, 이 아줌마가 굳이 코후유에게 바치고 싶다니까 어쩔 수 없이 받아준 거야.”

“그치?”

과장님, 그치는 무슨! 어? 뭔가 과장님도 코후유 여왕을 귀여워해주는 노예가 된 거 같은데? 혹시 이 사람도 M인가? 아니, 천하의 과장님이 M일 리가 없지. 엄청 S야. S. 이 사람은 코후유보다 여왕님이 어울릴 거라고. 여왕님인 과장님⋯⋯. 헉⋯⋯, 내가 무슨 망상을⋯⋯!

“죄송합니다, 과장님. 돈은 드릴게요.”

“무슨 소릴 하는 거야. 나나야 군의 여동생은 내 여동생이나 마찬가지잖아.”

그렇게 말하며 윙크하는 과장님.

“아하하, 토우카~, 귀가 빨간데~?”

오니키치가 말했다.

“따, 딱히 빨갛지 않아! 언젠가 말하려고 준비하던 대사도 아니고, 윙크도 익숙하니까 부끄러워서 귀가 빨개질 요소 같은 건 전혀 없어! 이상한 말 하지 말라고! 오니키치 군!”

“이예이, 이예이~! 윙크를 잘한다면 나한테도 해줘! 토우카~!”

“싫어! 부끄럽게!”

“아하하하하! 토우카는 재미있네! 부끄럽다고 말해버렸잖아, 히어 위!”

“정말, 놀리지 말라고!”

응?

어, 이 알콩달콩한 분위기는 뭐야.

아니, 오니키치에게 윙크를 하는 건 부끄럽다니, 그게 무슨 뜻이야? 어, 설마 역시 오니키치를……? 그, 그런 건가? 과장님은 갸루남을 좋아하는 건가? 그런 말 못 들었는데. 그런 말은 못 들었다고! 나카가와 계장님처럼 껄렁껄렁한 남자는 싫다고 저번에 그랬잖아! 그야 나카가와 계장님과 오니키치는 껄렁함의 방향성이 전혀 다르고, 오니키치는 친구도 잘 챙겨주는 좋은 녀석이고, 의외로 그런 업소 같은 곳도 모를 정도로 순수하고, 성실하고, 키도 크고, 힘도 세고, 으아~! 완벽하잖아!

젠장……, 갈색 머리인가……. 일단 머리카락을 염색하면 되는 건가?

"저기, 나오, 염색제는 약국 같은 데서 팔아?"

"어? 나나야 염색하게? 안 어울릴 테니까 그러지 마."

드라이! 엄청나게 싸늘한 말투!

"그, 그렇지 않거든! 난 갈색이 어울린다구!"

"톤이 밝은 머리카락은 오니키치처럼 말끔하게 생긴 사람이나 어울리지. ……나나야가 하면……. 아하하."

"너무해! 나오, 쌀쌀맞아! 너무해! 웃음소리가 메말랐어!"

"그리고 과장님은 검은 머리카락을 더 좋아할 것 같은데."

나오게 내게만 들리는 목소리로 말했다.

"따, 딱히 과장님하고는 상관없어."

"자자~, 이제 그런 건 됐으니까. 이번에는 소꿉친구인 나오에게 맡겨줘."

정말 이 애는 언제나 내 말을 들어주질 않는구나.

"있지~, 있지~, 과장님~. 과장님은 염색한 남자하고 안 한 남자, 둘 중 누가 좋아~?"

아니, 이 녀석, 본인에게 물어보지 말라고! 만약에 염색한 사람이라고 하면 오니키치 러브일 가능성이 커지잖아! 쓸데 없는 짓을……

"남자 머리카락 색?"

"응!"

무섭다. 듣고 싶지 않다.

"그런 건 흥미가 없는데."

네.

그랬죠.

그러고 보니 그랬죠.

이 사람은 그런 사람이었죠.

"어?! 그래도 취향은 있잖아? 활동적인 느낌인 단발 흑발이 좋다거나, 무법자 같은 장발 파마가 좋다거나."

"음~, 흥미가 없는데."

"그, 그렇구나!"

나오조차 당황하고 있다. 그야 그렇겠지. 그렇게 순수한 눈빛으로 망설임없이 곧바로 그렇게 말하면 당황스럽기도 할 거야.

오히려 시원스럽다. 이래야 과장님이지. 조금 안심이 되네.

"이예이! 이예이! 토우카~, 내 갈색 머리는 어때~? 최고로 멋지지~?"

"그래, 오니키치 군의 머리카락은 잘 어울려."

이봐아아아아! 어떻게 된 거야! 말이 안 맞잖아! 역시 나는 갈색으로 염색할 거야! 갈색 머리로 물들이면 되는 거잖아아아아아아아!

입술을 깨물면서 눈물을 참고 있자니 나오가 내 어깨에 살며시 손을 얹었다.

나오의 얼굴을 보았다.

웃고 있었다. 그리고 고개를 저었다. 눈이 신경 쓰지 말라고 말하고 있었다.

"좋아, 내일 염색해야지……."

내가 조용히 그렇게 중얼거리자.

"아, 안 돼!"

갑자기 과장님이 일어섰다.

"……왜, 왜 그러시나요, 과장님."

"아, 아니, 저기……, 나나야 군은 갈색 머리 같은 건 안 어울리니까. 그, 사람에게는 잘 맞고 안 맞는 게 있잖아? 따, 딱히 검은 머리인 나나야 군이 멋지다거나 그런 건 아닌데. 그래도 함부로 손대지 않는 게 낫지 않을까? 응?"

입술을 꽉 깨물면서 눈물을 참고 있자니 나오가 내 어깨에 살며시 손을 얹었다.

나오의 얼굴을 보았다.

웃고 있었다. 그리고 고개를 저었다. 입이 신경 쓰지 말라는 형태로 움직이고 있었다.

고마워, 나오. 고마워, 소꿉친구.

나는 강하게 살아갈게.

머리는 염색하지 않는다.

강하게 살겠다고 결심했으니까.

"그건 그렇고, 나나야 군. 잠깐 괜찮을까?"

갑자기 과장님이 진지한 목소리로 말했다.

오랫동안 경험한 느낌으로 진지한 이야기라는 걸 짐작한 나는 대답했다.

"네."

과장님이 손짓하며 자리에서 일어났기에 따라갔다.

뭐지? 역시 코후유가 뭔가 실례가 되는 짓을 해서 화가 났나? 아니면 내가 부족한 곳이 있어서 잔소리를? 호출당하는 이 느낌은 너무 오랜만이라 가슴이 두근거린다.

그래도 잘못한 게 있다면 확실하게 사과하자.

에휴……, 오늘 나는 아무래도 일이 잘 안 풀리네.

푸드 코트 입구 근처에서 과장님이 멈춰 선 다음 돌아보았다.

나는 마른 침을 삼키며 과장님이 이야기하기를 기다렸다.

"나나야 군, 당신 왜 그러는 거야?"

"……? 저기……, 왜 그러냐뇨?"

"돌아온 이후로 왠지 상태가 이상하길래. 무슨 일 있었어?"

"네?"

이야기할 게 그건가? 좀 전에 있었던 일 때문에 풀 죽은 게 들켰나? 그런데 다른 사람들 앞에서는 확실하게 전환해서 그렇게 어두운 분위기를 드러내진 않았을 텐데. 실제로 오니키치하고 나오도 눈치채지 못했고.

나는 다시 과장님에게 확인했다.

"그렇게 기운 없는 것처럼 보이던가요?"

"기운이 없는 건 아닌데. 일하다가 자주 보던 고민하는 느낌이길래. 워터 슬라이드에서 무서운 사람이 시비라도 걸었어? 아니면 지갑을 잃어버린 거야? 그럼 내가 빌려줄까?"

나는 잠시 멍해져버렸다. 어떻게, 어떻게 이 사람은 그런 걸 알아보는 걸까. 걱정을 끼치지 않게끔 숨기고 있었는데. 내가 아무리 꾸며대더라도 다 꿰뚫어본다.

"왜 그래? 혹시 몸이 안 좋아?"

"아, 아뇨, 괜찮아요. 문제가 좀 있긴 했는데, 이미 해결되었고 딱히 대단한 일도 아니었어요. 걱정을 끼쳐버린 것 같아 죄송합니다."

"그래? 뭐, 괜찮다면 상관없지만."

"네. 그런데 과장님은 대단하시네요. 과장님에게는 뭘 숨길 수도 없겠어요!"

"당연하지. 몇 년이나 함께 지냈는데. 다, 당신을 계속 보고 있었으니까."

"감사합니다."

내가 고개를 숙이자 그 위에 부드럽고 따스한 손의 온기가 겹쳐졌다.

과장님이 내 얼굴을 보고 부드러운 미소를 지으며 말했다.

"아무리 애를 써도 곤란할 때는 제대로 말해줘. 가끔은 누나에게 기대렴. 이래 봬도 나는 당신 상사니까."

아, 안 되겠다———.

안 되겠다, 좋다———.

나는 정말 이 사람을 좋아한다.

감정이 흘러 넘쳐서 멈출 수가 없다.

지금 여기서 소리 내어 말해버리고 싶다.

이 마음을———, 전부.

"과, 과장님……, 저!"

"카미조 토우카?!"

갑자기 푸드 코트에 있던 모든 사람들이 이쪽을 볼 정도로 큰 목소리가 주위에 울려퍼졌다.

나와 과장님은 그 목소리를 듣고 돌아보았다.

오늘은 운수가 사나운 날인가?

우리 앞에 사콘지 비와코가 나타났다.

물론 다른 녀석들도 뒤에 데리고 있었다.

사콘지 선배는 어깨에 힘을 잔뜩 주고 과장님을 손가락으로 가리키며 말했다.

"어, 어째서 네가 여기 있는 건데?!"

"어, 어머, 사콘지 양. 안녕."

과장님은 작은 목소리로 사콘지 선배에게 인사를 했다. 착각일지도 모르지만 조금 겁을 먹은 것 같은데? 과장님이?

사콘지 선배는 어째선지 과장님을 노려보며 귀를 붉게 물들이고 있었다. 같은 2학년이니 서로 알고 지내는 것도 딱히 놀랄 게 없지만, 아무래도 분위기가 안 좋은 것 같다. 두 사람은 별로 좋은 관계가 아닌 걸까.

그렇게 생각하고 있자니 갑자기 사콘지 선배가 나를 보았다. 이런, 들켰다.

"너……! 뭐야, 카미조 토우카의 일행이었어? 그런 말 못 들었거든?"

말 안 했거든.

"어? 나나야 군, 사콘지 양하고 아는 사이야?"

"그건 내가 하고 싶은 말이거든. 너희, 설마 사귀는 거야?"

"무무무무무무무무무무무무무무무무슨 소릴 하는 거야, 사콘지 양! 우리가 그렇게 사귀는 것처럼 보여?! 그, 그렇게?! 어~, 말도 안 돼~! 그렇게?! 잠깐만, 어머나, 곤란하잖아! 그게 무슨 소리야? 이제 막 사귀기 시작해서 서로 너무 의식해버려서 어색해지고 풋풋한 느낌이 흘러 넘친다는 뜻이야?! 아니면 오랫동안 함께 지내서 서로 모든 것을 알고 있으니까 척 보기에도 오래된 커플이 알콩달콩하는 게 드러나 버린다는 뜻이야? 그렇게 사귀는 것처럼 보여?!"

"딱히 그렇게 안 보이거든."

"안 보인다고?!"

"그건 그렇고, 질문에 대답해줬으면 하거든? 사귀는 거야? 안 사귀는 거야?!"

왠지 둘 다 잘 이해가 안 되는 쪽으로 달아오른 것 같은데. 일단 내가 끼어들어야겠다.

"사콘지 선배, 저랑 카미조 선배는 사귀지 않아요."

"……아, 그래. 딱히 그런 건 상관없거든!"

뭐야, 왜 그러는 거야, 사콘지 선배. 이번에는 완전 시비조네. 역시 과장님하고 사이가 안 좋은 건가? 아니면 아까 그걸 계속 마음에 두고 내게 화가 난 게 아직 가시질 않은 건가…….

어찌 됐든 분위기가 너무 험악하다. 얼른 이곳을 떠나야겠다.

"과장님, 이제 가시죠."

나는 과장님에게 작은 목소리로 말했다.

그런데 귀가 밝은지 사콘지 선배도 들은 모양이라.

"잠깐, 아직 이야기가 안 끝났거든?"

이야기고 뭐고, 같은 학년 학생을 우연히 만났을 뿐인데 뭐가 신경 쓰인다는 걸까.

"사콘지 양, 아직 뭔가 볼일이 있는 거야?"

과장님은 상대방을 자극하지 않게끔 부드러운 말투로 물었다. 아무래도 과장님은 원만하게 넘어가려는 모양이었다. 한편, 적의를 품고 있는 건 사콘지 선배 뿐인 것 같다.

"카미조 토우카, 사귀지 않는 거면 어째서 이 남자하고 같이 다니는 건데."

"어째서냐니……, 치, 친구니까? 사콘지 양하고 상관있어?"

"———윽! 사, 상관이 있는지 없는지는 어찌 되든 상관없잖아! 이딴 남자!"

"잠깐, 이딴 남자라는 말은 아무리 사콘지 양이라고 해도 그냥 넘어갈 수 없겠는데."

"호오~, 그렇게 마음에 든 거야?"

"그래, 맞아."

소극적이던 과장님의 말투가 점점 열기를 띠기 시작했다.

두 사람 사이에서 불꽃이 튀는 게 보인다. 하지만 나는 이 배틀의 근본적인 원인을 전혀 모르고 있다. 이 사람들은 왜 싸우는 거지?

가능하다면 더 이상 다투지 말아줬으면 하는데, 내 생각과는 달리 쓸데없는 참견이 끼어들었다.

"비와코 말이 맞아, 카미조 양. 이 남자가 어떤 남자인지 알아?"

자주 봐서 익숙해진 사콘지 비와코를 따라다니던 남자가 앞으로 나섰다.

이 남자는……, 오늘 나를 몇 번이나 지옥에 떨어뜨려야 만족할까.

"너……………, 누구야?"

"가, 같은 반이잖아? 오히려 비와코가 다른 반이니까 내가 더 가까울 텐데?!"

"그랬나……. 미안해."

"아, 아무튼! 이 녀석은 비와코에게 터무니없는 짓을 저질렀다고! 안 그래? 비와코!"

아~, 끝났다. 아무리 오해라 해도 이렇게 압도적으로 불리한 상황이니까. 사콘지 선배가 맞장구를 치면서 이 녀석은 변태라고 하면 깔끔하게 여고생의 수영복을 풀어헤친 색골 녀석이라는 딱지가 붙어서 내 누명이 성립된다. 안타깝게도 이 상황을 뒤엎고 과장님을 설득할 자신은 없다. 불가능하다.

나는 반쯤 포기라는 이름의 각오를 하고는 느긋하게 사콘지 선배가 말하기를 기다렸다.

"……딱히."

"응? 왜 그래? 비와코. 말해주라고."

"딱히 이딴 남자는 모르거든! 이제 됐어! 가자!"

"어, 야, 야, 비와코!"

사콘지 선배는 인상을 찌푸린 채 우리 옆을 지나쳐서 걸어갔다.

어라? 사, 살아난 건가?

그렇게 방심한 직후, 사콘지 선배가 이쪽을 돌아보았다.

그리고 한마디.

"너희들, 전혀 안 어울린다고!"

그렇게 말한 다음, 그녀는 진짜로 떠나갔다.

어째서 사콘지 선배가 내 실수에 대해 폭로하지 않았던 건지는 모르겠지만, 아무튼 살아난 모양이다.

나는 긴장이 풀려서 한숨을 쉬며 과장님을 보았다.

"자, 갈까요, 과장님……. 과장님?!"

기절해 있었다. 과장님이 선 채로 기절해 있었다.

"과장님! 괜찮으세요? 과장님!"

겨우 의식을 되찾은 과장님이 입에서 혼 같은 게 빠져나오는 듯한 분위기를 보이며 작은 목소리로 말했다.

"아……, 안 어울린다니……."

"과장님, 정신 차리세요! 과장님!"

자, 이렇게 문제투성이인 여름방학 첫 일정이 지나가게 되었는데.

오늘 즐거웠던 이 워터파크에서의 하루가 앞으로 시작될 파란만장한 여름방학의 서장에 불과했다는 사실을 당시의 나는 알 수가 없었다.

그렇게 말해본다.

카미조 토우카의 비공개 mixi 일기　　　　【사회인 2년 차】

4월 21일 화요일

신입이 배속된 다음 날.

시모노 군은 완전히 나를 기억하지 못하고 있어…….

아니, 오늘 점심을 다 같이 먹었는데, 고등학교 이야기를 전혀 안 하더라고 ﹨(˚Д˚)／!!

이야기할 기회는 얼마든지 있었는데!

회사 선배하고 같은 학교를 나오면 보통 이야기를 꺼내기 마련이잖아 ﹨(˚Д˚)／!!

그러니까, 이야기를 꺼내지 않았던 이유는 같은 고등학교를 다녔다는 걸 기억하지 못하거나…….

애초에 나를 알아보지 못했거나. ·˚。·(╱Д`)·˚·。.

이렇게 된 이상 내일 내가 먼저 이야기를 꺼내주마(*'ω'*)!!

제2장 ┃ 사콘지 비와코가 퉁명스러운 이유

Why is
my strict
boss
melted
by
me ?

시간이 정말 빠르게 가는 것 같다. 여름방학이 시작된 지 벌써 2주가 지났고, 정신을 차리고 보니 8월 초를 맞이했다.

워터파크를 갔던 날부터 따지면 닷새가 지났다.

아침, 10시쯤 느지막하게 일어난 내가 거실로 가보니 그곳에는 가족이 없었다.

여동생도, 어머니도, 아버지도. 아무도 없는 조용한 거실. 뭐, 부모님은 일을 하러 가셨을 테고 여동생은 동아리 활동이든 뭐든 하러 갔을 거라 생각했기에 나는 딱히 신경 쓰지 않고 소파에 기댄 채 리모컨으로 TV 스위치를 켰다.

하품을 하면서 밥을 뭘 먹을까 생각하고 있자니 테이블에 놓아두었던 휴대폰이 거세게 진동했다. 그런데 여전히 이 피처폰의 거친 진동은 익숙해지지를 않는 것 같다. 전화가 올 때마다 심장이 튀어나올 것만 같다. 아르바이트라도 해서 스마트폰으로 바꿀까? 아, 그런데 이 무렵 스마트폰은 최신 기종이 아닌 이상 꽤 느릿느릿해서 스트레스가 쌓였단 말이지. 부드럽게 작동하는 게 당연한 11년 뒤를 알고 있으니 더더욱 짜증이 날 것이다.

그렇게 아무래도 상관없는 생각을 하면서 휴대폰을 들어보니 어머니에게 온 전화였다.

『아, 받았네. 나나야, 그러고 보니까 선물은 뭐가 좋겠니?』

"선물? 뭐야, 어디 가?"

『무슨 소릴 하는 거야. 오늘부터 1주일 동안 다 같이 하와이 여행가기로 했잖아.』

"뭐? 하와이?! 다 같이라니, 아니, 나는?!"

『뭐어? 네가 안 간다고 했잖아. 이제 와서 간다고 해봤자 이미 늦었어. 아빠랑 엄마는 여름 휴가에 유급 휴가를 붙여 써서 이 날을 위해 확실하게 계획을 세운 거니까.』

아니, 난 왜 그 계획을 모르는데! 가족 여행 아니야?! 부부만 간 거야?!

"코후유는?"

『당연히 코후유도 왔지. 뭐야, 너 잠이 덜 깼니?』

뭐야, 내가 이상한 건가? 그런 계획은 처음 들었는데……, 아니, 잠깐만. 타임 리프한 이후에는 처음 듣긴 했다. 그럼 타임 리프하기 이전에는 어떨까.

진짜 11년 전. 타임 리프한 5월 이전. 아, 그래, 생각났다.

그해, 3월 정도부터 계속 여름방학 때는 하와이에 가자고 가족들끼리 계획을 세웠다. 그리고 나는 마침 고등학교에 진학한 해였다. 동아리 활동을 하게 될지도 모르고, 고등학교에 가보기 전엔 뭐가 있을지 모르니까 일단 이번에는 가지 않기로 했었다. 단, 조건부로. 조건 내용은 별것 아니다.

고등학교에 입학해본 결과, 동아리에 들어가지 않고 하와이에 가고 싶어지면 호텔 예약 상황을 감안해서 5월 안에 부모님에게 말하는 것.

물론 그런 예전 일을 잊어버리고 있었던 나는 타임 리프를 한 이후로 하와이 이야기 같은 걸 하지 않았다. 눈 깜짝할 새에 5월이 끝나고 가족들은 내가 하와이에 가지 않을 거라 생각한 것이다.

『정말, 적당히 사서 갈게. 그럼 나쁜 짓 하지 말고.』

내가 과거의 자신에게 화를 내고 있던 동안 어머니는 일방적으로 전화를 끊었다.

젠장……, 하와이……, 가고 싶었는데!

첫 번째 고등학교 시절에는 깜빡 잊지 않고 말해서 하와이에 따라갔었다. 그리고 가보니 엄청나게 즐거웠다.

그 이후로 나는 하와이는커녕, 해외여행을 해본 적이 없다.

모처럼 두 번째 하와이 찬스를 날려버린 것이다.

"아하하……, 아하하하하……, 딱히 상관없어. 왜냐하면 일본에는 과장님이 있으니까."

나는 천장의 실링라이트를 바라보며 헛웃음을 지었다. 혼자 거실에서.

그래, 이번 여름은 과장님과 사이좋게 지낼 절호의 기회다. 유이토 씨가 말했던 과장님에게 은혜 갚기도 할 거야. 내가 쌓고 싶은 건 마일리지가 아니라 은혜 포인트니까. 하와이 같은 곳에 갈 시간은 없다고. 아하하.

부우웅! 부우웅!

"으엇! 진짜, 시끄럽네! 뭐야! 또 뭔가 깜빡하고 말 안 한 게 있는 거냐고! 더 이상 아들을 궁지에 몰아넣지 마!"

나는 반쯤 화풀이하는 마음으로 휴대폰을 다시 들었다.

"네! 여보세요!"

『여보세요. 시모노 나나야 휴대폰 맞지?』

"……?"

어머니 목소리가 아니었다.

나는 휴대폰 화면을 보았다. 모르는 번호다.

누구지……? 이 목소리, 어디선가 들어본 적이…….

『지금 바로 패밀리 레스토랑으로 와줬으면 하거든?』

이 특징적인 말투…….

틀림없다. ───사콘지 비와코다.

◆

나는 국도를 따라 걸어가며 사콘지 선배가 지정한 패밀리 레스토랑으로 향하고 있었다. 따끔따끔한 햇볕이 내 피부를 달구었다.

어째서 사콘지 비와코가 내 휴대폰 번호를 알고 있었던 걸까. 그녀는 담담하게 이야기했다.

『비와의 인맥을 쓰면 네 번호를 따는 건 아무것도 아니거든.』

무시무시한 대답이었다.

나는 그제야 터무니없는 상대를 화나게 만들어버렸다는 걸 알게 되었다.

대체 무슨 이야기를 하려는 걸까. 이제부터 고등학교 생활 3년 동안 밝은 곳을 돌아다닐 수 없게 되나? 아니면 그녀를 둘러싸고 있는 모든 인싸들의 셔틀을 하게 되나?

아니, '이야기를 하는 것' 정도면 그나마 나은 편이다. 패밀리 레스토랑에 무서운 2학년, 3학년 남자들이 기다리고 있다가 곧바로 납치해서 두들겨 패는 거 아닐까?!

그렇게 생각하니 순순히 그녀의 지시에 따라도 되는 걸까 하고 의문이 들기 시작했다. 패밀리 레스토랑 같은 데는 가지 말고 이대로 도망치는 게 낫지 않을까?

아니, 거의 접점이 없었던 사람의 휴대폰 번호를 쉽사리 입수하는 여자라고. 도망쳐봤자 그냥 시간 벌이에 불과할 것이다.

그렇다면 직접 나서서 싸울 수밖에 없다.

괜찮다. 이러쿵저러쿵해도 상대는 고등학생이다. 육체적으로 그쪽이 연상이라 해도 나는 그녀들보다 몇 년이나 많은 인생 경험을 쌓아왔다. 어른의 대처 방법이라는 걸 알고 있다.

폭행을 당할 것 같으면 점원분을 부르면 되잖아? 그럼 경찰을 부르겠지? 학교에 연락하겠지?

보세요, 사회가 저를 지켜줍니다!

이것이 법치국가를 살아가는 어른의 지혜다!

괜찮아, 무섭지 않아. 그러니까 내 다리가 떨리는 건 공포 때문이 아니야. 수영장에 다녀와서 근육통이 아직 남아 있을 뿐이야.

젠장~! 원래는 지금쯤 비행기를 타고 하와이로 가고 있었을 텐데! 어째서 나는 지금 걸어서 지옥으로 가고 있는 거지!

그리고 그 지옥의 문이 내 앞에 나타났다.

패밀리 레스토랑의 주차장을 지나 입구에 도착했다.

나는 심호흡을 하고 나서 묵직한 문을 당겼다. 시원한 에어컨 공기가 단숨에 내 몸을 식혀주었다. 자, 피고 입정이다.

손님을 확인하러 다가온 점원에게 일행이 먼저 왔다고 말한 다음 가게 안을 둘러보았다.

─────────────있다.

화려한 금발 트윈테일 뒤통수가 내 시야에 들어왔다.

그 머리를 목표로 천천히 걸어갔다.

지금까지 본 바로는 사콘지 선배는 혼자 있는 것 같다.

하지만 방심할 수는 없다. 나중에 동료들이 잔뜩 밀어닥칠지도 모른다. 아니, 이미 이 패밀리 레스토랑 안에 잠복하고 있나? 주위에 앉아 있는 손님들이 모두 적으로 보이기 시작한다.

좀 전까지 더워서 잔뜩 흘렸던 땀이 에어컨으로 인해 식은 몸 전체를 불쾌하게 감쌌다.

나는 마음을 진정시키고 사콘지 선배 앞에 멈춰 섰다.

"오래 기다리셨죠, 사콘지 선배."

여전히 엄청 화려한 분홍색 파카를 입고 있는 그녀는 마시던 메론 소다를 테이블에 올려놓고 천천히 나를 보았다.

그리고 분홍색 립크림으로 반짝이는 매끈매끈한 입술을 떨며 말했다.

"오~, 나나노스케! 왔구나~! 자, 거기 앉아. 정말, 기다리다가 목이 빠지는 줄 알았거든?"

마치 그녀에게만 햇빛이 비치는 건가 하는 착각이 들 정도로 밝은 미소를 보이며 나를 맞이해준 사콘지 선배.

나는 맥이 빠져서 잠시 몸이 굳어버렸다.

"잠깐, 빵 터지거든? 나나노스케. 얼른 앉으라고."

"아, 네, 죄송합니다, 사콘지 선배!"

"야~, 사콘지가 아니라 비와코라고 불러~! 야~, 나나노스케, 야~."

사콘지 선배가 나를 향해 툭툭 귀여운 보디 블로를 날렸다.

"자, 잠깐만요, 그러지 마세요, 사콘지 선배!"

"야~, 그러니까 비와코라고 부르라고~. 야~, 나나노스케."

"아, 알겠어요, 비와코 선배! 아니, 아까부터 나나노스케가 뭔데요?!"

"뭐야, 나나노스케는 여자애가 별명으로 불러준 적 없어? 야~, 동정이냐고~."

계속 보디 블로를 날리고 있었기에 나는 도망치듯이 비와코 선배 맞은편에 앉았다.

대체 이 상황은 뭐지. 전혀 화가 난 것 같지 않은 비와코 선배의 분위기. 지금까지 쿨한 계열 갸루라고 생각했는데, 이 사람은 평범한 갸루였던 건가? 평범한 갸루가 뭔데.

"저기……, 비와코 선배, 화나신 거 아니었나요?"

"어? 무슨 말을 하는 건지 모르겠거든? 빵 터지네."

"아니, 워터 슬라이드를 타다가."

"아~, 그치, 그치. 그때는 비와도 당황해서 말이야, 네가 수영복을 벗긴 게 아니라는 걸 알고 있었는데……, 미안해. 사과."

화를 내기는커녕, 사과까지 했다.

"아뇨, 오해가 풀린 것 같으니 안심이 되네요."

"아하하, 뭐야, 나나노스케, 비와가 화난 줄 알고 그렇게 겁을 먹었던 거야? 좀 귀엽거든? 그런데, 그때 왜 다른 애들이 오해하는데 따지지 않은 거야?"

"그야 비와코 선배가 힘든 일을 겪은 건 사실이고……, 너무 일을 크게 벌리는 건 안 좋을 것 같아서요."

"오, 나나노스케, 자상하잖아. 그리고 보니까 비와를 위해서 수영복을 찾아주고 몸을 가려준 거 고맙다는 인사도 못 했지. 땡큐."

비와코 선배가 방긋 웃으며 주먹을 내밀었다.

"벼, 별말씀을요."

나도 마찬가지로 당황하면서도 주먹을 맞댔다.

보아하니 내가 불안해했던 건 기우였던 모양이다.

설마 이렇게 싹싹한 선배일 줄은 몰랐다.

안심해서 그런지 피로가 갑자기 밀려왔다. 그런데 화가 나지 않았다면 어째서 나를 여기로 불러낸 걸까. 일부러 전화번호를 알아내면서까지.

"비와는 나나노스케가 마음에 들었거든."

"어? 마음에 들었다고요?"

"그래! 좋은 녀석이고, 귀엽고."

"네에……, 감사합니다."

이게 대체 무슨 전개지?

"흐흐흐흥."

"비와코 선배……?"

그녀는 씨익 웃으며 나를 빤히 바라보았다.

"있지……, 나나노스케, 단둘이 있을 수 있는 곳……, 안 갈래?"

"다, 단둘이……?"

"응, 아무도 방해하지 못하는 곳……, 가고 싶거든."

진짜로 이게 대체 무슨 전개냐고!!

◆

어둑어둑하고 밀폐된 공간. 좁은 방 천장에는 붉은색과 녹색 램프가 희미하게 우리를 비추고 있다.

소파에 앉은 내 옆에서 비와코 선배가 몸을 기댔다. 빨아들이는 것 같은 그녀의 부드러운 느낌에 나는 침을 삼켰다.

"있지, 나나노스케."

섹시한 목소리 때문에 그녀의 얼굴을 볼 수 없던 나는 도망치듯이 아래를 보았다. 하지만 그곳에 있는 건 확 트인 가슴 언저리. 파카 안쪽에는 검은색 브래지어가 힐끗 보였다. 자그마하면서도 부풀어 오른 과일이 안쪽으로 쏠려서 매혹적인 계곡을 만들어내고 있었다.

나는 다시 침을 삼켰다.

"네, 네……."

내 볼에 꽃향기를 풍기는 금발이 닿았다. 마치 식충 식물 같다. 달콤한 향기로 먹잇감을 꼬드기는 위험한 꽃이다.

"다음에느은······."

꿀꺽······.

"무슨 노래 부를까!"

"아니, 몇 곡이나 부르는 건데요! 할 이야기가 있는 거 아니었어?!"

역 앞 노래방에 온 지 대충 세 시간 정도. 나는 이 밀폐 공간에서 계속 그녀와 함께 노래를 부르게 되었다.

방해하지 못한다는 게 이런 거였어?! 아무도 방해하지 않고 엄청 노래만 부르긴 했는데!

"나나노스케, 장단을 못 맞춰주네, 분위기 다운되거든?"

"세 시간 동안 같이 불러줬는데 그런 말을! 이제 좀 본론으로 들어가자고요!"

"나나노스케, 엄청 태클 거네. 빵 터진다. 분명히 개그맨이 될 수 있을 거야~."

"갸루 특유의 근거 없는 보장! 됐으니까 얼른 본론!"

"아하하~! 알았거든? 알았으니까 웃기지 말아줬으면 하거든?"

이 사람은 진짜 종잡을 수가 없네. 누구에게도 말하고 싶지 않은 의논을 하고 싶다길래 단둘이 있을 수 있는 노래방까지 따라와 준 건데. 정말.

"그래서, 의논할 게 뭔데요?"

"이건 누구에게도 말하면 안 된다? 나나노스케가 진짜로 마음에 들어서 이야기하는 거야. 말하면 용서하지 않을 거거든?"

"알겠어요. 비와코 선배가 진지하다는 건 저도 알겠으니까요."

"그럼, 말할게."

"네."

"……카미조 토우카."

"……네?"

"카미조 토우카 말이야."

……여기서 과장님인가.

일단 어느 정도는 예상하고 있었다.

푸드 코트에서 주고받은 이야기. 두 사람 사이에 뭔가 있는 것 아닐까 하고 솔직히 신경 쓰였다.

각자 다른 방향성으로 스쿨 카스트 톱에 군림하는 두 사람이다. 그녀들 나름대로 악연이 있는 건지도 모르겠다.

뭐, 악연은 너무 심한 표현일지도 모르겠지만 적어도 비와코 선배는 과장님에게 적의를 품고 있는 것 같다. 그런 태도를 보였는데 적의가 아니라면 그냥 츤데레다. 과장님도 그 적의를 눈치채고 있다. 그러지 않았다면 항상 멋지던 과장님이 그렇게까지 약한 모습을 보일 리가 없다. 혹시 약점을 잡힌 건지도 모르겠다.

그렇다면……, 비와코 선배가 지금부터 털어놓을 의논 내용에 따라서는 내가 두 사람 사이에 끼이게 될 가능성도 있다.

하지만 이제 와서 함께 의논할 수 없다며 매정한 소릴 할 수도 없다.

그녀도 고민한 끝에 내게 털어놓는 거니까.

그렇다면 우선 이야기를 들어봐야 한다. 그런 다음 생각하면 좋은 해결 방법도 찾아낼 수 있을지도 모르겠다.

나는 각오를 다지고 비와코 선배의 눈을 똑바로 보았다.

"카미조 선배 말이죠."

"그래. 비와……, 카미조 토우카하고……."

"…………."

"토우카하고 사이좋게 지내고 싶어!!"

"…………."

"…………."

"…………."

"…………."

"네?"

"그러니까, 토우카하고 사이좋게 지내고 싶어!!"

"비와코 선배가?"

"그래!"

"과장님하고?"

"과장님이 누군데?!"

이런, 영문을 알 수가 없네. 그렇게 적의를 드러내던 상대랑 사이좋게 지내고 싶다고?

"좀 혼란스러운데요, 왜 과장님하고 사이좋게 지내고 싶다는 거죠……?"

"그러니까 과장님이 누구냐는 거거든??! 뭐야, 나나노스케, 혹시 토우카를 과장님이라고 부르는 거야?! 영문을 알 수가 없어서 기분 나쁘거든!"

"아니, 비와코 선배도 아까부터 은근슬쩍 과장님을 토우카라고 부르고 있잖아요! 영문을 모르겠는 건 저라고요! 비와코 선배는 워터 파크에서 만났을 때도 과장님한테 엄청 시비를 걸지 않았나요?!"

"그……, 그건!"

"그건?"

"토우카 앞에서는 긴장해서 항상 그렇게 되어버리거든!"

아~, 그렇구나, 그렇구나.

그냥 츤데레잖아!

반전도 뭐도 없는 그냥 돌직구 같은 츤데레였네!

"그럼 애초에 비와코 선배는 과장님에게 적의 같은 게 없다는 거죠."

"응."

"오히려 친구가 되고 싶을 정도로 좋아한다고요."

"그건 초등학교 3학년 때였어……."

뭔가 이야기하기 시작했는데. 갸루의 이야기 템포를 따라잡는 거 힘들다.

"비와하고 토우카는 같은 초등학교를 다녔거든. 학교의 마돈나였던 비와는 반 친구나 모르는 선배에게도 귀여움을 받으면서 내가 제일 귀여운 공주님이라고 생각했어. 그런데 옆 반에 더 귀여운 여자애가 전학 왔다는 소문이 퍼진 거야. 그게 카미조 토우카였고."

호오, 둘이 같은 초등학교를 다녔구나. 그럼 일단은 소꿉친구……가 되려나?

"비와는 바로 옆 반으로 확인하러 갔어. 정말 귀엽긴 했지. 인형 같았어. 그래도 딱히 괜찮다고 생각하진 않았어. 비와가 훨씬 더 괜찮거든이라고 생각한 거야."

어? 이 사람은 초등학생이었을 때부터 갸루였나? 갸루의 화신이잖아. 인기가 있을 만도 하네.

"하지만 학교 사람들은 카미조 토우카에게만 푹 빠지게 되었어. 분했지이. 엄청 분했어어~."

감정을 엄청 담네. 낭독극이라도 듣는 줄 알았잖아.

"그래서 비와는 카미조 토우카를 때려주러 갔어."

"발상이 야만스러워! 초등학생인데 그런 발상이라니! 역시 무서운 캐릭터였어!"

"그런데 그때, 우연히 카미조 토우카의 소문을 듣고 교실에 와 있던 남자 선배하고 부딪혀서 비와가 넘어져버린 거야. 비와는 따지려고 그 녀석을 째려봤어. 그랬더니 그 남자가 비와를 내려다보면서 '걸리적거린다고, 호박아'라면서 째려봤어. 비와는 그때 처음으로 카미조 토우카에게 졌다고 생각했지. 그렇게 비와를 공주님처럼 대접해주던 사람들이 진짜 공주님이 나타나자마자 질린 장난감을 버리는 것처럼 싸늘해졌어. 그런 현실을 깨닫게 된 비와는 눈앞에 있는 크고 강해 보이는 남자가 갑자기 무서워져서 아무런 말도 할 수 없게 되었어. 아, 비와는 안 괜찮네. 엄청 촌스러워. 그냥 교실로 돌아가자……, 그렇게 생각했을 때 비와 앞으로 카미조 토우카가 와서 손을 내밀어 주었어. 그리고 남자에게 말했지. '사과해'라고. 비와가 무서워서 아무런 말도 못 한, 비와나 카미조 토우카보다 몸집이 훨씬 큰 선배에게 말이야. 반했어. 비와는 완전히 반해버린 거야. 토우카에게. 비와도 토우카처럼 강한 사람이 되고 싶다고 진심으로 생각했어. 이게 비와와 토우카의 만남. 어때? 이해했어……, 아니, 나나노스케, 우는 거야?!"

"으흐흐흐흐흐흐흐흑……! 역시 과장님! 역시 카미조 토우카! 초등학생이었을 때부터 과장님은 과장님이었구나! 정말 마음씨 착하고 훌륭하신 분이야! 너무 멋있어!"

"나나노스케……, 너, 뭘 좀 아는구나! 맞아! 토우카는 멋있어!"

"저도 알죠! 당연하잖아요! 비와코 선배야말로 뭘 좀 아시네요!"

"야~! 나나노스케, 야~!"

"야~! 비와코 선배, 야~!"

우리는 진심으로 서로를 이해했다.

비와코 선배와 처음 이야기했을 때 과장님을 닮았다고 생각했는데, 그렇구나, 이제 이유를 알겠다. 자신의 정의를 관철하는 과장님을 동경해서 그녀도 불의에 맞서는 강한 사람이 된 거구나.

그건 그렇고 비와코 선배는 설명을 정말 잘하네. 시간 순서에 맞게끔 자신의 심정을 이야기하면서 과장님의 호칭도 조금씩 바꿔가는 부분이 완벽하다. 감정 이입을 하기가 편했다.

"비와코 선배, 이야기 잘하시네요. 엄청 이해하기 편해서 뜻밖이었어요."

"야~, 뜻밖이라는 게 무슨 소리냐고. 야~."

"아하하, 죄송합니다. 좀 전까지는 약간 바보 같은 갸루라고 생각했거든요."

"야~, 나나노스케, 야~. 뭐, 바보라는 건 맞는 말이거든, 꺄하하. 저번 기말고사도 토우카보다 8점이나 낮았으니까~, 꺄하하."

"아하하, 비와코 선배, 자학도 잘하시네요. 아니, 방금 뭐라고요?!"

"야~, 나나노스케, 야~."

"그거 말고요! 과장님하고 시험 점수 차이가 겨우 8점?! 무슨 과목에서요?!"

"총점인데?"

"머리 엄청 좋잖아!"

그 사람은 기말고사 학년 1위였다고! 평균 98점이라고 했는데! 그렇다면 이 사람도 평균 97점 이상이라는 게 확정이잖아! 진짜로 갸루에 대한 인식을 바꿔야겠다. 편견은 역시 바람직하지 못해.

"뭐~, 그래서 비와는 정말 좋아하는 토우카랑 사이좋게 지내고 싶다는 거야."

"어라, 그런데 초등학교도 같이 다녔으니까 접점도 생기지 않았나요? 그때는 친구가 되지 못했어요?"

"아니, 비와는 그 뒤에 금방 이사해서 옆 마을로 전학 갔거든. 엇갈리게 된 거지."

"그렇군요. 그리고 고등학교에서 다시 만난 거고요."

"맞아! 그런데 그 애는 초등학생이었을 때보다 더 예뻐져서 뭐라고 해야 하나, 이미 다른 사람이 다가오기 힘들 정도의 미모? 특히 1학년 때는 토우카 오라가 장난 아니었다고 해야 하나, 조금 무서운 느낌이었거든~."

"아……."

고등학교 시절의 과장님은 고고한 사람이라는 느낌이긴 했다. 나도 남몰래 과장님을 보곤 했는데, 누군가와 친하게 지내는 모습을 본 적이 거의 없다. 학업이나 학생회 일 때문에 바쁘기도 했을 것이다.

"그래도 노력해서 말을 거는데, 그럴 때마다 긴장해버려서……."

"자기도 모르게 험한 말이 나와서 그런 느낌으로 퉁명스러워진다는 거네요."

뭐, 긴장해버리는 건 이해가 되기도 하는데. 너무 전형적인 츤데레 아니야?

"아마 토우카도 비와를 껄끄러워하기 시작한 것 같아. 점점 대놓고 피하게 되어버렸거든~. 괴롭다~."

"그야 매번 그렇게 시비를 걸면 누구든 피하고 싶어지겠죠."

"나도 알고 있거든? 하나하나 그렇게 따지지 말라고, 나나노스케, 이 녀석~."

"아야야."

비와코 선배가 내 볼을 꼬집었다.

"이제 됐어~, 완전 실패했네. 한 번은 그렇게 생각하면서 포기했는데."

"어라? 그래요?"

"응. 그런데 말이지. 2학년이 되어서 5월 정도? 왠지 토우카가 갑자기 부드러워졌거든. 엄청 많이 바뀐 건 아닌데. 비와는 알아. 왠지 오라가 부드러워졌어."

5월……, 타임 리프를 한 이후다. 이 사람, 예리하네. 아마 알맹이가 인생 경험을 쌓은 어른 과장님이 된 이후로 어렸던 고등학생 시절보다 부드럽게 보였을 것이다. 사람은 나이가 들면 동글동글해진다고 하니까. 그래도 그런 사소한 변화를 눈치챈 건 비와코 선배의 관찰력이 뛰어나기 때문일 것이다.

"비와를 껄끄러워하는 건 마찬가지인 것 같은데, 요즘은 그렇게 신경 써주게 되었어. 저번에도 '어머, 사콘지 양, 안녕'이라고 이름을 불러줬거든! 대단하지 않아?! 이거 혹시 찬스 아닐까?!"

이 사람, 완전히 사랑에 빠진 소녀네!

"그래서 사이좋게 지낼 수 있게끔 다시 한번 노력해보자고 생각하신 거네요."

"바로 그거야, 나나노스케! 이 찬스를 놓치고 싶지 않은 거지! 그런데 혼자서는 제대로 할 수가 없어서. 저번에도 햄버거 가게에서 만났지? 그때도 갑자기 토우카가 보이길래 급하게 도망쳤어. 이래선 시간이 아무리 지나도 사이좋게 지낼 수가 없어! 나나노스케는 토우카하고 사이가 좋잖아? 수영장에서는 나나노스케한테 질투가 나서 차갑게 대해버렸는데, 그건 사과할 테니까! 응? 부탁이야! 도와줬으면 하거든!"

아, 계속 사귀는지 확인하고, 떠나가면서 어울리지 않는다고 했던 이유가 그거구나. 수수께끼가 풀렸다.

음, 과장님하고 비와코 선배 사이의 중개역……이라. 그래도 과장님이 비와코 선배를 껄끄러워하는 마음은 타임 리프를 한 이후에도 사라지지 않은 모양이고……. 만약에 영업 일이었다면 기꺼이 다리를 놓아줬겠지만. 애초에 과장님이 영업 일을 할 때 누군가와 커뮤니케이션을 원활하게 하지 못한 적 자체가 없는 만큼, 내가 사생활 쪽 관계에 끼어들어도 되는 건지 매우 미묘한 부분이다.

과장님이 싫어하는 일은 하고 싶지 않다. 애초에 원래 역사에서 과장님은 특정한 사람과 사이좋게 지낸 적이 없었으니까. 그런데 억지로…….

아니, 잠깐만.

만약에 과장님이 그걸 후회하고 있다면———.

나는 과장님이 얼굴을 붉히면서까지 털어놓았던 그 말을 떠올렸다.

『청춘을 누리고 싶어.』

학생회에 힘쓰던 첫 번째 고등학교 생활과는 다른 청춘.
그렇구나……. 이제야 알겠어.

과장님이 해보고 싶었던 청춘. 고고하게 지내던 시기를 후회하며 처음부터 다시 시작하고 싶었던 것.

그건 분명히 친구들과 즐겁게 지내는 청춘의 고등학교 생활일 것이다.

그렇다면 비와코 선배의 이야기를 들어주는 것, 다시 말해 그것이 과장님이 하고 싶었던 청춘을 실현하는 데 도움이 되지 않을까?

은혜 갚기━━━.

좋아.

"알겠어요! 비와코 선배! 저, 시모노 나나야가 힘을 빌려드리죠!"

"진짜로?! 땡큐거든? 나나노스케~!"

비와코 선배는 기쁜 표정을 지으며 나를 끌어안았다.

"자, 잠깐만요, 비와코 선배. 창피하다고요."

"단둘이 있으니까 창피할 건 없거든? 이래서 동정은~."

이봐, 동정이라고 놀린 거 두 번째라고. 고등학생이 말이야.

"그러는 비와코 선배도 그렇게 성격이 츤데레 같으니까 아직 경험이 없지 않나요~?"

어떠냐. 이것이 동정이 센 척하면서 받아치는 방식이다. 명중률이 5퍼센트밖에 안 되는 약한 공격이다.

"자, 이야기도 끝났으니까 다음 곡이라도 넣을까."

"……응?"

"아~, 비와는 이거 부를까나~."

"어라? 비와코 선배?"

"자, 나나노스케도 같이 부르자."

"어? 설마?"

"노・래・할・거・지?"

미소가 무서웠다.

"네, 할게요!"

좋았어, 오늘 있었던 일은 둘만의 비밀로 해두자.

◆

1주일 뒤. 나는 기차를 타고 커다란 산맥이 보이는 시골길을 바라보고 있었다. 열린 창문을 통해 들어오는 바람이 시원스러운 풀의 향기를 옮겨다 주었다.

"그건 그렇고 나나야 군네 집이 별장을 가지고 있었다니, 깜짝 놀랐네. 정말 괜찮겠어? 모두를 초대해도."

4인석 맞은편에 앉아있던 과장님이 바람에 머리카락을 나부끼며 말했다.

"네, 뭐, 가족이 모두 하와이에 가버렸거든요. 그동안은 마음대로 써도 된다고 부모님께 허락도 받았어요. 근처에 유명한 호수가 있고, 해마다 거기에서 여름 축제도 해요. 밤에 하는 불꽃놀이가 정말 대단하거든요."

"헤이, 헤이~, 그거 기대되네, 나나찌! BBQ도 하자고! BBQ!"

"그래, 오니키치! 물론이지!"

옆에 앉은 오니키치가 어깨동무를 하자 나는 재빨리 미소를 지으며 대답했다.

그런 와중에 대각선 앞쪽에 앉아있던 나오는 입을 꾹 다문 채 나를 빤히 바라보고 있었다.

"뭐야, 나오. 왜 그러는데?"

"나나야네 집에 별장이 있었어? 들어본 적이 없는데."

"그, 그야 소꿉친구라고 해도 몰랐던 거 한두 개쯤은 있잖아?"

"흐음~."

나는 나오의 예리한 시선을 무시하고 모두가 볼 수 있게끔 호들갑을 떨면서 발치에 있던 가방을 뒤졌다.

"과자라도 먹을까……, 어, 어라?"

"왜 그래?"

과장님이 걱정스러운 듯이 내 얼굴을 들여다 보았다.

"챙겨두었던 과자가 없어서……. 아, 이런! 가방을 잘못 가지고 왔네! 그렇다면 큰일이야! 별장 열쇠를 넣어두었는데!"

"어라, 어라, 나나찌! 열쇠를 집에 두고 와버렸다는 거야~? 나나찌는 참 덜렁이구나~. 덜렁이야, 덜렁이! 아하하!"

"잠깐, 오니키치 군, 웃을 일이 아니잖아. 나나야 군, 슈트케이스 안에 넣어두진 않았어?"

과장님이 선반 위에 올려둔 슈트케이스를 보면서 말했다.

"아뇨, 열쇠는 분명히 집에 두고 온 가방 안에 있어요."

"그래……, 지금 가지러 가려 해도 벌써 한 시간 반 정도는 기차를 타고 왔으니까 말이지. 곤란하네."

"죄, 죄송합니다……."

나는 고개를 숙이며 다른 사람들을 살펴보았다.

나오는 여전히 눈을 가늘게 뜨고 나를 보고 있지만, 무시하자. 나는 곤란하다고 말하면서 휴대폰을 만지작거렸다. 그러자 열차 연결 통로에서 문이 드르륵, 시원스러운 소리를 내며 열리고는 키가 작은 여자애 한 명이 모습을 드러냈다.

"아~, 덥다, 더워. 저쪽 칸은 에어컨을 안 틀어주거든! 고장났잖아! 아~, 덥다, 더워."

나는 자리에서 고개를 내밀고 돌아보았다.

"앗! 어라~! 비와코 선배잖아요~! 우연이네~! 요즘 자주 만나네요~!"

"어라라! 그러는 넌 시모노 나나노스케잖아~! 우연이거든!"

옆자리를 확인해보니 과장님이 입을 뻐끔뻐끔거리면서 얼굴이 새파랗게 질렸다. 비와코 선배가 껄끄럽다는 건 알겠는데 이렇게까지 동요할 줄이야……. 나오 손까지 잡기 시작했고. 리액션이 너무 큰 거 아닌가? 아무튼 나는 그런 과장님을 못 본 척하면서 비와코 선배와 계속 이야기를 나누었다.

"비와코 선배도 어디 멀리 가시나요~?"

"맞아! 맞아! 비와는 시골 할아버지 집에 놀러 가거든! 나나노스케네는 어디 가는데~?"

"네! 저희는 별장에 갈 예정이었는데 열쇠를 두고 와버려서요! 아~, 곤란하네~."

"뭐, 뭐라고~! 그럼 큰일이거든~? 별장이 어딘데~?"

나는 휴대폰을 비와코 선배 앞으로 내밀었다.

"이 근처인데요."

"어디 보자~."

그녀는 그렇게 말하면서 내 휴대폰을 들고 말했다.

"흠흠, 그래그래, 여기구나~. 여기면 비와네 할아버지 집 바로 근처인데. 그럼 다 같이 할아버지 집에서 자고 가면 되지 않나~?"

나는 화면에 **아무것도 떠 있지 않은** 휴대폰을 다시 받은 다음 비와코 선배에게 말했다.

"네~? 그래도 되나요~? 그렇게 해주시면 고맙죠~!"

"물론이지! 가자고~!"

비와코 선배가 방긋 웃으며 다른 사람들을 보았다.

"이예이! 이예이! 좋네! 비와코 선배, 잘 부탁염, 천일염!"

좋아, 우선 오니키치가 낚였다.

"나도 비와코 선배 할아버지 집에 가고 싶어~! 와아~!"

"자자자자잠깐만, 나오!"

"왜애~, 과장님?"

"왜는 무슨! 저, 저기, 저번에 이야기했잖아!"

"응? 아~! 뭐~, 괜찮지 않을까? 과장님. 응?"

무슨 이야기를 한 걸까. 잘 모르겠지만 일단 나오도 낚였고.

나머지는 가장 어려운 난관.

"그럼 비와코 선배의 호의를 받아들이도록 할까요, 과장님."

"안 돼."

과장님이 딱 부러지는 목소리로 말했다.

나는 비와코 선배에게 눈짓을 했다. 역시, 과장님은 이렇게 나오는구나.

"그렇게 급하게 가면 실례잖아."

"뭐, 그렇긴 하죠……."

"그리고 왠지……, 수상해."

"수상하다고요……?!"

과장님의 예리한 눈빛이 나와 비와코 선배에게 날아들었다.

"아무튼! 별장에 가지 못하는 건 아쉽지만, 현지에 도착하면 관광만 하고 당일치기로 돌아가자."

하지만 이건 예상 범위 안에 있다. 예상했던 것보다 더 수상쩍어하는 게 신경 쓰이긴 하지만, 아직 괜찮다.

저한테 맡겨 주세요, 비와코 선배. 나도 과장님하고 5년 동안 같이 일해 왔으니까. 어떻게 하면 그녀의 마음이 움직일지 어느 정도 승산이 있다.

"으으으……, 그렇죠. 죄송합니다……, 제가, 제가 무능해서! 모두 함께 즐거운 여름방학을 보내고 싶은 마음에 괜한 짓을 해서……. 으아아아, 다들 미안해애애애!"

"잠깐, 카미조 토우카! 후배를 울리다니, 너무하거든!"

"어?! 어?! 나, 나나야 군?!"

"괜찮아요, 비와코 선배! 의기양양하게 별장에 가자고 해놓고 열쇠를 두고 오다니, 답이 없는 빌어먹을 자식인 제가 전부 잘못한 거죠!"

"비와가 괜찮다고 하는데 더 이상 나나노스케의 책임을 무겁게 만들 셈이야?!"

"어어? 저기……, 그래도 이렇게 잔뜩 몰려가면 사콘지 양의 할아버님이나 할머님께도 폐를……."

좋아, 이제 얼마 안 남았다. 과장님은 평소에 엄하지만, 부하의 책임을 모조리 뒤집어쓰고 챙겨줄 정도로 부하들을 잘 챙겨주는 사람이다. 내가 책임을 느끼고 있는 모습을 보면 자책감이 들 게 뻔하다.

그리고 과장님이 비와코 선배를 껄끄럽게 여긴다는 것도 있다. 왠지 모르겠지만 과장님은 비와코 선배에게만은 강하게 나가지 못하니 평소처럼 시비조로 나가면 따지고 들기 힘들 것이다.

과장님을 속이는 것 같아 마음이 아프지만, 이것도 비와코 선배, 그리고 나아가서는 과장님을 위한 일이다.

나는 지금이다! 라고 생각하며 비와코 선배에게 신호를 보냈다. 고개를 끄덕이는 비와코 선배. 그리고 비와코 선배는 주머니에서 잘그락거리는 스트랩이 잔뜩 달린 휴대폰을 꺼냈다.

"이거, 저번에 할머니한테 전화 왔었던 거."

『삐익———, 비와코니? 올해 여름방학 때는 언제 올 거니? 할머니가 기대되어서 말이지. 그런데 항상 소중한 여름방학을 할머니랑 할아버지를 보러 오느라 다 보내버리게 해서 미안하다. 사실 친구들하고 놀고 싶을 텐데. 이쪽으로 친구들하고 같이 올 수 있으면 좋을 텐데, 이런 시골에 와줄 친구는 없겠지. 미안해, 비와코. 친구들이 잔뜩 와주면 할머니도 기쁠 텐데. 이런 시골에는 와주지 않겠지. 미안하단다.』

"사실 다들 와주면 할머니가 좋아할 테니까 비와도 기쁘거든. 쓸데없는 참견이었던 모양이네……."

"갈게! 갈래, 갈래! 미안해, 사콘지 양. 나나야 군도 미안해! 그래, 모두 함께 가면 할머님께서도 기뻐해주시겠지!"

걸렸다!

"그럼 그렇게 하자! 아, 모처럼 가는 거니까 비와도 이쪽 자리로 옮길까? 저쪽 칸에서 짐 가지고 올게!"

"아, 저도 도와드릴게요! 비와코 선배!"

나는 그렇게 말하고 자리에서 일어나 비와코 선배와 함께 재빨리 옆 칸으로 이동했다.

"이예이~!"

"성공했네요! 선배!"

우리는 문이 닫히고 세 사람에게 보이지 않는 위치로 온 순간 하이파이브를 했다.

"땡큐, 나나노스케! 이렇게 잘 풀릴 줄은 몰랐거든!"

"그건 그렇고 할머니가 용케도 그런 음성을 흔쾌히 녹음해주셨네요."

"내가 말했잖아. 우리 할머니는 그런 걸 이해해주는 사람이라고! 나나노스케도 다른 사람들을 잘 유도해줬네."

"사실 별장 같은 건 없으니까 나중에 나오가 따지고 들면 골치 아프긴 하겠지만, 뭐, 괜찮겠죠. 이것도 비와코 선배와 과장님을 이어주기 위해서죠!"

"야~! 멋지거든? 나나노스케~, 야~!"

"아하하, 너무 그러지 마세요, 비와코 선배~."

그녀의 버릇인 보디 블로를 옆구리에 맞으며 나는 선반 위에 올려두었던 비와코 선배의 슈트케이스를 내렸다.

비와코 선배가 불러서 나갔던 그날, 프리 타임 여섯 시간 동안 노래방에서 노래를 다 부른 다음에 있었던 일이다. 비와코 선배는 해마다 여름방학이 되면 시골 할머니 집에 놀러 간다는 이야기를 해주었다. 근처에는 강도 있고, 할아버지가 바비큐나 캠핑을 하러 가주기도 하고, 할머니랑 유명한 호수에서 진행되는 여름 축제에 갔다며 여름의 추억 이야기를 하는 비와코 선배는 정말 기뻐 보였다. 그리고 비와코 선배는 과장님과 사이좋게 지내기 위해 자랑스러운 시골로 초대하는 계획은 어떻겠냐며 내게 제안했다.

처음에 나는 별로 내키지 않았다. 왜냐하면 지금 두 사람의 관계를 생각하면 시골로 초대하는 건 너무 부자연스럽다고 생각했기 때문이다. 초대해봤자 과장님이 가겠다고 대답하지 않는다면 계획이고 뭐고 소용이 없다.

안 그래도 껄끄러워하는 비와코 선배가 초대하는데 그 사람이 고개를 끄덕일까. 힘들 것이다. 하지만, 이 계획의 경우 내용 같은 건 상관이 없다. 시골에서 비일상적인 한여름. 그것은 두 사람의 거리를 바짝 좁혀줄 게 틀림없다. 강에서 바비큐를 하거나, 축제에 가서 모두 함께 불꽃놀이를 보거나. 분명히 좋은 추억이 될 것이다.

아니, 하와이에 가지 못한 나는 그냥 내가 가고 싶었다.

그래서 비와코 선배에게 사흘만 기다려달라고 말했다. 그동안 뭔가 과장님을 끌어낼 수 있는 방법이 없을까.

나는 부족한 머리를 굴리며 필사적으로 생각했다.

그리고 실행한 것이 오늘 작전이다.

약간 억지로 밀어붙인 부분도 있어서 조잡한 작전이긴 했지만, 무사히 성공했으니 문제는 없다.

비와코 선배는 과장님과 거리를 좁힐 수 있다. 과장님은 친구가 늘어나고 즐거운 여름 추억을 만들 수 있다. 나는 과장님에게 은혜 포인트를 쌓을 수 있다.

일석삼조잖아. 멋지네! 게다가 과장님과의 여행! 최고!

"아~, 기대되네요."

"그치~. 이것도 다 나나노스케 덕분이거든. 진짜 감사."

"아뇨, 아뇨. 그럼 저쪽 칸으로 돌아갈까요."

"오케이~. 아, 나나노스케."

"네?"

"비와네 할아버지는 꽤 개성적이니까 잘 부탁해~."

"……."

룰루랄라 걸어가기 시작한 비와코 선배.

왠지 불안한 플래그를 세운 것 같은데……, 뭐, 괜찮겠지.

◆

"크, 크다……."

"응? 뭐가? 뭐가? 내 가슴이 크다고? 정말, 나나야는 진짜 거유를 좋아하네~."

"나나노스케, 거유 좋아해? 빵 터지거든? 나오퐁의 가슴은 거유라기보다는 폭유니깐. 엄청 부드럽거든~."

"아~, 비와코, 멋대로 만지지 마! 한 번에 5천엔이라고!"

싸다!

"아니, 가슴 이야기를 한 게 아니라고!"

티셔츠 너머로 거유를 거칠게 주물러대고 있는 비와코 선배와 바보처럼 당하면서 아앙아앙거리고 있는 나오에게 내가 말했다. 아니, 이 두 사람, 사이좋아지는 게 너무 빠르잖아. 역시 인싸들이라 그런가. 그 기세를 타고 과장님하고도 재빠르게 사이좋게 지내주시면 안 될까요. 이 골치 아픈 츤데레 선배.

그런 과장님이 귀신 같은 모습으로 이쪽을 보고 있는 게 시야에 들어왔기에 나는 식은땀을 흘리며 두 사람에게 다시 말했다.

"내가 크다고 한 건 이 집이라고!"

과장님에게 오해를 사지 않게끔 큰 목소리로 정정하며 내가 손가락으로 가리킨 것은 비와코 선배의 할아버지, 할머니네 집.

나와 비와코 선배의 작전이 성공한 다음, 목적지 역에 도착한 우리는 곧바로 버스를 타고 시골길 안쪽으로 더 들어갔다. 버스 정류장에 내려보니 360도 산으로 둘러싸인 파노라마 같은 경치. 풀냄새와 논밭 옆으로 흐르는 개울물 소리가 마치 영화 속으로 들어온 듯한 여름을 연출해주고 있었다. 하늘에는 마무리로 적란운이 떠 있다.

거기서부터 도로를 따라 20분 정도 걸어가서 작달막한 언덕을 올라가자 나온 것은 커다란 목조 단층 건물이었다. 다 같이 야구를 할 수 있지 않을까 싶을 정도로 넓은 부지에 차가 네 대 정도는 들어갈 것 같은 차고. 목재 같은 것들이 잔뜩 쌓여 있는 창고도 보였다. 그리고 신경 쓰이는 건 집 말고도 도장으로 보이는 건물이 한 채 더 있다는 점이다.

나는 비와코 선배에게 말을 걸었다.

"선배의 할아버지는 부자인가요?"

"나는 잘 모르겠는데, 그런 거 아닐까?"

"엄청 적당히 넘기시네. 저 도장 같은 건요?"

"할아버지가 공수도를 잘하거든. 빵 터지지~."

빵 터질만한 요소가 어디 있다는 거야. 공수도 사범이라도 되는 건가? 왠지 갑자기 겁이 나기 시작하네. 무서운 사람이 아니면 좋겠는데.

집 앞에 깔린 자갈을 밟으며 우리가 현관에 도착하자 마침 문이 열리고 나이든 여자가 고개를 내밀었다. 비와코 선배의 할머니인 모양이다. 비와코 선배와 닮아서 키는 작지만 등을 쭉 펴고 있어서 젊어 보인다.

"여러분, 잘 오셨어요."

할머니가 방긋 웃으며 우리 얼굴을 둘러보았다.

그러자 과장님이 앞으로 나섰다.

"이번에는 급하게 부탁드렸는데도 불구하고 흔쾌히 승낙해주셔서 감사합니다. 대표인 카미조 토우카라고 합니다. 며칠 동안 신세를 지겠습니다. 부디 잘 부탁드립니다."

아니, 외부에 의뢰한 신입 연수 인솔을 하러 온 여자 상사 같잖아! 이렇게 말해도 공감할 사람은 나밖에 없겠지!

"카미조 양, 공손한 인사 감사합니다. 이야기는 비와코에게 들었답니다. 자, 안으로 들어오세요."

할머니도 과장님 못지않게 매우 정중한 사람이다.

우리는 할머니의 말에 따라 곧바로 현관으로 들어갔다. 제일 뒤에 있던 내가 현관문을 닫고 신발을 벗자 갑자기 할머니가 내 팔을 붙잡았다.

"당신이 나나노스케 님이시죠?"

"네, 네."

나는 너무 갑작스러워서 약간 동요하면서도 할머니에게 대답했다.

"얼굴을 보기만 해도 금방 알겠네요. 후후후……, 이 할멈에게 전부 맡겨주세요."

"저기……, 무슨 말씀이신지……."

"아~, 아~, 굳이 말할 필요까지는 없답니다. 걱정하지 마시고, 자, 나나노스케 님께서도 들어오세요."

나는 할머니의 말에 따라 안으로 들어갔다.

대체 뭘까. 역시 비와코 선배의 가족이라 그런지 무슨 생각을 하는 건지 이해가 잘 안 된다. 나는 의아해하면서도 어느새 먼저 가버린 다른 사람들을 쫓아갔다.

매우 넓은 객실에 짐을 내려놓은 우리가 숨을 돌리고 있자니 복도가 삐걱대는 소리를 울리며 몸집이 큰 백발 남자가 나타났다.

"오, 비와코, 왔나."

아마 키가 180 이상은 될 것 같은 그 남자는 체격도 우락부락하고 목이 럭비 선수처럼 두꺼웠다. 비와코 선배가 말했던 개성이 강한 할아버지가 바로 이 사람일 것이다.

"아, 할아버지, 오랜만~."

"뭐야, 친구도 데리고 왔구나. 웬일로."

"응, 뭐~."

우리는 할아버지에게 인사를 했다. 그러자 할아버지는 한 명 한 명 얼굴을 천천히 보면서 팔짱을 꼈다.

"이봐, 비와코. 남자도 있잖아."

나는 몸을 움찔 떨었다. 할아버지가 인상을 찌푸리고 있다. 척 보기에도 불쾌한 모양이었다.

"괜찮잖아. 할아버지하고는 상관없거든."

"흥, 너희들, 비와코에게 쓸데없이 추근대는 건 아니겠지?"

"잠깐만, 할아버지 짜증 나거든? 빵 터지네."

비와코 선배는 대충 넘기고 있지만, 나는 알고 있다. 이 할아버지는 진짜로 나와 오니키치에게 적의를 품고 있다. 내 일반 사원 센서가 반응하고 있으니까.

이건 함부로 대처해서는 안 되는 패턴이다. 이럴 때 농담으로 받아들이고 농담으로 대답하는 녀석은 3류 영업맨이다. 나는 입사 2년 차까지 몇 번이나 실수하면서 배웠다. 실적 1등인 나카가와 계장님이었다면 곧바로 분위기를 파악하고 진지 모드로 전환했을 것이다.

물론 나도 5년 동안 경력을 쌓았으니 그 정도 대처는 할 수 있다.

걱정되는 건 오니키치다.

인싸의 대표격인 오니키치가 대선배에게 반말을 하면서 팍팍 들이대는 연예인 같은 반응을 보였다간, 확실하게 마치 산적 두목 같은 이 할아버지가 우리를 산속에 내다 버릴 게 분명하다. 이렇게 넓은 시골 산속에 내팽개쳐지면 두 번 다시 평지로 돌아올 수는 없을 것이다.

나는 자율 신경이 망가져버린 거 아닐까 할 정도의 심장박동과 함께 오니키치를 보았다.

엄청나게 진지한 표정으로 정좌를 하고 있었다.

어떻게 보면 그냥 서 있는 내가 건방져 보일 정도로 깔끔한 자세로 정좌를 하고 있었다.

나도 곧바로 정좌를 하고, 둘이서 한 목소리로 소리쳤다.

""추근대지 않습니다!""

할아버지는 3초 정도 우리를 바라보고는.

"그럼 됐다."

그렇게 말한 다음 복도 안쪽으로 사라져갔다.

"흐아~, 너무 무서워서 히어 위했다고!"

"그래, 죽는 줄 알았어."

그리고 히어 위에 그런 사용 방법이 있다는 걸 처음 알았고.

"나나노스케, 땀 엄청 흘렸거든? 빵 터지네."

남 일이라고, 진짜.

그런데 나는 오니키치를 여전히 과소평가하고 있었던 모양이다. 역시 미래의 넘버원 호스트. 상황을 잘 파악하고 있다.

나는 다다미에 두 손을 짚고 한숨을 쉬며 지금 몇 시나 되었을까 하는 생각에 시계를 보았다.

"이러쿵저러쿵하다 보니 벌써 11시구나."

슬슬 배도 고파질 시간대다.

"헤이, 헤이, 헤이~! 다 같이 강에 가서 BBQ 하자고! 히어 위고~!"

"너, 아침부터 그 말밖에 안 하더라! 바비큐를 얼마나 하고 싶은 거야!"

들뜬 오니키치에게 내가 태클을 걸자 옆에 있던 과장님도 거들었다.

"오니키치 군, 마음은 굴뚝같지만, 지금 장을 보러 갔다가 바비큐를 할 곳까지 가게 되면 시간이 꽤 오래 걸려. 이번에는 아쉽지만 패스하자."

냉정한 대답이었다.

"어~, 나도 바비큐하고 싶은데~. 고기를 안 먹으면 가슴이 줄어들어버린다고~."

"나오, 가슴은 그런 거 가지고 줄어들지 않아요!"

과장님의 일갈. 젠장! 방금 그거 녹음해두고 싶었는데! 왜냐고? 과장님의 입에서 가슴이라는 단어가 나왔잖아! 이렇게 희귀한 단어는 너무 신성해서 그 부분만으로도 8시간짜리 동영상을 만들 수 있는데!

"있긴 하거든."

시끌시끌 떠들고 있자니 비와코 선배가 두 손을 허리에 대고 말했다.

"어? 그게 무슨 소리야? 사콘지 양."

"이, 있다고 하는 거거든? 카미조 토우카! 고기하고, 야채하고, 야키소바 면까지! 우연히도 식재료가 전부 갖춰져 있다는 거야! 그러니까 금방 바비큐를 할 수 있거든?"

"이 집에 바비큐를 할 수 있는 식재료가 있다고?!"

과장님이 순수하게 놀란 듯한 표정으로 비와코 선배를 보았다. 그야 그런 식재료를 평소에 갖추고 사는 집은 보통 없으니까. 뭐, 여름에 바비큐를 하는 건 사이좋아지기에 딱 좋으니까 이것도 계획을 짜둔 거지만. 너무 용의주도하게 보였나? 그리고 비와코 선배의 말투도 좀.

"방금 있다고 했거든! 카미조 토우카, 내 말 듣긴 한 거야?!"

잠깐, 잠깐, 잠깐만 기다려 보라고. 비와코 선배, 당신 진짜로 과장님하고 사이좋게 지내고 싶은 생각이 있긴 한 거야? 말투가 왜 그러냐고. 츤데레도 정도가 있지. 나는 이렇게 전형적인 츤데레 여자애는 처음 봤어. 오히려 이렇게까지 뻔한 츤데레 같은 사람이 또 있다면 지금 당장 나한테 데려와 줬으면 하는데.

"미안해……."

봐, 과장님이 풀 죽어 버렸잖아. 이 사람은 진짜 비와코 선배한테는 약하네. 성희롱하는 부장에게는 엄청 따지고 들어놓고 왜 동갑 여자애를 이기지 못하는 거야.

아니, 풀 죽은 과장님도 귀엽네! 뭐야, 가계도를 거슬러 올라가다보면 천사의 피가 섞여 있고 그런 건 아니겠지?

"따, 딱히 너하고 바비큐를 하고 싶어서 미리 할머니에게 부탁해두거나 그렇지는 않았거든? 모처럼 우연히도 식재료가 있으니까 하러 나갈 수밖에 없겠지? 특별히 너도 데리고 가줄게, 카미조 토우카."

"그래……, 그럼 모처럼 기회가 생겼으니까 다 함께 가볼까."

비와코 선배의 츤데레는 진짜 장난 아니네.

난 무섭다고. 내가 갑자기 애니메이션 세계에 들어온 게 아닐까 하는 생각 때문에 공포로 몸이 떨리잖아. 아니, 과장님도 왜 누가 봐도 뻔한 이 츤데레 발언을 눈치채지 못하는 거야. 애니메이션 같은 것도 본 적 있을 텐데? 모르는 거야? 너무 둔감한 거 아니야?

에휴~, 정말 앞날이 걱정된다.

이러쿵저러쿵해도 일단은 바비큐.

고등학생다운 청춘의 여름 방학 분위기가 나기 시작한 것 같은데.

카미조 토우카의
모닝 루틴

타임 리프 이후 휴일편

AM 05:30	기상 & 양치질
AM 05:40	자작 플레이 리스트 '연애 응원 노래 최신 베스트'를 들으며 공원을 향해 조깅하러 출발
AM 06:15	공원 도착. 연못 주위를 세 바퀴 돈 다음, 벤치에서 잠시 휴식
AM 06:20	학생회 선거 전에 카페에서 나나야가 쓰다듬어 주었던 날 밤을 떠올리며 히죽거린다(이걸 매주 하고 있다)
AM 06:25	조깅 다시 시작
AM 06:40	집에 온 다음 샤워를 하며 땀을 씻어낸다
AM 07:00	머리를 말린 다음, 나오에게 빌린 연애 만화를 본다
AM 07:30	연애 만화에 나온 남자가 한 행동 중 의도를 파악할 수 없었던 부분을 정리한다
AM 07:32	정리한 내용을 나오에게 메일로 보내고 설명을 부탁한다
AM 07:35	나오에게 온 전화를 받고 휴일 아침 일찍부터 메일을 길게 보내지 말라고 잔소리를 듣는다(이것도 매주 하고 있다)
AM 07:40	어찌어찌해서 나오에게 하나씩 설명을 듣는다(매주 함께해준다)
AM 08:00	나오와 통화를 마치고 부엌에서 아침 식사 준비
AM 08:10	거실에서 아침 식사를 하며 나나야가 좋아할 만한 애니메이션을 보고 공부
AM 08:40	스케줄 수첩을 펼쳐서 오늘 일정을 확인

제3장 ┃ **명탐정 카미조 토우카의 사건부**

Why is
my strict
boss
melted
by
me ?

나, 카미조 토우카가 열일곱 살 고등학생으로 돌아온 뒤로 첫 번째 여름 방학이 찾아왔다.

짝사랑 상대인 부하, 시모노 나나야 군에게 이번에야말로 어택하겠다고 노력하고 있는 두 번째 고등학교 생활. 이번 여름방학은 승부의 열쇠를 쥐고 있는 매우 중요한 시기다.

내가 타임 리프를 하기 전에 구독했던 동영상 스트리밍 서비스로 자주 본 고등학생 인싸들의 연애 프로그램에서도 마찬가지로 여름부터 연애가 급속도로 진전되었다. 여름이다. 여름인 것이다.

하지만 여름방학이 이미 8월로 돌입했는데도 나나야 군과 함께 지낸 이벤트는 워터 파크에서의 하루뿐. 그로부터 벌써 닷새나 지나버렸다.

게다가 그날은 내가 계속 껄끄러워하던 초 미인 카리스마 갸루인 사콘지 양하고도 마주쳐 버려서 평소처럼 미적거리는 전개가 되었다. 타임 리프를 했다고 해서 역사가 쉽사리 바뀌는 건 아니다. 그녀가 내게 적대 의식을 품고 있던 것도 마찬가지다.

왠지 나나야 군하고 알고 지내는 것 같던데, 뭐, 그렇게 친밀한 관계는 아닐 것이다. 그는 사콘지 양처럼 팍팍 들이대는 타입을 껄끄러워할 테니까. 그 정도는 알고 있다. 몇 년이나 봐 온

줄 알아?

　말은 그렇게 해도 여름방학 동안 나나야 군과 만날 일정은 이제 없다.

　어떻게 해서든 끌어낼 수 없을까. 8월에 하는 불꽃놀이 같은 것도 조사해 보긴 했지만 초대할 구실을 찾을 수가 없다. 이럴 줄 알았다면 첫날에 계획을 세우려고 모였을 때 확실하게 일정을 잡아둘 걸 그랬다. 나는 왜 겨우 수영복을 상상한 것 가지고 당황해서는.

　아……, 그래도 실제로 수영복을 보여줬을 때는 예쁘다고 해줬다.

　머리에 피가 너무 쏠려서 수영장에 들어가 식힐 때까지의 기억이 거의 없긴 한데, 그가 내 수영복을 칭찬해 주었다는 것만은 확실하게 기억하고 있다. 뇌 속 플레이 리스트에 이미 추가해 두었다.

　"에헤헤."

　"왜, 왜 혼자서 웃고 있는 거야? 토우카."

　거실로 내려온 오빠, 유이토가 소파에 앉아서 히죽대고 있던 나를 보고 말했다.

　"잠깐! 오빠, 갑자기 오지 마!"

　"오지 말라고 해도 말이지, 여긴 내 집이기도 하거든."

　그렇게 말하며 부엌 냉장고에서 아이스커피를 꺼내는 오빠.

　"토우카도 마실래?"

　"응, 마실래."

"오케이."

오빠가 윙크를 했다.

가족이 그런 걸 해줘봤자 기쁘지도 않은데. 뭐, 윙크가 참 깔끔하네.

……본받아야지.

"그러고 보니 저번에 조언해준 새로운 사업 쪽은 어때?"

나는 오빠에게 커피를 받으며 물었다.

"아, 괜찮은 느낌이야. 토우카가 말한 대로 홈페이지 디자인을 조금 손보기만 했는데 접속자 숫자가 두 배 정도로 늘었어. 용케도 SEO 대책 지식을 갖추고 있었네. 어디서 공부한 거야?"

"뭐, 이런저런 방법으로. 그리고 앞으로 스마트폰 보급률이 분명히 오를 테니까 그쪽 사이트 대응도 일찌감치 대책을 세워두는 게 좋을 거야."

"하긴, 스마트폰은 이제 일반적으로 정착해가고 있으니까. 나도 그쪽에는 눈독을 들이고 있었어. 토우카는 고등학생인데도 선견지명이 있구나."

뭐, 타임 리프를 해왔으니 있는 게 당연한 거지만. 점쟁이를 하면 돈을 많이 벌 수 있으려나? 그것도 11년 뒤까지 한정이지만.

"그러니까 조언해준 보답. 받을 수 있지?"

"물론이지. 장기적으로 보면 오히려 거스름돈이 남을 정도로 벌었으니까."

"앗싸~!"

나는 소파에서 일어나 기뻐했다.

"기뻐하는 모습은 고등학생 그 자체구나. 그런데, 토우카는 연하가 좋니?"

"푸웁!! 뭐어?! 무슨 소리야?!"

"아니, 그, 토우카가 같은 학년 친구랑 친하게 지내는 모습은 본 적이 별로 없었는데, 요즘은 연하 후배들하고 자주 노는 것 같길래."

"아, 그런 거였구나. 우, 우연이야. 우연히 후배 애들하고 사이좋게 지내게 된 것뿐이고."

"그렇구나. 후배 여자애하고는 어때?"

"뭐야? 오빠가 노리는 거야? 대학생이 고등학생한테 손대면 안 되지."

"뭐, 나는 사랑에 나이는 상관이 없다고 생각하긴 하는데."

부정하라고! 뭘 그렇게 시원스럽게 받아들이고 있어! 뭐든지 미소로 넘길 수 있다고 생각하는 건 큰 오산이라고.

"오빠에게 나오를 넘기진 않을 거야."

"토우카는 그 나오라는 애를 좋아하는구나."

그야 뭐, 항상 회사에서 여자애들이 나를 무서워했고? 사실은 젊은이들이 트렌드, 트렌드 하는, 인스타에 올리면 반응이 좋을 것 같은 카페 같은 곳을 같이 가고 싶은데 아무도 가자는 말을 안 해주고? 허무하게도 연상 사무과 과장님하고? 술을 마신 다음에 라멘이나 후루룩 먹는 사회인 생활이어서?

그래서 그렇게 반짝반짝 빛나고 귀여운 후배가 나를 잘 따라주니까 참을 수가 없단 말이죠.

그래, 정말…….

"먹어버리고 싶을 정도로."

"호, 호오……. 그 애가 꾼 꿈도 현실과 전혀 동떨어진 건 아니었던 건가……."

"꿈?"

"아, 아니, 아니, 상관없는 이야기야. 그건 그렇고 날씨도 좋으니까 나갔다가 오는 게 어때? 집에 있어봤자 진전되는 건 없어. 뭔가 고민이 있는 거지?"

"시, 시끄러워. 뭘 다 안다는 듯이 말하는 거야."

이 오빠는 정말 예리한 구석이 있다. 조금이라도 정보를 주만 뭐든지 금방 눈치채버린다. 하지만 오빠가 말한 대로 하루 종일 집에 있어봤자 뭔가 잘 풀리지도 않을 것이다. 바깥으로 나가서 혼자 마음대로 돌아다니다 보면 기분 전환도 되고 좋은 아이디어가 떠오를지도 모른다.

나는 아이스커피를 다 마신 다음 곧바로 나갈 준비를 했다.

사회인이었을 때는 맛볼 수가 없었던 느긋한 여름방학이다.

자, 새로운 발견을 찾아서 모험을 떠나보자고.

◆

발견해버렸다.

한여름의 뜨거운 햇볕 아래에서, 나는 발견해버렸다.

터무니없는 현장을 목격해버린 것이다.

국도 옆에 있는 패밀리 레스토랑.

그곳으로 들어가는 시모노 나나야 군의 모습.

나는 재빨리 주차장으로 들어가 주차되어 있던 차 그늘에 숨었다.

그 너머를 보니 내 시야에 들어온 것은 유리창 너머로 보이는 예쁜 금발. 세로로 말린 큼직한 트윈테일은 멀리서 봐도 눈에 띄었다.

내 시력은 2.0이라 만약 여름의 열기가 만들어낸 신기루가 아니라면 나나야 군과 사콘지 양이 패밀리 레스토랑에서 밀회를 하고 있는 것이다.

단둘이서.

크흑……!

진정해라, 카미조 토우카.

아직 결론을 내리기는 너무 이르다고.

이 눈으로 확실하게 조사해서 진상을 파헤쳐야지.

그렇다, 나는 명탐정.

아무리 어려운 사건이라 해도 해결해내겠어.

겉모습은 아이, 두뇌는 어른인 내가 두 사람의 관계를 밝혀낼 거야!

우선 이야기를 들을 수 있게끔 가게 안으로 침입할까? 그런데 지금 내 옷차림은 반팔 폴로 셔츠에 핫팬츠. 그런 여름 시골 소녀 같은 스타일이다. 변장까지는 아니더라도 그나마 밀짚모자라도 있었으면 좋았을 텐데.

갈까……? 들킬 위험을 무릅쓰고서라도 접근할까? 이러고 있는 와중에도 두 사람은 신나게 이야기를 나누고 있다. 호랑이 굴에 들어가야 호랑이 새끼를 잡기 마련이지.

에잇! 시간이 아깝다! 돌입한다! 가자!

나는 최대한 소리가 나지 않게끔 묵직한 문을 당겨서 열고 가게 안으로 들어갔다.

점원분에게 한 명이라고 말한 다음(혼자서 패밀리 레스토랑에 가는 것 정도는 익숙하지), 나나야 군과 사콘지 양이 앉아 있는 자리 대각선 앞쪽에 앉았다.

그리고 핫커피를 주문한 다음 귀를 기울였다. 각도 때문에 내 모습은 보이지 않겠지.

자, 과연 뭐가 나오려나…….

"비와는 나나노스케가 마음에 들었거든."

야마타노오로치가 나왔어!

방금 분명히 마음에 들었다고 했지?! 아니, 나나노스케는 뭐야?! 어느새 그렇게 친해진 건데?! 뜨거워! 어?! 난 어째서 이렇게 엄청 더운 한여름에 핫커피를 주문한 거지?! 뇌의 지시 계통에 버그가 생겼나?!

"비와코 선배……?"

오오~, 잠깐만 기다려, 잠깐만 기다려.

어? 어? 어?

방금 저 남자가 뭐라고 했지?

어?

사콘지 양을 뭐라고 부른 거지?

비와코 선배……?

'비와코', '선배', '?'

어째서!

어째서냐고!

나는 몇 번이나 말해도, 몇 번이나 부탁해도, 토우카 선배라고 부르지 않는 주제에!

토우카는커녕, 카미조 선배라고조차 부르지 않는 주제에!

뭐야, 언제 알고 지내게 되었는지도 모르는 여자를 왜 함부로 이름으로 부르는 건데!

바람둥이 녀석! 엄청난 바람둥이 녀석이야! 사귀고 있진 않지만, 바람둥이 같은 녀석이야! 아니, 뜨거워! 진짜, 커피는 왜 이렇게 뜨거운 거야! 누구야! 주문한 게 누구냐고! 나나야, 이 자식!

"있지……, 나나노스케, 단둘이 있을 수 있는 곳……, 안 갈래?"

"다, 단둘이……?"

……?

………….

…………………….

지금, 카미조 토우카 탐정 사무소의 폐업을 알려드립니다.

◆

폐업하진 않습니다. 취소합니다. 나는 아직 아무것도 해결하지 못했으니까.

진상을 파헤치기 전까지 저는 명탐정으로서의 긍지를 저버리지 않겠습니다.

그런 관계로 포기하지 못한 나는 패밀리 레스토랑을 나선 두 사람을 미행하고 있었다.

감색 모자를 깊게 눌러쓰고(←패밀리 레스토랑 계산대에 있는 코너에서 샀음), 역 앞 상점가를 걸어가는 두 사람의 뒷모습을 놓치지 않게끔 주시했다.

그건 그렇고 저 두 사람, 거리가 너무 가까운 거 아니야? 이렇게 더운데 딱 달라붙어 있으면 열사병에 걸려버리는 거 아니야? 인간의 체온을 얕보지 않는 게 좋을 거야. 36도나 되니까. 미지근한 목욕탕 정도니까.

이리저리 움직이며 쫓아가다 보니 두 사람이 대규모 프랜차이즈 노래방으로 들어갔다.

그렇구나……, 단둘이 있기에는 딱 좋은 장소긴 하지.

두 사람이 접수를 끝낼 때까지 기다렸다가 나도 가게로 들어갔다. 접수처에서 이름을 적으면서 엘리베이터 램프로 행선지를 확인했다. 5층이구나.

내가 받은 방 번호는 307. 2층 정도는 계단으로 오갈 수 있겠지.

드링크 바에서 아이스티를 챙긴 다음 우선 내 방으로 들어갔다.

그리고 모자를 벗은 다음 숨을 돌렸다.

일단 상황을 정리해보자.

명탐정, 추리할 시간이다.

자……, 사콘지 양은 나나야 군과 언제 알고 지내게 된 걸까. '마음에 들었다'고 했으니 적어도 여러 번 만났을 테고.

단순 접촉 효과. 사람은 접촉 횟수가 많을수록 상대방에 대한 호감도가 올라간다. 처음에는 거절당하더라도 계속 찾아가서 거래처의 신용을 따내는 식으로 영업맨이 자주 쓰는 수법이다.

워터파크에서 만났을 때는 그렇게까지 사이가 좋은 것처럼 보이지 않았다. 오히려 굳이 말하자면 관계가 안 좋았을 것이다.

그렇다면 그 이후로 오늘까지 닷새 동안 여러 번의 접촉이 이루어졌다는 뜻.

여러 번…….

애, 애초에! 애초에 이런 건 역사에 없었던 일이다.

나는 고등학교 시절에 항상 나나야 군의 행동을 보고 있었다. 졸업한 이후로는 빈도가 줄어들긴 했지만, 적어도 고등학교 시절에 그렇게 유명하던 사콘지 양이 그와 친하게 지냈다면 내가 모를 리가 없다. 이것만은 확실하게 말할 수 있다.

나비 효과로 인한 역사 개변이 어느 정도 이루어졌다고 해도 사콘지 양이 나나야 군에게 스스로 접근하게 될 수가 있나? 솔직히 두 사람의 타입이 너무 다르니 그건 아닐 것이다.

그렇다면 나나야 군이 먼저 접촉한 건가? 두 번째 고등학교 생활을 이용해서 행동에 나섰다거나.

아니, 아니, 잠깐만, 잠깐만. 좀 전에 나온 그 이론으로 따지면 나나야 군도 사콘지 양 같은 타입에게 다가갈 리가…….

정말로?

정말로 그럴까?

애초에 나는 그가 좋아하는 여자 타입을 정확하게 파악하고 있는 건가? 어차피 객관시한 결과라고 내 멋대로 상상한 것에 불과하다. 그의 입에서 직접.

"네? 갸루요? 저는 갸루 같은 사람이 좀 껄끄럽거든요~, 아하하~."

이런 말을 들은 적은 한 번도 없다.

어라……, 잠깐만 기다려 봐…….

그, 그, 그때! 그때!

맞아! 워터파크 푸드 코트에서 쉴 때!!

그가, 머리를, 염색하고 싶다고, 했었다.

내 기억 속에서 나나야 군이 머리를 염색한 모습은 본 적이 없다.

그럼 그가 왜 갑자기 염색하고 싶다고 한 걸까.

답은 간단하다.

갸루다.

갸루에게 맞추기 위해 갈색 머리로 염색하고 싶다고 한 것이다.

매우 화려한 금발하고도 어울리게끔.

엄청난 깨달음. 그, 배경이 새까매지고, 이런 식으로 번쩍, 하면서 빛줄기가 비스듬하게 날아드는 거, 사건의 중요한 힌트를 얻었을 때 나오는 그거야!

필요 없어! 그런 걸 깨닫고 싶진 않았다고!

하지만 내 뇌는 진심에 반항하는 듯이 다시 그 번쩍이라는 걸 했다. 번쩍이라는 걸.

"아아아, 이럴 수가……, 모든 퍼즐 조각이 맞춰져 버렸어."

나나야 군이 평소에 하던 말.

고등학교 시절에 동경하던 사람이 있었다는 것.

같은 고등학교 선배라는 것.

이제 군이 말할 필요도 없다.

사콘지 비와코다.

그리고 나는 계속, 나나야 군과 함께 타임 리프를 해온 이유가 뭔지 의문을 품고 있었다. 그 신기한 신사에서 나는 고등학교 시절을 처음부터 다시 시작하고 싶다는 소원을 빌었다. 그 소원은 이루어졌고, 지금 나는 두 번째 고등학교 생활을 하고 있다.

어째서 나는 이렇게 간단한 걸 눈치채지 못했던 걸까.

그래, 명탐정이 자주 말하는 대사가 또 하나 나와버렸잖아. 이런 수수께끼는 풀고 싶지도 않았는데. 내 추리력이 두렵다.

나는 분명히 내 소원의 부산물로서 나나야 군도 함께 타임 리프해 온 거라고 생각하고 있었다.

아니다.

그도 소원을 빈 것이다.

고등학교 시절로 돌아가서 동경하던 사람과의 만남을 처음부터 다시 시작하고 싶다고.

그렇게 그 소원은 이루어졌고, 지금 시모노 나나야는 실행하고 있는 것이다. 동경하던 사람을 향한 재시작 어택을!

으아~~~~~~~~~~~~~~~~~~~~~~~~~~~~~~~~~~!

수수께끼는 전부 풀렸다아아아아아아아아아아아아아아아!!

진실은 언제나 하나다아아아아아아아아아아아아아아아아!!

으아아~! 으아아~! 으아아~!

으아아~! 으아아~! 으아아~! 으아아~! 으아아~! 으아아~! 으아아~! 으아아~! 으아아~!

게다가!

게다가 말이야!

그 어택이 성공하려 하고 있다고!

상대방인 사콘지 양의 마음에 들기 시작하고 있어!

젊은 남녀가 단둘이서 노래방에 오면! 할 일은 하나밖에 없지!

아니, 진정해라. 진정하라고, 명탐정. 젊은 남녀가 노래방에 오면 할 일은 노래를 부르는 거겠지. 게다가 나나야 군이라고. 그렇게 정조 관념이 희박할 리가 없어.

하지만 상대는 사콘지 양이니까……. 척 보기에도 육식녀 같은 갸루. 게다가 엄청난 미인.

아무리 나나야 군이 내성적이고 여자에게 손을 댈 수 없는 얼간이에 겁쟁이라 하더라도 저렇게 귀여운 애가 유혹하면…….

그, 그래도? 그래도그래도? 아직 내 추리가 맞다는 결론이 나온 것도 아니고? 실제로는? 별다른 관계가 아닐지도 모르잖아? 그럴지도 모르잖아? 잖아잖아?

아~, 진정이 안 되네!

지금 당장 5층으로 가서 모든 방을 확인할 수밖에 없어!

지나가면서 슬쩍 들여다볼 수밖에 없어! 증거를 잡아야 한다, 명탐정 카미조 토우카.

좋아, 가자…….

나는 침을 꿀꺽 삼켰다.

그리고 일어선 다음 음료수를 한 모금 마시고 나서, 다시 앉았다.

"무서워."

추리가 진실이 되어버리는 게 무섭다.

이, 일단 노래라도 한 곡 부르면서 기분을 전환할까.

그리고 감정을 리셋하고 나서 가자.

프리 타임으로 들어왔으니 시간은 잔뜩 있다. 그렇게 서두를 필요는 없다. 수사는 허둥대지 않고 신중하게 하는 게 철칙이다. 잘 모르겠지만.

나는 모니터 옆에 놓여있던 마이크와 리모컨을 들고 랭킹 버튼을 터치했다.

오~, 오~, 최신 랭킹이 그리운 곡들투성이네. 마침 1위인 곡이 내가 정말 좋아하는 연애 응원 노래잖아.

좋아, 일단 한 곡 부르면서 마음을 다듬고 나서 수사에 임하도록 하자.

혼자 있는 방에 전주가 흐르기 시작하자 나는 기운차게 일어섰다.

"내 가슴을~ 두근거리게 만드는~ 둔감한 왕자니임~~~!"

자, 이번 점수는?!

『89점! 억양은 정확하네요! 좀 더 안정적인 발성을 의식해봅시다!』

"아~! 꽤 뼈아픈 부분을 찌르네, 정밀 채점 디럭스! 최고 득점인 91점을 갱신하기가 힘든데~."

뚜루루루루. 뚜루루루루.

"응?"

갑자기 방에 딸려 있던 인터폰이 울렸다.

나는 수화기를 들었다.

"네."

『즐거운 시간 보내고 계신 와중에 실례합니다. 끝나기 10분 전입니다만, 연장하시겠습니까?』

"네?"

한순간 사고가 멎었고, 나는 곧바로 시계를 보았다.

여섯 시간이 지나 있었다———.

『손님?』

"아, 괜찮아요! 네, 연장은 됐습니다!"

수화기를 내려놓고 재빨리 방을 나섰다. 복도를 가로질러 계단을 올라갔다.

"난 대체 뭘 하고 있었던 거야! 으아앙~!"

첫 번째 곡을 불렀을 때, 왠지 오랜만에 노래방에 온 것치고는 평소보다 고음이 나오는 것 같다는 생각에 한 곡만 더 부르자고 생각하며 두 번째 곡을 넣었다. 역시 훨씬 목소리가 잘 나온다. 그렇구나, 고등학생으로 돌아와서 목의 근력이나 폐활량도 젊어진 거야! 그 사실을 깨닫고 세 번째 곡을 넣었다.

그 이후로는 기억나지 않는다.

정신없이 노래방을 즐기고 있었다.

그렇다, 나는 그냥 휴일에 혼자 노래방에 가서 스트레스를 발산하는 여자 회사원이 되어 있었던 것이다!

이대로 가다간 진짜로 산책하다가 혼자 노래방에 가기만 했는데 하루가 끝나겠어!

숨을 헐떡이며 도착한 곳은 5층.

그런데 복도로 얼굴을 내민 것과 동시에 엘리베이터에 타는 나나야 군과 사콘지 양의 뒷모습이 보였다.

"느, 늦었다……."

결국 그들이 이 노래방에서 뭘 한 건지……, 과연 두 사람의 관계가 어디까지 진전된 건지.

아무것도 모르는 채 나는 그 자리에 무릎을 꿇었다.

카미조 토우카.

이번에야말로 명탐정을 폐업하겠습니다.

◆

"그런 일이 있었는데, 나오는 어떻게 생각해?"

다음 날.

나는 귀여운 후배인 나오를 불러서 이웃 역에 있는 생크림 전문 카페에 와 있었다. 목재로 된 가게 인테리어는 복고풍이었고, 천장에서는 커다란 서큘레이터가 돌아가고 있다. 나와 나오는 둘이서 테이블석에 앉아 생크림을 듬뿍 얹은 시폰 케이크를 먹었다. 주위에는 고등학생부터 대학생 정도까지 여자들뿐이다.

그래, 그래, 이런 곳에서 간식을 먹는 게 꿈이었다고. 이 가게도 나오가 가르쳐 주었다. 역시 현역 여고생.

"음~, 이 시폰 케이크 맛있네! 과장님! 너무 달지 않아서 자꾸 들어가!"

"그래. 정말 맛있어."

왜 이렇게 귀여운 걸까. 이게 바로 내가 원하던 여자애 모임. 아~, 행복하다.

"아니, 감상에 젖어 있을 때가 아니라, 방금 한 이야기! 나오는 어떻게 생각해?!"

"비와코 선배가 나나야랑 괜찮은 느낌이라고~?"

"맞아! 바로 그거야! 나, 나는 딱히 두 사람이 어떤 관계라도 신경 쓰지 않지만, 일단은 말이지! 나오의 소꿉친구니까!"

"아냐, 아냐~. 아니라고, 과장님! 그 비와코 선배하고 나나야라니, 말도 안 돼~."

"그래도 실제로 봤어! 두 사람이 친근하게 패밀리 레스토랑에서 이야기를 나누었고, 그런 다음에 노래방에!"

"뭔가 의논할 거라도 있었던 거 아닐까? 나나야는 사람이 좋으니까~. 왠지 의논하기 편하거든. 그러다가 좋은 친구 같은 관계로 끝나는 남자. 나나야는 진짜 불쌍한 녀석이지~."

"의, 의논이라고……. 그렇다고 해도 의논할 정도로 사이가 좋다는 건 사실이라는 뜻이구나……."

아직 연애로 발전하지 않았더라도 앞으로 그렇게 될 가능성은 충분히 있다는 뜻이다.

"아하하~. 과장님은 나나야를 정말 좋아하는구나~."

"무, 무슨 소릴 하는 거야! 딱히 그런 게 아니라고! 그냥 그 두 사람은 타입이 너무 다르니까 깜짝 놀란 것뿐이고."

"자자, 과장님, 진정해. 가슴 한 번 만질래?"

"너, 누구에게나 너무 그러는 거 아니야?!"

커다란 가슴을 꾹 모으는 나오를 보고 나는 얼굴을 붉혔다. 그건 그렇고 볼륨이 정말 대단하다. 마치 이 생크림처럼 부드러울 것 같다. 한 번 정도는 만져봐도 괜찮을 것 같다.

"아하하~ 과장님은 진짜 리액션 같은 게 나나야랑 비슷하네~! 뭐, 그래도 나나야가 비와코 선배하고 뭔가 의논하는 관계가 된 것만으로도 기적이긴 하지."

"그치? 그치?"

"그래도 나나야는 과장님을 좋아하니까 걱정할 필요는 없어."

"어?"

나는 들고 있던 포크를 접시 위에 올려놓았다.

"나나야에게도 과장님은 나나야를 좋아하니까 어택하라고 했는데, 안 믿어주더라고~. 진짜 둘 다 곤란하단 말이지~."

"나오."

"응?"

"젊구나……."

"어?! 왠지 엄청 충격받은 표정인데!"

이 애가 무슨 말을 꺼내나 싶었는데……, 정말.

"나오는 1학년이니까 열여섯 살? 아직 열다섯 살인가?"

"생일이 아직 안 지났으니까 열다섯 살이야."

"그렇지. 그렇구나, 그렇구나. 이제 막 중학교를 졸업했으니까."

"왠지 엄청 타이르는 것 같은데! 말투가 완전 부드러워! 엄마 같은 느낌이라고, 과장님!"

잘 생각해보니까 내 절반밖에 안 살았잖아. 그야 연애에 대해 둔한 건 어쩔 수 없겠지. 나나야 군이 내게 연애 감정을 품고 있다는 착각을 해버리다니, 오히려 귀여운데.

"괜찮아, 조만간 나오도 어른의 연애를 경험할 거고, 소용돌이치는 사랑의 형태에 대해서도 알게 될 거야."

"왠지 과장님이 그런 소리를 하니까 마음에 걸리는데!"

"나오……, 그럼 나오는 좋아하는 사람 있니?"

"어, 없는데……."

"지금까지는?"

"음~, 있었던 적이 없었던 것 같은데~. 초등학교 때 같은 학원에 다니던 연상 남자애를 좀 좋아했을지도 모르겠는데, 잘 모르겠어. 이름도 까먹어버렸고."

"맞지?"

"맞지라니, 그게 무슨 소리야?! 윽, 그래도 뭐라고 따지기 힘든 것 같긴 해."

"사람은 겉모습으로 살아가는 법이거든? 진심은 좀처럼 꿰뚫어 보기 힘들어. 연애가 끼게 되면 더더욱 그렇고."

"뭔가 어려운 이야기를 하기 시작했어! 과장님의 진심은 대충 봐도 보이는데!"

"응, 그래. 나오는 꿰뚫어 보고 있을지도 모르겠네."

"아, 절대로 그렇게 생각하지 않는다는 듯한 말투야! 정말, 이런 느낌이 되면 절대로 이기지 못하는 말투!"

나는 내려놓았던 포크를 다시 들고는 끄트머리를 케이크에 찔렀다.

"그런데 나오는 지금까지 한 번도 나나야 군을 좋아하게 된 적 없어?"

"안 그랬지~. 나나야는 내 타입이 아니니까."

"그래도 소꿉친구잖아."

"과장님, 현실은 애니메이션이나 만화와는 다르다고. 소꿉친구라고 해서 무조건 좋아하게 되는 건 아니야."

"그래도 ㅇ난이나 ㅇ전일은 다들 소꿉친구랑 러브러브하잖아."

"내 말 듣긴 했어?! 게다가 왜 명탐정 한정인데?!"

"얼마 전에 탐정 일을 그만둔 참이라 나도 모르게."

"그게 무슨 소리야?! 과장님, 탐정 일도 했었어?! 그것도 나름대로 흥미가 생기는데!"

"흐음~, 소꿉친구도 의외로 그렇구나."

"예전부터 생각한 건데, 과장님은 꽤 소녀틱하단 말이지~."

"따따따딱히~? 그래도~? 로맨틱한 건 싫진 않지만~?"

"알겠어요, 알겠어요. 나는 오늘 왠지 태클만 걸어서 나나야 같다고, 과장님. 아, 맞다. 그렇게 불안한 거면 과장님한테 이거 줄게."

나오가 갑자기 가방에서 꺼낸 것은 가드니아 향수였다. 유명한 다른 이름으로는 치자꽃. 여름에 딱 맞아서 인기가 많은 향기다.

"이건 갑자기 왜?"

"여름방학이라 놀러 온 사촌 언니에게 받았어. 나오도 고등학생이 되었으니까 남자를 함락시키기 위해서 향수 정도는 뿌리라던데. 그런데 나는 향수 같은 걸 써본 적이 없으니까 과장님한테 줄게."

"이렇게 비싸 보이는 걸 받아도 될까?"

"응! 이런 건 어른스러운 과장님에게 딱 맞겠지? 선거 때도 신세를 졌으니까 그 보답이야! 뭐, 나도 받은 거지만."

"그래, 고마워, 나오."

기쁜 듯이 케이크를 냠냠 먹는 나오.

그리고 나오는 이쪽을 보고는.

"아무튼, 비와코 선배랑 나나야가 사귀는 일은 절대로 없을 테니까 안심해."

방긋 웃었다.

눈에 넣어도 아프지 않을 정도로 귀여운 후배가 있다면 그녀일 것이다.

그런 일이 있고 나서 나흘 뒤, 우리는 사콘지 양의 조부모님 댁에 자러 가게 되었다.

사이가 좋아 보이는 두 사람의 제안에 따라서.

잠깐, 나오, 나한테 했던 이야기하고 다르잖아~!

나이 : 16세
학년 : 고등학교 2학년
생일 : 11월 18일(전갈자리)
혈액형 : B형
키 : 158cm
가슴 크기 : D컵

좋아하는 것 : 초콜릿, 노래방, 귀여운 것
서투른 것 : 끈적끈적한 것, 호러
특기 : 단거리 달리기, 문자 빨리 보내기, 처음 만난 사람과 사이좋게 지내기(예외도 있음)

나카츠가와 나오
Nao Nakatsugawa

사콘지 비와코
Biwako Sakonji

PROFILE

나이 : 15세
학년 : 고등학교 1학년
생일 : 3월 25일(양자리)
혈액형 : O형
키 : 155cm
가슴 크기 : G컵

좋아하는 것 : 우유, 탄산음료, 공포 영화
서투른 것 : 쓴 것, 국어
특기 : 나나야 놀리기, 많이 먹기

시모노 나나야
Nanaya Shimono

카미조 토우카
Toka Kamijo

PROFILE

나이 : 17세(28세)
학년 : 고등학교 2학년
생일 : 4월 3일(양자리)
혈액형 : A형
키 : 162cm
가슴 크기 : D컵

좋아하는 것 : 시치미토가라
시, 고구마 소주, 연애 영화,
시모노 나나야
서투른 것 : 무서운 놀이기
구, 기다리는 시간, 연애
특기 : 스케줄 관리, 퍼즐 게
임

PROFILE

나이 : 16세(27세)
학년 : 고등학교 1학년
생일 : 5월 5일(황소자리)
혈액형 : O형
키 : 168cm

좋아하는 것 : 사누키 우동,
애니메이션, 연상 여자, 카미
조 토우카
서투른 것 : 건포도, 연애
특기 : 배구, 격투 게임

제4장 ┃ 호감을 보이고 싶은 한여름의 대삼각형

　과장님을 설득해 바비큐를 하러 가게 된 우리. 근처 강가에 공공 바비큐 시설이 있는 모양이었기에 거기까지 비와코 선배의 할머니가 자가용으로 데려다준다고 했다.

　강에도 들어갈 수 있는 것 같아서 우리는 일단 움직이기 편한 옷으로 갈아입은 다음 차고 앞에서 모이기로 했다.

　나와 오니키치는 한발 먼저 큼직한 패밀리 카 앞에서 기다리고 있었다.

　"그런데 나나찌가 비와코 선배하고 사이좋게 지낸다니, 신기한 일도 다 있네."

　"어? 그래? 뭐, 의외로 싹싹한 선배라."

　아무리 그래도 사이좋게 지내게 된 계기는 말할 수가 없다.

　"너무 사이좋게 지내면 토우카가 질투할걸?"

　"과장님이? 아냐, 아냐. 그 사람은 연애 같은 것에 흥미가 없는 사람이니까."

　"저번에 데이트도 해놓고?"

　"그건 데이트가 아니야."

　"아하하, 나나찌는 이상한 고집이 있네~."

　그건 그냥 사회 견학이다. 나도 약간은 데이트라고 생각하고 신이 났었는데 말이지. 설마 회사에 가고 싶어 하다니, 정말 나는 눈에 들어오지 않는 모양이다.

"그러는 오니키치는 비와코 선배하고 사이좋게 지내질 않네. 갸루 쪽으로 알고 지내는 사이일 줄 알았는데."

"음~. 나는 고등학교를 졸업하면 도쿄에 갈 생각이라고 말했었지?"

"응, 했지."

"도쿄로 간 뒤에 나아가서는 사장 같은 걸 해보고 싶거든."

갸루남이 가벼운 말투로 꿈에 대해 이야기하는 것처럼 들리지만, 이 녀석 같은 경우에는 진심인 데다 게다가 그 꿈을 이루어낸 게 대단하지. 그런데.

"그거랑 비와코 선배가 무슨 상관인데?"

"집단의 우두머리인 사람이 어떻게 행동하는지 객관적으로 봐두고 싶거든."

"엄청나게 멋진 말을 하기 시작했어!"

"그쪽 갸루 커뮤니티에 푹 빠져버리면 나 같은 경우엔 나이 때문에 아랫사람 같은 입장이 되잖아? 아랫사람 같은 입장······, 다시 말해서 종업원의 입장으로 무언가를 보는 것도 중요하겠지만, 그건 착실하게 일하면서 경험하는 게 도움이 될 것 같거든. 그것보다는 윗사람의 사고를 중립적인 시점에서 배우고 싶은 거야. 그래서 일부러 그 집단을 피했던 거지. 그래도 개인적으로 비와코 선배하고 사이좋게 지내는 건 웰컴이지! 그런 의미에서는 접점을 가져다 준 나나찌는 고마워! 히어 위!"

"나는 너하고 친구로 지내도 되는 건지 그런 격차 때문에 자신감을 잃기 시작하고 있어!"

"이봐, 이봐~, 나나찌, 사람과 사람 사이에 격차 같은 게 있다는 쓸쓸한 말은 하지 말라고~! 나는 나나찌가 제일 좋거든."

"오니키치……."

"나나찌……."

"너희들 뭐 하고 있는 거야? 남자들끼리 마주 보고 있다니, 빵 터지거든?"

준비가 다 된 건지 비와코 선배가 나타났다.

"아, 비와코 선배. 아니, 이건 그런 게 아니라요!"

"맞아, 비와쵸스, 나하고 나나찌는 상사상애(相思相愛), 일자상전(一子相傳)."

"어감이 좋긴 한데 일자상전은 너무 적당히 가져다 붙였네! 그리고 비와쵸스라니, 거리를 너무 빠르게 좁히는 거 아니야?! F1 레이서냐고!"

"오니키치 이예이~."

"비와쵸스 이예이~."

두 사람이 주먹을 맞부딪히는 게 이해가 안 된다. 갸루의 커뮤니케이션은 너무 난해하잖아. 오니키치와 비와쵸스라니, 커플 유튜버 같네. 이런 말을 해봤자 이 시대에서는 통하지 않겠지만.

그건 그렇고 수영장에서 수영복 차림을 봤을 때도 들었던 생각인데, 비와코 선배는 진짜로 몸매가 좋다. 몸의 라인에 억양이 살아 있어서 섹시하다. 나올 곳은 나오고 들어갈 곳은 들어가 있다. 파카 셔츠에 짧은 바지와 샌들. 이렇게 심플한 차림새인데 뿜어내는 오라가 다르다. 그리고 여전히 좋은 냄새가 난다.

"아니, 나오풍하고 카미조 토우카는? 아직 안 온 거야?"

"그러게요……, 아, 왔네."

현관 쪽을 보니 마침 문이 드르륵 열리고 나오의 얼굴이 보였다.

나오는 왠지 모르겠지만 학교 체육복을 입고 있었다. 움직이기 편하긴 하겠지만, 수학여행을 가는 것도 아니고.

그리고 뒤쪽에서 트윈테일 과장님이 모습을 드러냈다.

응?

트윈테일?!

게다가 비와코 선배의 세로 롤만큼은 아니지만, 볼륨이 생기게끔 머리카락 끄트머리를 약간 말았다.

어? 저게 뭐지? 과장님의 저런 헤어스타일은 처음 봤는데.

너무 귀엽잖아!!

갑자기 무슨 일이지. 역시 과장님도 여름이라 약간 신이 난 건가?

복장을 보니 하얗고 시원스러운 티셔츠를 마치 체육대회에 나간 여고생처럼 어깨까지 걷어붙이고 있다. 왠지 약간 가루 같은 느낌이 드는데. 하의는 데님 재질 핫팬츠. 새하얗고 가녀린 허벅지가 보란 듯이 꽉꽉 존재감을 드러내고 있다. 너무 아름다워!

나는 재빨리 비와코 선배의 얼굴을 보았다.

그녀도 이쪽을 보고 있었다. 얼굴을 새빨갛게 물들인 채 볼이 흐느적거리는 상태.

들린다. 들린다고, 비와코 선배의 마음의 소리가.

(저게 뭐야! 엄청나게 귀엽거든!)

얼굴에 그렇게 써 있다.

나오와 과장님이 이쪽으로 다가오자 재빠르게 표정을 원래대로 되돌린 비와코 선배.

"기다렸지~, 다들 오래 기다렸어~?"

"느, 늦었잖아, 나오퐁."

"비와코, 미안, 미안! 과장님 머리를 해주다 보니 시간이 오래 걸려서."

그렇구나. 나오가 과장님 머리를 가지고 놀고 있었던 모양이다.

"카미조 토우카. 무슨 바람이 분 거야? 그런 헤어스타일은 안 어울리거든!"

당신 진짜! 바보냐고!

"어? 사콘지 양, 안 어울려?!"

"안 어울리거든! 맞지? 나나노스케!"

"아니, 엄청나게 잘 어울리는데요. 천사인 줄 알았어요."

비와코 선배가 나를 부모님의 원수인 것마냥 노려보고 있다. 배신자 녀석, 하는 목소리가 들리지만 무시하자. 나 자신도 어느 정도 츤데레 기질이 있다는 건 인정하겠지만, 이걸 보고 어울리지 않는다는 거짓말은 할 수가 없다.

그리고 과장님은.

"천사라니, 바보 아니야? 나는 인간이라고!"

이 사람은 태클 실력이 영 별로네.

"정말, 비와코, 안 어울린다느니 하지 마. 과장님이 시켜서 내가 열심히 했는데~."

뭐라고?! 과장님이 직접 이 헤어스타일을 골랐다고? 역시 신이 난 건가?!

"헤이~, 헤이~, 맞아! 귀엽다고! 토우카! 마치 비와쵸스 같아!"

"어디가 그런데! 오니키치! 전혀 안 비슷하거든!"

저기~ 이 사람, 계획을 잊어버린 거 아니야? 봐, 비와코 선배가 계속 매도하니까 과장님이 약간 울상을 짓고 있잖아.

그래도 트윈테일 두 명이 나란히 서 있으니 쌍둥이 같아서 귀엽다. 나오도 두 사람에게 밀리지 않을 정도로 귀엽고(가슴은 단독 1위다), 왠지 지금 내가 아이돌의 합숙에 함께 온 매니저……, 아니, 프로듀서 같다.

그런 생각을 하고 있자니 자동차 창문이 내려오고 운전석에서 할머니가 고개를 내밀었다.

"자, 젊은이들, 타라고. 가자!"

선글라스를 낀 할머니가 좀 전에 본 모습으로는 상상도 안 되는 말투로 우리에게 말했다.

차를 타면 성격이 바뀌는 사람인가? 엄청나게 인싸 느낌이 강해졌는데. 역시 비와코 선배의 할머니구나.

우리는 차를 타고 바비큐장으로 출발했다.

◆

산길을 달려간 곳에 있던 것은 반짝반짝 수면이 빛나는 깨끗한 물가. 위에서 내려다보니 벌써 몇 군데에서 바비큐를 하고 있는 게 보였다. 숫자가 그렇게 많지는 않았지만, 꽤 활기가 있는 것 같았다.

그 강가까지 차로 데려다준 비와코 선배의 할머니는 저녁에 다시 데리러 오겠다고 하면서 집으로 돌아갔다. 저녁 식사 준비를 해둔다는 모양이다. 평소에는 엄청나게 자상한 사람인데 운전 중에는 대단했다. 뭔가 서양 음악 중에서 힙합을 꽝꽝 틀어댔고. 아마 예전에 꽤 거칠었을 게 분명하다.

할머니의 차를 보낸 다음, 하얀 자갈 위에 레저 시트를 깔고 나서 가지고 온 바비큐 세트를 준비했다. 착화제까지 있을 정도로 준비가 잘 되어 있었다.

대충 정리가 끝나자 과장님이 나섰다.

"그럼 불을 피울 멤버하고 식재료를 다듬을 멤버로 나눌까."

숯과 신문지는 있지만 나뭇가지도 조금 모으기로 했기에 불을 피우는 데 세 명, 수돗가에서 재료를 다듬는 사람은 두 명으로 정해졌다.

곧바로 묵찌빠로 그룹을 나누었다.

여기서 과장님과 비와코 선배가 식재료 담당을 맡게 되면 거리를 확 좁힐 수 있을 것이다. 계획을 생각하면 그게 베스트지만, 확률까지 조작할 수는 없기에 운에 맡길 뿐이다.

""" "안 내면 벌칙, 묵찌빠." """

묵이 두 명에 빠가 세 명. 단번에 깔끔하게 갈렸다.

과장님은 묵.

그리고 다른 묵 한 명은……, 나다.

아차……, 나는 그렇게 생각하며 한쪽 눈으로 비와코 선배의 표정을 확인했다.

엄청나게 불쾌하다는 듯이 이쪽을 보고 있었다.

으아~, 실수해버렸네~. 하필이면 나하고 과장님이라니.

하지만 결과는 결과다. 비와코 선배에게는 나중에 어떻게든 기회를 만들어 줘야지.

나는 어쩔 수 없이 과장님과 함께 비닐봉지에 담긴 식재료와 조리기구를 끌어안고 수돗가로 이동했다.

에휴, 어쩔 수 없지.

어쩔 수 없다.

어쩔 수…………, 앗싸아아아아아아아아아아아아아아아아아아아아아아아아아아아아아아!

과장님과 단둘이이이이이이이이이이이이이이이이이이이이이이이이이이이이이이이이이!

———헉! 내가 무슨 생각을 하고 있는 거지?

목적은 과장님과 비와코 선배를 사이좋게 만들어주는 거였는데.

과장님이랑 단둘이 남게 되었다고 기뻐하고 있을 때가.

앗싸아아아아아아아아아아아아아아아아아아아아아아아아아아아아아아아아아아아아아아!

너무 기쁘다.

내 첫 번째 고등학교 생활 때는 이런 청춘이 없었다.

시원한 강가를 걸어가며 문득 옆을 보니 과장님이 있다.

그러자 과장님은 나를 보고.

"응? 왜 그래?"

그렇게 부드럽게 웃어주었다.

미안. 미안해, 비와코 선배.

저는 지금 엄청나게 행복하거든요.

잠깐만 이러는 걸 용서해 주세요.

애초에 이 트윈테일에 걸어붙인 소매는 반칙이라고.

과장님의 하얀 팔이 걸어가던 도중에 몇 번이나 내 팔에 닿았다. 아, 최고다.

저번처럼 '과장님, 더워요'라고 촌스럽게 츤데레처럼 태클을 걸지는 말자. 타산지석. 비와코 선배의 츤데레 같은 행동을 보고 있자니 많이 깨달았다.

부끄러워하면서 안이한 태클로 도피하고 있을 때가 아니다.

이런 기회는 좀처럼 없다고. 나도 노력해야지.

그래도 부끄러워! 이렇게 귀여운 과장님을 보니 부끄러워진다고! 그래서 거리를 꽤 두게 된다.

"잠깐~, 왜 멀리 떨어지는 거야, 나나야 군~."

과장님이 그렇게 말하고 장난기 어린 미소를 지으며 어깨를 부딪혔다.

네, 사망.

시모노 나나야, 사망 확인입니다. 사인은 심쿵사.

심쿵사라는 게 진짜로 있는 거구나. 가공의 도시전설 같은 건 줄 알았는데.

"과장님, 놀리지 말아주세요. 자, 수돗가에 도착했네요."

나는 부끄러운 마음을 숨기며 빠른 걸음으로 수돗가 가운데에 있던 목제 테이블로 식재료를 옮겼다.

비닐에서 채소를 꺼내 같이 가지고 온 소쿠리에 담았다.

"진짜~, 왜 혼자 두고 가는 거야~."

입을 삐죽대며 내 곁으로 오는 과장님.

아~, 안 되겠다, 손을 움직이지 않으면 심장이 터져버릴 것 같아.

"우, 우선 채소부터 씻을까요."

"그래."

나와 과장님은 채소를 들고 개수대로 이동했다.

둘이서 나란히 채소를 씻던 도중에 나는 과장님에게 말을 걸었다.

"아~, 바비큐 같은 건 오랜만이네요."

"나도 요즘은 안 했지~. 맥주가 있으면 더 최고일 텐데 말이야."

"마무리로 먹는 야키소바에 맥주를 부어 먹는 것도 맛있죠."

"아~, 그거. 맞아, 맞아."

"그런데 몸이 고등학생으로 돌아와서 그런지 신기하게도 술을 안 먹어도 괜찮네요. 타임 리프를 한 이후로 술을 전혀 안 먹었 잖아요."

"그렇긴 하네. 먹고 싶긴 한데, 뭐라고 해야 하나, 참을 수 있다고 해야 하나, 알코올을 섭취하고 싶은 느낌이 안 들지."

"그렇죠~. 뭐, 과장님, 말은 그렇게 하면서 몰래 한 잔씩 하시는 거 아니에요?"

"안 먹는다고~! 이게~!"

가지고 온 당근을 씻으면서 과장님이 팔꿈치로 내 팔을 꾸욱꾸욱 눌렀다.

진짜~, 대체 뭐냐고! 청춘이냐고! 고등학생의 여름방학은 원래 이렇게 즐거운 거야?! 이런 게 앞으로 3년 분량이나 있다니, 오히려 무섭네. 신이시여, 타임 리프에 대해 이것저것 불평을 늘어놓긴 했지만, 정말 감사합니다. 고마워요!

"그러고 보니까, 나나야 군."

문득 과장님이 진지한 목소리로 내게 말했다.

"네?"

"사콘지 양이 뭔가 의논할 게 있다고 한 거야?"

"네?!"

갑작스러운 말에 씻고 있던 가지를 개수대에 떨어뜨렸다. 투욱, 묵직한 소리가 울린 것과 동시에 과장님의 예리한 시선이 거기에 쏠렸다.

들켰나……? 언제부터? 아무튼 둘러댈 수밖에 없다.

"무슨 말씀이신가요."

나는 과장님에게서 고개를 돌리고는 떨리는 손으로 가지를 주웠다.

좀 전까지 들떴던 기분이 단숨에 어두워지기 시작했다.

어째서지? 전철 안에서 했던 연기는 완벽했을 텐데. 계획도 그렇게까지 내용이 부자연스럽지는 않았을 테고. 그런데 어째서 과장님에게 들킨 거지? 혹시 과장님은 탐정인가? 명탐정인가?!

"아니, 갑자기 사콘지 양하고 사이좋게 지내길래. 나나야 군이 사콘지 양 같은 타입이랑 사이좋게 지내는 건 뭔가 특별한 이유가 있기 때문이잖아? 저기, 있는 거지? 사콘지 양이 의논할 게 있다고 다가왔고, 그래서 친해진 것뿐이지? 다른 의도는 없는 거지?!"

"음, 아니, 저기……."

과장님이 진지한 눈빛을 보이며 내 쪽으로 몸을 쭉 내밀었다.

이 느낌……, 아무래도 화가 난 건 아닌 것 같다. 그렇다면 계획 자체는 눈치채지 못한 건가? 나와 비와코 선배가 친하게 지내는 건 객관적으로 보면 뭔가 이유가 없는 한, 이상하게 보이긴 할 것이다. 실제로 좀 전에 오니키치도 비슷한 말을 했고.

"혹시 사콘지 양이 뭔가 고민을 털어놓았다면 나도 도와줄까? 자, 말해봐. 평소처럼 카미조 과장님이 도와줄 테니까. 응? 나한테도 의논해봐."

목소리의 톤이 점점 낮아지기 시작했다. 걱정스러워하는 시선인 건지, 약간 불안한 것처럼 보이기도 하는 표정으로 과장님이 나를 빤히 바라보았다.

"아뇨, 딱히 아무것도 아니에요. 그냥 사이좋게 지내고 있을 뿐이거든요. 과장님에게 이야기할 만한 것도 아니고요."

계획이 들켜서 화가 난 게 아니라는 사실은 알았다. 그리고 자상한 과장님의 호의도 충분히 느꼈다.

하지만 말할 수는 없다.

왜냐하면, 의논한 내용의 대상이 과장님이니까.

비와코 선배가 과장님하고 사이좋게 지내고 싶은 모양이던데요~, 그렇게 직접 말해버리면 척 보기에는 원만하게 해결될 것 같지만, 그렇게 단순한 게 아니다.

진짜 여고생인 비와코 선배와는 달리, 과장님은 알맹이가 어른이다. 대외적인 커뮤니케이션 능력을 갖춘 훌륭한 사회인이다.

그렇게 사교적인 과장님에게 그 내용을 말하면 어떻게 행동할까?

비와코 선배와 사이좋게 지낼 것이다.

하지만 거기에는 의도가 들어가게 된다. 안 그래도 껄끄러워하는 상대인데. 이른바 전형적인 표면상의 관계가 되어버린다.

과연 그게 비와코 선배가 원하는 결말일까?

아니, 그렇지 않다.

그녀가 말한 '사이좋게 지내고 싶다'는 마음을 서로 터놓고 싶다는 뜻이다.

결코 원만한 관계만 원하는 게 아니다. 우리는 고등학생이다. 거래처를 상대하는 게 아니다.

그건 과장님도 마찬가지일 것이다. 과장님이 처음부터 다시 시작하고 싶어 한 청춘은 그런 겉만 번지르르한 우정으로 성립되는 게 아닐 것이다.

나는 어디까지나 두 사람에게 계기를 주는 역할. 진짜 인간관계는 본인이 만들어나가야만 의미가 있다.

그래서 내가 지금 쉽사리 비와코 선배가 말한 내용을 과장님에게 흘려버리는 건 그녀에 대한 배신이다.

나는 새삼 마음속으로 굳게 결심했다.

하지만 그걸로는 납득할 수 없었는지.

"어째서."

과장님이 조용히 들고 있던 당근을 개수대에 내려놓았다.

수도꼭지에서 흐르는 물소리만이 여름의 열기 속에 울렸다.

"과, 과장님?"

"어째서, 어째서, 어째서! 회사에서는 항상 과장님, 도와주세요~, 라고 하면서 기댔잖아! 뭐야?! 고등학생으로 돌아와서 젊은 애들하고 즐거운 나날을 보내게 되었다고 이제 알맹이가 나이든 여자는 볼일이 없다는 거야?! 그렇게 과장님~, 과장님~, 노래를 불러놓고 이제 와서 내팽개치는 거야?! 내팽개치는 거냐고?! 내팽개 과장님이야?! 그러세요, 저한테는 말씀하실 수 없다는 거군요! 아~, 그러세요! 됐다고요! 두 분께서 그렇게 다른 사람에게는 말할 수 없는 관계가 되었다면 됐다고요! 이제 난 몰라!"

"과장님! 그게 아니에요! 진정하세요! 과장님의 호의를 무시하거나 그러려는 게 아니라고요!"

"말을 할 수 없다면 그런 거잖아! 애초에 뭐냐고! 비와코 선배라고 부르고! 아~, 정말 사이가 좋으셔!"

"과장님도 사콘지 양이 아니라 비와코 양이라고 부르면 되잖아요! 응, 그러는 게 좋겠네요!"

"그쪽 말고! 당신 바보야?"

"네?! 저기, 그럼 제가 비와코 선배라고 부르는 거 말인가요? 오해예요! 그건 비와코 선배가 그렇게 부르라고 하니까 어쩔 수 없이!"

"으……! 으……! 으으으으으으으으으으아아아."

"잠깐, 과장님?! 아야. 아프다고요, 과장님!"

과장님이 당장에라도 울음을 터뜨릴 듯한 표정으로 내게 투닥투닥, 고속 양손 고양이 펀치를 날렸다.

"저번에~, 나한테 기대라고 했어~. 했는데~!"

"죄송합니다, 그때는 기뻤어요. 기쁘긴 했는데, 이번에는 진짜 그런 게 아니라."

"으아아아아, 나는 나나야 군의 과장님이니까~!"

"네, 맞아요! 과장님은 제 상사인 과장님이죠!"

"과장님이라고 부르지마아아아아~."

"네에?!"

"나나야 군은! 나만의 부하니까~!"

"누가 누구 부하라고?"

타이밍이 안 좋은 것도 정도가 있지.

내 시야에 또 다른 트윈테일이 나타났다.

그 목소리를 들은 과장님이 곧바로 뒤쪽을 돌아보았다.

"사, 사콘지 양······!"

"뭔가 나나노스케도 과장님이라고 부르고, 카미조 토우카도 부하가 어쩌고저쩌고 하는데. 혹시 두 사람은 사실 어떤 회사에 다니는 상사와 부하 관계······."

비와코 선배의 눈이 날카로워졌다.

나와 과장님은 둘이서 땀을 잔뜩 흘렸다.

그렇다, 비와코 선배는 이래 봬도 머리가 좋다. 혹시나 우리 비밀을······.

"······그런 설정으로 야, 야한 플레이 같은 걸 하고 있는 거야?! 비와는 그런 변태 같은 거 질색이거든!"

"아니, 엄청나게 순진하네! 그런 짓을 할 리가 없잖아요! 비와코 선배!"

"어? 아니야?"

"아니라고요!"

"그럼~, 방금 그건 뭔데?"

"그, 그건······."

나는 과장님을 힐끔 보았다.

우와~, 엄청나게 경멸하는 눈초리로 나를 보고 있네.

이럴 때만 기대기는, 그런 눈으로 나를 보고 있다.

"사콘지 양, 우리가 학생회 선거 때 응원회를 했던 거 알아? 나오가 입후보했고."

"당연히 알고 있거든?"

응, 당연한 건지 아닌지는 비와코 선배밖에 모른다고.

"그래서, 모처럼 하는 거니까 회사 같은 느낌으로 즐겁게 선거 활동을 하게 되었던 거야. 그래서 서로를 직책으로 부르는 놀이 같은 걸 하게 되었고, 내가 과장인 거지. 나나야 군은 그게 재미있었는지 선거가 끝난 뒤에도 계속 과장님이라고 부르거든. 나도 그만하라고 했는데 말이지~. 아하하."

역시 과장님이야. 약간 억지스러울지도 모르겠지만, 그럴싸한 선을 지켜낸 것 같다.

"그럼 나나노스케는 뭐라고 불렀는데?"

과장님은 팔짱을 끼고 나를 보며 생각에 잠겼다.

"·················주임···········보좌."

방금 분명히 위에서 아래로 내려오면서 소거법으로 지워나간 끝에 어쩔 수 없이 말한 거야! 일부러 보좌까지 붙여서! 그렇게 정식 직책을 주고 싶지 않은 건가?!

"흠~, 특이하네~."

나왔다! 흥미가 없을 때 여자애가 보이는 반응! 나는 잘 알고 있어! 여자애가 이런 말을 할 때는 전혀 흥미가 없을 때라고!

"그건 그렇고, 사콘지 양, 불은?"

"아니~, 오니키치가 엄청 잘 피워서~, 빵 터지네, 그 녀석 완전 파이어맨이거든? 뭐, 그래서 불도 피웠으니 이제 적당히 바람을 부치기만 하면 되니까 이쪽을 도와주러 온 거거든? 그러면 안 돼?"

비와코 선배는 큼직한 트윈테일 끄트머리를 양손으로 문지르면서 말했다. 왜 마지막에 꼭 츤데레 단어를 하나씩 끼워 넣는 걸까.

"그, 그랬구나. 딱히 안 된다는 건 전혀, 요만큼도, 아예 그런데?"

"뭔가 우리말이 이상한데요, 과장님. 아, 아얏."

정강이를 차였다.

"그럼 비와도 채소를 씻을까나~."

비와 선배는 서투른 휘파람을 불면서 테이블에서 채소를 챙기기 시작했는데, 이것 참. 정말 기뻐 보인다. 마음속으로는 신이 났을 게 분명하다.

나는 조마조마하기만 한데.

그런데 좀 전에 보인 과장님의 마구 흐트러진 모습.

물론, 만년 일반 사원인 나는 자기 부하를 남에게 뺏기는 경험은 해본 적이 없다. 하지만 과장님에게는 그야말로 그런 심정이었을 것이다.

아, 그래도 타임 리프를 하기 전에 드라마에서 봤었지. 은행원 부장이 상사인 이사를 배신하고 부은행장의 부하가 되었는데. 그거 뒷이야기는 어떻게 되려나. 마지막 회를 보려면 11년이 지나야 하나?

아무튼, 과장님은 내가 비와코 선배와 친하게 지내는 걸 탐탁지 않게 생각하는 것 같다.

하지만!

그건 각오한 바다.

두 사람 사이에 끼이게 되는 것 정도는 처음부터 알고 있었다.

과장님에게 약간 밉보이게 되더라도 이건 비와코 선배, 그리고 신세를 진 과장님을 위해서 하는 일이다.

힘든 상황일지도 모르지만, 나는 굴하지 않고 두 사람의 사이를 좋게 만들 것이다.

그리고 최종적으로는 과장님도 내게 고마워하고, 호감도가 팍팍 올라가는 거지!

회수하는 것까지 내다본 선행 투자라는 거야! 은혜 포인트까지 덤으로 쌓게 되니 더욱 이득!

이것도 연애 테크닉 중 하나라고, 제군!

그렇게 마음을 굳게 먹고 있는데…….

"야~, 나나노스케~. 왜 네가 토우카하고 단둘이 있는 건데?"

비와코 선배는 일부러 그러는 건지, 과장님 옆이 아니라 나를 사이에 두고 과장님 건너편으로 왔다.

"어쩔 수 없잖아요. 그룹을 나누는 건 운이니까! 그건 그렇고, 왜 이쪽으로 온 건데요. 좋은 기회니까 과장님 옆으로 가라고요!"

나는 과장님에게 들리지 않게끔 작은 목소리로 비와코 선배에게 주의를 주었다. 얼른 과장님에게 어택해! 내 은혜 포인트를 쌓을 수가 없잖아!

"아니, 부끄럽거든! 나나노스케가 잘 좀 해줘!"

"당신 진짜!"

아니, 가깝다고. 개수대 하나를 셋이서 쓰는 건 힘들잖아. 그리고 동정에겐 미인 상사와 엄청 귀여운 갸루의 샌드위치도 힘들다고.

"뭐야, 뭐야, 둘이서 사이좋게 이야기 중?"

과장님이 방긋방긋 웃으며 그 부드러운 몸을 억지스럽게 내 쪽으로 밀착시켰다.

대단해! 좌반신 측면이 전부 과장님하고 밀착해 있어! 죽을지도 몰라! 사인은 밀착기쁨사!

이제 왼쪽이고 오른쪽이고 좋은 냄새에 감싸여서 뭐가 뭔지 모르겠다. 최면에 빠진 것 같은 기분이다.

"딱히, 카미조 토우카하고는 상관없거든!"

그렇게 말하면서 내 쪽으로 더 다가오는 비와코 선배. 왜 그런 식으로 말하는데! 아니, 너무 가깝다니까!

"그, 그렇구나~. 흐음~, 나하고는 상관이 없구나~."

과장님도 정색하면서 몸을 기대며 밀착도를 높였다.

이런 상황에서 나한테 어쩌라는 거야.

나는 유이토 선생님이 아니라고. 너무 말도 안 되는 과제를 떠넘기지 말아줘. 그리고 몸도 떠넘기지 말아줘.

"잠깐, 나나노스케! 왠지 토우카하고 너무 달라붙은 거 같은데! 치사하거든!"

비와코 선배가 그렇게 말하며 내 셔츠 오른쪽 소매를 쭉 잡아당겼다. 그런 말을 할 거면 반대쪽으로 가라고, 진짜!

"있지~, 있지~, 나나야 군~. 토우카는 왠지 이 당근을 잘 씻을 수가 없어~."

과장님이 그렇게 말하며 내 셔츠 왼쪽 소매를 쭉 잡아당겼다.

당근을 살 씻을 수가 없다는 게 무슨 뜻인데! 그런 사람은 처음 본다고!

"내 말 듣고 있어? 나나노스케! 비와는 화났거든!"

비와코 선배가 그렇게 말하며 내 셔츠 오른쪽 소매를 쭉 잡아 당겼다.

"있지~, 나나야 군~, 같이 씻어줄래?"

과장님이 그렇게 말하며 내 셔츠 왼쪽 소매를 쭉 잡아당겼다.

"나나노스케!"

"나나야 군!"

아~, 진짜! 셔츠가 찢어진다고!!

"다들 끝났어~? 이제 불이 괜찮은 느낌인데……, 아니, 아직 도 채소를 씻고 있어?! 하나도 안 썰었고, 새우 같은 것도 아직 팩에 들어 있잖아! 진짜~, 뭐 하는 거야~."

구세주, 나카츠가와 나오 님께서 강림하셨다.

아~, 정말 정상적인 발언. 어째서 1학년인 그녀가 이 2학년들 보다 믿음직스럽게 보이는 걸까.

자자, 얼른 하자~ 라며 억척스러운 엄마처럼 척척 움직이면 서 식재를 다듬기 시작한 나오. 그러자 그제야 덩달아 진지하게 일하기 시작하는 두 연상.

겨우 바비큐를 시작할 순 있을 것 같은데, 아마 내 은혜 포인 트는 하나도 쌓이지 않았을 것이다.

◆

"맛있지~, 나나야 군."

오니키치가 피워준 불 위에 커다란 망을 놓고, 우리는 겨우 고기를 굽기 시작했다.

망 위에는 둥글게 썬 양파, 옥수수, 과장님이 씻은 당근도 올렸다. 그것들을 가장자리로 밀쳐내고, 메인인 고기와 어패류가 가운데에 자리를 잡았다. 고소한 향기가 난다.

망을 둘러싸고 각자 종이 접시와 젓가락을 든 채 식사를 하고 있었는데, 아까부터 계속 과장님이 내 옆에 찰싹 달라붙어 있다. 게다가…….

"아, 이 새우도 맛있어~, 자, 아앙~."

이런 상황이다.

"감사합니다."

물론, 그렇게 아앙~ 해주는 기회를 계속 놓칠 내가 아니었기에(식당에서 과장님이 우동을 먹여줄 기회를 놓쳤다) 부끄러웠지만 그 새우를 먹었는데, 망 건너편에서 비와코 선배가 사람도 죽일 수 있을 것 같은 표정으로 이쪽을 노려보고 있었다.

아니에요, 비와코 선배. 과장님은 자기 부하를 당신에게 빼앗기는 게 아닌가 하고 이상한 오해를 하는 거고, 그러니까 퉁퉁이 같은 사고방식으로 이런 행동을 하는 거라고요.

아니, 내가 말하고 나서도 좀 그런데, 과장님이 이렇게 퉁퉁이처럼 생각하는 사람이었나?

아니……, 아마도 부하들을 수십 명 정도 돌봐온 생활에서 갑자기 부하라고 할 만한 사람이 한 명밖에 없게 되니 쓸쓸해졌을 것이다. 과장님은 타고난 상사 기질이 있으니까. 그거다, 바쁘지 않으면 오히려 스트레스가 쌓여버리는 타입이다. 항상 누군가를 돌봐주고 싶어 하는 사람……, 뭐야, 그게, 엄청 색시 삼고 싶은데.

그렇게 생각해보니 과장님에게 친구를 만들어주려면 나오 같은 연하……, 손이 많이 가는 후배가 더 나으려나? 요즘은 가끔 나오가 과장님을 돌봐주는 것 같기도 한데, 뭐, 그건 제쳐두고.

"자, 나나야 군, 고기도 먹자. 아앙~."

잘 익은 고기를 적당히 양념에 찍어서 내민 과장님의 아앙~을 받아먹으며 나는 계속 생각에 잠겼다.

그런데 후배 쪽으로만 인간관계를 구축하면 첫 번째 고등학교 생활보다는 어느 정도 낫겠지만, 회사를 다니던 무렵과 별다른 차이가 없는 것 아닐까.

그게 정말로 과장님이 원하는 청춘인가? 학생회장이 되는 역사를 뒤엎으면서까지 다시 시작하고 싶은 고등학교 생활이라고?

아니, 그건 아니겠지.

비와코 선배와 과장님이 사이좋게 지내는 건 역시 두 사람에게 반드시 좋은 결과를 가져다 줄 게 틀림없다.

지금 과장님은 익숙하지 않은 일이 일어나서 약간 바보가 되었지만(바보 같은 과장님도 귀엽다), 그렇게 생각하니 비와코 선배처럼 개성이 강한 사람과 접촉하게 되어서 오히려 쇼크 요법 같은 효과도 볼 수 있었을 것이다.

좋아, 그렇다면 내가 노력할 수밖에 없지!

"비와코 선배도 이쪽으로 와서 같이 먹어요."

이렇게 착실하게 어시스트를 쌓아나가야지. 수수한 일이 내 전매특허잖아.

"으, 응! 그쪽으로 갈게!"

비와코 선배는 알아보기 쉬울 정도로 밝은 미소를 지으며 기쁜 듯이 이쪽으로 왔다.

그와 동시에 내 오른팔에 심한 통증이 느껴졌다.

과장님의 가녀린 손가락 다섯 개가 내 팔을 움켜쥐고 있었다. 꾸욱꾸욱, 바늘 같은 하얀 손가락이 살에 파고들었다.

"호, 호오~, 나나야 군은 사콘지 양하고 고기를 먹고 싶구나~. 호오~, 딱히 상관은 없는데. 호오~, 그랬구나, 그랬구나~."

"아니, 그런 건 아닌데요. 과장님도 같이 드시죠. 네?"

"어, 뭐야, 뭐야~, 군이 그렇게 말하지 않아도 같이 먹을 건데? 어라? 그러면 안 되나~? 내가 여기 있으면 안 되나~? 아~. 나나야 군의 허락이 필요했구나~, 미안해~. 심의서 같은 걸 돌릴 걸 그랬나~."

"그렇지 않아요! 오히려, 네, 같이 드셔주세요. 제 곁에 계속 있어주세요."

그 타이밍에 마침 비와코 선배가 도착. 그걸 한쪽 눈으로 확인한 과장님이 능청스럽게 굴었다.

"어, 잠깐만, 잠깐만, 계속 곁에 있어주세요라니, 그게 무슨 소리야, 나나야 군~. 정말, 프로포즈도 아니고~. 우리가 무슨 결혼을 앞둔 커플이냐고~. 이 녀석~."

물론 비와코 선배도 과장님이 한 말을 듣고 있을 것이다.

비와코 선배가 종이 접시와 젓가락을 든 채 굳었다. 그리고 정
색하며 말했다.

"어, 어라~, 역시 둘이 사귀는 거야~? 어라~, 내가 들었던
이야기하고 다른데~, 어라~."

"아니에요! 비와코 선배! 사귀지 않아요! 저하고 과장님은 결
코 사귀지 않아요!"

"으……, 으……, 으아아아! 어째서 그렇게까지 강하게 부정
하는 거야! 바보 나나야! 열받네! 그렇게 사콘지 양이 사귀고 있
다고 생각하는 게 곤란한 거야?!"

"아니, 실제로 사귀고 있지 않잖아요!"

"그렇긴 한데!"

아, 안 되겠다. 이어폰 선이 꼬인 것처럼 이야기가 꼬여서 나
는 대처할 수가 없다. 역시 블루투스 같은 무선 기술은 아직 이
시대에는 없는 건가?

"저기~ 오니키치~, 과장님이랑 나나야는 뭐 하고 있는 거야?"

"글쎄~, 왠지 즐거워 보여서 훈훈하긴 한데 말이야. 오, 이
고기 맛있네! 맛나맛나맛나이예이~!"

친구들은 느긋하게 바비큐를 즐기고 있다.

그때, 사각사각, 샌들로 돌을 밟는 소리가 울렸고, 남자 두 명
이 우리 쪽으로 다가왔다.

학생은 아닌 것 같은데……, 20대 사회인인가? 술도 좀 마셨

는지 들뜬 분위기였다.

"실례합니다~, 얼음이 나 떨어져서 그런데요. 혹시 남았으면 나누어주실 수 있을까요."

남자 한 명이 그렇게 말했다. 운동선수 같은 검은색 단발. 머리에 선글라스를 걸치고 있다. 셔츠에서 뻗은 팔 근육이 꽤 듬직하다. 다른 한 사람은 투블럭 보브컷이고 이쪽도 몸집이 듬직하다. 인기가 많을 것 같은 남자 2인조다.

"얼음이라면 아직 잔뜩 있거든."

역시 처음 만난 사람이 말을 거는 것에 익숙한 건지, 비와코 선배가 재빠르게 대답했다. 쿨러 박스에서 얼음 주머니를 꺼낸 다음 곧바로 남자 두 명에게 건넸다.

"아~ 덕분에 살았네, 고마워. 너희는 여기 사는 고등학생이야?"

시원스럽게, 그리고 자연스럽게 이야기를 시작한 투블럭 남자. 노는 게 익숙한 느낌이 척 봐도 들었다.

"여기 살진 않지만 고등학생이에요."

과장님이 대답했다.

표정이 좀 전과는 달리 진지해진 걸 보니 약간 경계하는 모양이었다.

"그렇구나. 우리도 여기 사람이 아니거든. 여행하러 왔는데, 모처럼 만났으니까 같이 먹자."

음~, 남자 둘이서 바비큐……, 왠지 꼬시려는 목적밖에 없는 것 같은데, 이쪽에도 남자가 있고, 어른이 고등학생을 꼬시진 않으려나.

여행 간 곳에서 우연한 만남도 좋은 추억이 될지 모르겠다고 생각한 우리는 서로 자기소개를 마치고 그 사람들과 함께 바비큐를 즐기기로 했다. 두 사람의 이름은 이이지마 씨와 히라이 씨였다.

곧바로 선글라스를 걸친 남자, 이이지마 씨가 철판을 준비해서 야키소바를 해준다고 했다. 그는 자신들이 가져온 건더기까지 넣어서 솜씨 좋게 볶기 시작했다.

"대단해~, 잘하네~!"

나오가 방긋방긋 웃으며 말했다.

"철판 요리집에서 아르바이트를 했었거든~. 야, 히라이, 맥주 좀 줘."

"그래."

히라이 씨가 캔맥주를 하나 던졌다.

"물 대신 맥주를 면에 부으면 맛있거든."

"어, 우리는 미성년자인데~."

"괜찮아, 괜찮아. 제대로 익히면 알코올 같은 건 금방 날아가니까."

"그렇구나~! 이이지마 씨는 박식하네~!"

"아하하, 알코올의 휘발성 정도는 고등학생이라면 알아두어야지, 나오."

"그런 거야?! 쫘앙~!"

나오는 이이지마 씨 옆에서 즐겁게 웃었다.

그 모습을 보고 있던 과장님이 내게 다가와 말했다.

"나오가 정말 즐거워하네."

"뭐~, 저 녀석은 사람들하고 금방 친해지니까요."

"좀 걱정이야. 모르는 어른 남자에게 함부로 다가가지 말라고 주의를 주고 올까?"

"엄마냐고!"

"그렇다고 해도 과언은 아니지."

"인정했어! 그렇다면 과보호는 바람직하지 않아요, 어머니."

"나오에게 이상한 벌레가 꼬이지 않게 하는 게 내 사명이야. 저 아이만은 내가 반드시 행복하게 해주겠어."

"어, 왠지 애정이 부담되는 것 같은데요? 과장님. 다른 의미로 타임 리프를 한 애니메이션 히로인 같아서 무섭다고요."

"시끄러워, 나오는 내 나오니까."

어라, 역시 이 사람, 퉁퉁이 기질이 있는데?

내가 몰랐을 뿐이고 원래 이런 성격이었나?

"자자~, 과장님, 우리가 이야기했던 맥주 야키소바라고요. 맛있을 것 같네요."

"저것도 수상해. 철판으로 익히면 눈 깜짝할 새에 알코올이 증발하긴 하겠지만, 잘 조절하면 술기운이 어느 정도 남을 가능성도 있거든. 혹시 내 나오를 취하게 해서 데려갈 속셈은 아니겠지."

"일단 내 나오라고 부르지 말아주실래요?"

그건 그렇고, 선글라스를 걸친 이이지마 씨가 볶고 있는 야키소바에서는 정말 좋은 냄새가 났다. 철판에서 피어오르는 증기.

주걱이 맞부딪혀서 깡깡깡 울리는 소리를 듣고 이쪽이 신경 쓰인 건지 옆에서 바비큐를 하던 가족 일행도 이이지마 씨의 움직임을 보고 있었다.

친구가 주목받은 게 기쁜 건지 가지고 온 접이식 의자에 앉아 있던 히라이 씨가 캔맥주를 새로 따면서 나와 과장님을 향해 말했다.

"이 녀석은 아웃도어를 좋아해서 캠핑 같은 것도 하니까 이런 걸 잘하거든. 여자애들은 좋아하지? 요리를 잘하는 남자."

과장님은 방긋 웃으면서 대답했다.

"글쎄요, 사람마다 다르지 않을까요? 적어도 나오는 요리를 잘하는 남자가 아니라 요리 그 자체를 좋아하는 것뿐일 거예요."

정말 매서운 대답이다. 그리고 과장님, 그러면 나오가 그냥 먹보 같은 느낌이 되어버리거든요. 나오도 은근히 상처받는다고요. 아니, 나오는 이런 걸로 상처받지 않으려나? 멘탈 강철 타입이니까.

"그러고 보니까 토우카는 거기 있는 비와코하고 사이가 좋구나. 머리도 한 쌍으로 하고. 마치 쌍둥이 같아."

히라이 씨가 실실대는 표정으로 고기를 먹으며 적당한 말을 늘어놓았다.

그에게 죄는 없을 것이다. 죄는 없지만, 너무나도 경솔했다. 어째서, 어째서 그렇게 뻔히 보이는 지뢰를 밟으려 하는 거지? 아니, 나도 알아. 그에게는 그런 지뢰가 전혀 보이지 않는다는 것 정도는 안다고.

하지만 오늘 지뢰 처리 담당자는 나라고!

사각사각사각사각!

아, 들린다. 폭렬 갸루 몬스터, 줄여서 갸루몬이 다가오는 발소리가 들린다!

"잠깐만! 이상한 말이 들렸거든!"

봐, 시작됐잖아. 나는 안다고. 이 갸루몬은 전기 타입에 성격이 츤데레야. 과장님하고 쌍둥이 같다는 말을 들은 그녀는 지금쯤 마음속으로 행복해서 전기를 마구 뿜어내는 상태일 것이다. 그리고 그 기쁨을 퉁명스러움이라는 형태로 방전시키며 험한 말을 늘어놓을 것이다. 누가 이런 녀석하고 닮았다고?! 전혀 안 닮았잖아, 따, 딱히 전혀 기쁘지도 않거든! 이라고 말하겠지.

"누가 이런 녀석하고 닮았다고?! 전혀 안 닮았잖아, 따, 딱히 전혀 기쁘지도 않거든!"

그대로네! 한 글자도 틀림없이 정확하게 말했어! 나 에스퍼 타입이었나?!

"어~, 그런가~? 둘 다 귀엽고, 헤어스타일도 똑같고, 갸루고."

히라이 씨는 사정을 전혀 모르고 별생각 없이 추가 공격을 가했다. 특히 마지막 게 심각했다. 둘 다 갸루라고? 트윈테일 끄트머리를 말고, 티셔츠 소매까지 걷어붙여서 어깨를 드러내고 있는 과장님의 외모가 갸루 같다고 하면 부정할 수가 없긴 하지만, 그래도 과장님한테 갸루라니……, 아, 이번에는 과장님 턴이네. 에스퍼인 나는 알고 있어. 과장님이 화를 낼 거라고~.

"히라이 씨, 저하고 사콘지 양이 갸루라고요……?"

봐, 왔다고. 과장님의 눈이 히라이 씨를 록온하고 있다.

"있지, 들었어? 나나야 군. 나랑 사콘지 양이 닮았고, 게다가 갸루 같다는데. 헤어스타일을 이렇게 해서 그런가? 그렇구나~, 우연히도 말이지~. 우연히도 닮아버린 모양이야. 안 그래? 나나야 군."

"……아, 네. 히라이 씨에게는 그렇게 보이는 모양이네요."

"어~, 곤란하네~. 우연히도, 우연히도 나하고 사콘지 양이 닮았다니, 내가 그런 갸루로 보이나? 어~, 토우카는 잘 모르겠어~. 있지~, 있지~, 나나야 군~, 토우카가 갸루래."

"…………………………"

"있지~, 나나야뽕~, 토우카찌가 갸루야~?"

"아뇨, 전혀."

"어째서!"

"제가 할 말이라고요!"

"뭐가!"

"저는 과장님의 정서가 걱정되네요!"

"그게 무슨 소리야!"

"그러니까 그건 제가 할 말이라고요! 뭐야?! 갸루라는 말을 들으면 기쁘신가요? 과장님?!"

"기쁘지 않아!"

"진짜 이해가 안 되네! 이해가 안 된다고요! 과장님!"

"이해가 안 되는 건 나지!"

"어?! 뭐가요?!"

"어느 쪽인데!"

"그러니까 뭐가요?!"

"갸루를 좋아하는 건지, 아닌 건지, 어느 쪽인데!"

"저요?! 지금 그게 상관이 있나요?!"

"있으니까 물어보는 거지!"

나는 비와코 선배를 힐끔 보았다. 얼마 전의 나였다면 곧바로 싫다고 대답했을 것이다. 하지만 그녀를 알게 된 지금, 그렇게 표면만으로 판단한 대답은 할 수가 없다.

"싫지는 않아요……."

"왜 방금 사콘지 양 쪽을 본 건데!"

"아, 아뇨."

"역시 나처럼 계란 한 판이 되어 가는 여자가 이렇게 어린 척 해봤자 사콘지 양하고 비교하면 우습다는 거지!"

"그런 말은 안 했어요! 아니, 과장님, 계란 한 판이라뇨!"

목소리를 낮추고 급하게 과장님을 불렀다.

이 사람이 또, 하필이면 만난 지 얼마 안 된 사람이 눈앞에 있는데.

나는 식은땀을 흘리면서 히라이 씨를 보았다. 그런데 의외로 별 것 아니라는 듯이.

"아하하, 토우카, 계란 한 판이라니, 넌 고등학생이잖아? 국어를 잘 못하나? 계란 한 판은 30개잖아, 그러니까 30대를 일컫는 말이야. 안 그래? 이이지마."

"하하하, 맞아, 맞아. 우리가 그야말로 계란 한 판이지."

호오~, 이 사람들은 젊게 보이는데 계란 한 판이야? 그렇다면 나나 과장님하고 비슷한 또래인가? 아, 그런데 이 시대의 계란 한 판이니까 비슷한 또래라고 하는 건 아닌가? 예전 이야기를 하면 세대 차이가 확실하게 드러날 것이다. 타임 리프는 헷갈리네.

아무튼, 화제를 돌려줘서 고맙다.

그리고 그들은 새로운 화제를 꺼냈다.

"그러고 보니까, 너희는 내일 축제에 가니?"

히라이 씨가 캔맥주를 마시면서 우리에게 물었다.

대답한 사람은 오니키치.

"물론이지~! 비와쵸스도 갈 거지? 히어 위 고~!"

오랜만에 정상적인 히어 위 고를 들었네.

"당연하거든? 여기 왔으니 축제하고 호숫가에서 보는 불꽃놀이가 메인 이벤트거든?"

"호오, 그렇구나~. 그거 기대되네."

"히라이 씨랑 이이지마 씨도 가시나요?"

내가 물었다.

"그러게~, 일단 근처 호텔을 잡고 내일도 머무를 예정이니까 잠깐 들렀다 갈까? 이이지마."

"그래, 괜찮겠어. 이곳 불꽃놀이는 유명하다고 들었으니까. 영차, 자, 얘들아, 야키소바 다 됐다~."

적당히 소스가 배어든 야키소바가 완성되었다. 어패류와 돼지고기를 듬뿍 넣어서 건더기가 많다. 역시 바비큐 마무리는 이

거지.

좀 전까지 거칠게 굴던 과장님도 이이지마 씨에게 야키소바를 받고는 여전히 불만스러운 표정을 지으며 깨작깨작, 면을 한 줄기씩 먹었다. 그 모습이 더할 나위없이 귀엽긴 한데, 과장님은 왜 그렇게 화를 낸 걸까.

"아니, 과장님, 또 시치미토가라시를 그렇게 잔뜩 넣으시고! 아아~, 마요네즈도 그렇게 듬뿍 뿌리고, 편식은 건강에 안 좋다고요."

"흥, 메롱이다~."

과장님이 혀를 내민 다음 고개를 홱 돌렸다. 정말……, 곤란하게도 삐진 과장님도 귀엽단 말이지.

그런 와중에 강 쪽에서 첨버엉, 묵직한 착수음과 함께 큼직한 물보라가 솟구쳤다. 우리는 모두 그쪽에 눈길이 갔다. 누가 빠지기라도 한 건가 하고 불안해져서 들고 있던 젓가락을 접시에 내려놓자 그쪽에서 여러 사람이 웃는 목소리가 들렸다.

아, 그렇구나, 물보라가 솟구친 곳 바로 위에는 다이빙하기에 딱 좋을 정도로 작달만한 절벽이 있었다. 놀러 온 대학생인지 젊은이들이 즐겁게 떠들어대고 있었다.

그리고 또 한 명이, 위쪽에서 강을 향해 뛰어들었다. 좀 전과 마찬가지로 묵직한 소리를 내며 젊은이의 몸이 수면을 때렸다.

바비큐장 간판에는 다이빙 금지라고 확실히 적혀 있었을 텐데. 안 그래도 근처에는 어린애들도 헤엄치고 있고. 너무 위험하다.

신이 나는 것도 이해가 되긴 하지만, 규칙은 지켜야만 한다.

그런 생각을 하자마자 곧바로 행동에 나선 사람이 내 옆에 있었다.

게다가 이번에는 한 명이 아니었다.

"위험하네, 잠깐 주의를 주고 올게." "뭐야 저게, 위험하니까 비와가 말하고 올 거거든?"

아마쿠사 미나미 고등학교의 재색겸비 2학년 콤비다.

이 콤비는 불의를 보고 참지 못하는 게 특징이다.

하지만 상대방은 여러 명인 데다 척 보기에도 고등학생보다 연상인 게 분명하다.

어린 애를 신경 쓰지도 않고 태연하게 규칙을 어기는 녀석들이 연하가 주의를 준다고 해서 잠자코 따를까. 항상 그랬듯 내 걱정 기질이 발동되었다.

그리고 과장님이 갈 것 없이 이쪽에는 만난 지 얼마 안 되었다고는 해도 어른 남자가 있으니까……, 그렇게 생각하며 그들을 보니 두 사람은 아랑곳하지 않는다는 표정으로 맥주를 마셨다.

"아~, 젊은 녀석들은 저기를 좋아한단 말이지~."

"담력 시험을 하기에 딱 좋은 높이니까."

그렇게 이야기를 나누고 있었다. 어라? 이 사람들 여행객이라고 하지 않았나? 그렇게 약간 의아해하면서 나는 당신들이 주의를 주러 가주세요~, 라고 생각하며 빤히 바라보았다.

그리고 아무래도 내 메시지가 전달된 모양이었다.

그들은 한순간 귀찮다는 듯한 표정을 지었지만, 아마쿠사 미나미 고등학교의 재색겸비 2학년 콤비가 당장에라도 뛰쳐나가러 하자 말리면서 말했다.

"아, 토우카랑 비와코는 됐어. 우리가 주의를 주고 올 테니까. 여자애가 따졌다고 앙심을 품으면 위험해지잖아? 야, 히라이, 가자."

결국 히라이 씨와 이이지마 씨가 주의를 주자 원만하게 해결되었고, 강에는 원래대로 평화가 돌아왔다. 발끈하던 2학년 콤비도 상황이 수습되는 걸 보고 진정한 모양이었다. 젊은이들도 몸집이 듬직한 어른 남자가 주의를 주니 얌전히 따를 수밖에 없었던 모양이다. 가끔은 외모로 압력을 주는 것도 필요하다.

그건 그렇고, 과장님과 비와코 선배의 정의감을 불태우며 나서던 그 모습. 마치 진짜로 쌍둥이인 것 같았다.

이렇게 닮은 사람들인데, 어떻게든 사이좋게 지낼 수 없을까.

그렇게 중개역을 맡은 나는 맛있는 고기를 먹으면서 전도다난한 두 사람의 관계에 대해 한탄했다.

◆

배가 불러진 우리는 이이지마 씨, 히라이 씨와 헤어진 뒤 데리러 와준 비와코 선배의 할머니가 운전하는 차를 타고 저녁쯤에 돌아왔다.

방에 도착하자 다다미에서 풍기는 왠지 정겨운 풀냄새가 마음이 편해서 무심코 모두 함께 꾸벅꾸벅 졸아버렸다.

정신을 차리고 보니 해가 진 뒤였고, 할머니가 차려준 호화로운 저녁 식사의 향기가 나를 깨워주었다. 오늘 밤은 진수성찬이다.

식탁에 앉아 과장님을 보니 앞치마를 벗은 참이었다. 식사 준비를 돕고 있었던 건지도 모르겠다. 그 모습이 왠지 따스한 가정을 연상케 해서 나는 무심코 망상에 빠져버렸다. 아, 과장님이 부인이라면 이런 느낌이려나.

시끌벅적한 게 싫은 건지 할아버지는 식탁에 나타나지 않았다.

"미안해요, 그 사람은 고집이 세서."

할머니가 원래 그랬듯이 부드러운 말투로 말했다. 난폭하게 운전하던 할머니가 마치 환상인 것 같다. 뭐, 그래도 우리 어머니도 차를 타면 사람이 바뀌니까 솔직히 믿기지 않을 정도는 아니다.

그런 할머니가 식사를 마치자마자 한마디 건넸다.

"자자, 식사를 마치고 목욕할 준비를 해두었어요. 모두 함께 씻고 오세요."

"모두 함께라니, 이렇게 많은 사람들이 같이 씻으러 들어갈 순 없잖아요, 할머니~."

나오가 할머니에게 태클을 걸었다.

하지만 비와코 선배가 느긋한 목소리로 대답했다.

"들어갈 수 있거든~."

"어?"

나오가 되물었다.

"할머니네 목욕탕은 크니까 다섯 명 정도는 여유롭게 들어갈 수 있거든."

역시 부자잖아, 그렇게 참견하고 싶었지만, 그보다 먼저 '다섯 명'이라고 남자까지 센 것에 태클을 걸어야 할지 망설여진다.

"그렇다는데? 나나찌, 기대된다. 히어 위, 히어 위~."

"기대하면 안 되지, 오니키치. 제대로 정정해야 할 거 아냐. 아무리 목욕탕이 넓더라도 여자 일행들이랑은 같이 들어가면 안 된다고."

"욕탕이라 욕정한다는 거야? 나나찌 천재네, 이예이~."

아무런 맥락도 없이 하이파이브를 하려 들지 마. 들어 올린 오니키치의 손을 마주쳐주는 대신 이마를 향해 촙을 날렸다.

"이상한 아저씨 개그 하지 말고."

"오케이~, 라져~, 동의, 승낙, 알겠소이다!"

다양한 동의어! 리듬을 타서 엄청 어감이 좋네!

"어? 나나노스케, 같이 안 들어갈 거야?"

비와코 선배가 비를 맞아서 흠뻑 젖은 강아지 같은 눈빛으로 내게 호소했다. 또 오해를 살 만한 말을⋯⋯. 그렇게 불쌍한 표정을 지어봤자 안 되는 건 안 되는 거라고. 애초에 목욕 정도는 나 없이 어떻게든 해야지.

누가 뭐라 하든, 안타깝게도 라이트노벨 같은 서비스 목욕 신은 안 된다.

◆

"아~, 기분 좋네~."

"비와쵸스 할머니네 진짜로 목욕탕 너무 크네, 히어 위 맥스!"

나왔다, 내가 제일 의미를 이해할 수 없는 오니키치 워드, 히어 위 맥스.

시간은 21시. 먼저 목욕하러 들어갔던 여자애들이 나온 걸 확실하게 확인한 다음, 나와 오니키치가 이 넓은 목욕탕을 전세 내서 즐기고 있었다.

물속에 둘이서 나란히 몸을 느긋하게 담그고 있다.

그런데 진짜로 크다. 여관에 있는 목욕탕 같다. 샤워대가 세 대나 있고, 몸에 물을 끼얹을 때 쓰는 자그마한 전용 욕조까지 있다. 아무리 그래도 사우나는 없지만, 너무 부자다.

"그리고 보니까 나나찌는 내일 어느 쪽하고 축제를 돌아다니고 싶어?"

"어느 쪽이냐니?"

"토우카랑 비와쵸스."

"뭐?! 아니, 딱히, 어느 쪽을 고르진 않을 건데! 모두 함께 돌아다니면 되잖아!"

당황한 나를 보고 오니키치가 두 손을 뒤통수 쪽으로 돌렸다.

"뭐야~, 나한테 말하면 도와줄 텐데~. 정말로 괜찮겠어? 파이널 앤서야?"

나는 천장을 올려다보았다. 김 끄트머리가 희미해지는 곳까지 높게 자리 잡은 천장은 목재가 복잡하게 뒤얽혀서 마치 지금 내 심정을 나타내주고 있는 것 같았다.

할 수만 있다면 과장님과 돌아다니고 싶다.

하지만 그건 나 혼자만의 이기심이다.

그리고 비와코 선배도 나와 마찬가지로 진심으로 과장님을 좋아한다. 그러지 않았다면 아무리 마음에 들었다고 해도 후배에게 약한 모습을 보이면서 의논하려 들진 않았을 것이다.

나는 오니키치와 마찬가지로 두 손을 뒤통수 쪽으로 돌리고 대답했다.

"그래, 파이널 앤서야."

"나나찌답네."

"그거 고맙네."

목욕탕은 역시 남자들끼리 들어오는 게 제일이다.

"나나찌, 슬슬 나가자고."

"어? 아직 20분밖에 안 지났잖아? 30분은 더 있고 싶은데."

"아하하하하! 나나찌, 아저씨냐! 목욕을 너무 오래 하잖아~. 그럼 나는 먼저 나간다."

"그래, 나중에 보자고."

대리석 타일을 타박타박 걸어가는 젊은이를 바라보던 아저씨인 나는 흐아아, 소리를 내며 몸을 물속에 다시 가라앉혔다. 따뜻하다~.

그런데 뭐, 두 번째라고 해도 청춘이라는 건 그리 쉽게 풀리는 게 아닌 것 같다.

어른인 나조차 이러니 어린애들은 좀 더 고민하고, 좀 더 망설이고, 다양한 감정을 경험하면서 많은 것들을 배워나갈 것이다. 너무 예전 일이라 잊고 있던 감각이다.

타임 리프를 한 직후에는 회사에 가지 않아도 된다고 생각하면서 기뻐했지만, 고등학생도 꽤 힘들잖아.

하지만 그만큼 어른이 되면 맛볼 수 없는 미숙함 특유의 즐거움이라는 것도 역시 청춘의 묘미일 것이다.

피로를 느긋하게 푼 나는 그런 생각을 하며 혼자 전세 낸 것 같은 목욕탕에서 기분 좋게 콧노래를 흥얼거렸다.

그 멜로디에 액센트를 주려는 듯 목욕탕 문이 드르륵, 열렸다.

오니키치가 돌아온 건가 생각한 내가 그쪽을 보니 그곳에는 오니치키보다 몸집이 조금 더 큰 남자가 타월을 어깨에 걸친 채 서 있었다.

"앗……!"

"오, 꼬맹이. 목욕을 꽤 오래 하는구나."

비와코 선배의 할아버지였다.

"죄송합니다! 금방 나갈게요."

"상관없다. 그건 됐고, 등이나 씻어다오."

할아버지는 그렇게 말하고는 샤워대 앞으로 향했다.

"네!"

나는 급하게 욕탕 밖으로 나왔다.

넘어지지 않게끔 조심하면서 빠른 걸음으로 샤워대 쪽으로 가자 이미 앉아 있던 할아버지가 거품을 묻힌 스펀지를 건넸다. 나이든 사람인 것 같지 않은 등이다. 어깨도 넓고, 근육도 확실하게 선이 보일 정도로 탄탄했다.

나는 그 큼직한 등을 들고 있던 스펀지로 박박 문질러 씻기 시작했다.

설마 고등학생으로 돌아와서까지 접대 같은 걸 하게 될 줄이야……. 나는 정말 끝까지 안타까운 남자구나.

"그런데, 나나노스케라는 게 너냐?"

"네!"

본명은 아니지만, 군이 정정할 필요는 없겠지. 어떤 것 때문에 혼날지 모르니까. 무서운 것에는 거역하지 않는다. 이것은 일반 사원의 철칙이다.

"하필이면 비실비실한 쪽인가. 그 갈색 머리 쪽이 더 장래성이 있을 것 같던데."

"저, 저기……, 무슨 말씀이신가요?"

"어엉?"

"히이익……!"

거울 너머로 야쿠자처럼 작은 눈이 나를 노려보았다.

"비와코 마음에 들었다던데."

……그렇구나, 그런 거였나.

"그건……, 후배로서 귀여움받고 있다고 해야 할까요."

"뭐야, 어설픈 마음으로 비와코를 꼬드기고 있는 게냐?"

진짜~, 나는 왜 이렇게 되는 거냐고!

"저, 저기, 할아버지, 그건 오해고요."

"너한테 할아버지라고 불릴 이유가 없다!"

"죄송합니다!"

"흥, 이름은 쿠마지다. 그렇게 불러라."

"네, 쿠마지 씨!"

"그래서, 비와코하고는 그냥 노는 관계라는 거지? 꼬맹이."

"아뇨, 진지하게 사이좋게 지내고 있습니다!"

대답을 잘한 걸까. 아니, 쓸데없는 오해를 하게 만들어버린 걸지도 모르겠다.

초조해져서 위아래로 움직이고 있던 팔에 쓸데없이 힘이 들어갔다.

"이봐."

"죄송합니다! 너무 세게 문질렀죠!"

"아니, 딱 좋다. 그 정도 힘이 있으면 처음부터 그렇게 했어야지."

"네!"

어? 이렇게 세게 문질러도 되는 거야?! 이 사람은 등의 피부가 얼마나 두꺼운 건데.

"뭐야, 꼬맹이, 잘 살펴보니 비실거리는 것치고는 몸이 탄탄하잖아. 스포츠라도 하는 게냐?"

"아뇨, 동아리 활동 같은 건 안 하는데요……, 일단 집에서 웨이트 트레이닝 같은 걸 좀 하고 있어요."

"흐음……, 단련은 하고 있다고."

쿠마지 씨는 고개만 돌려서 값을 매기는 듯한 눈초리로 내 몸을 발끝부터 순서대로 빤히 바라보았다.

"네. 독학으로 솔로 트레이닝만 하고 있지만요."

"어째서 단련하는 거지?"

어째서 단련하는가? 그런 질문을 받을 줄은 상상도 못했다. 타임 리프를 하기 전부터 건강을 위해 헬스장에서 정기적으로 운동을 하긴 했지만, 몸을 단련하는 걸 목적으로 한 웨이트 트레이닝은 타임 리프를 한 이후, 최근에 시작했다.

하지만 쿠마지 씨의 질문에 대답이 될 만한 동기라는 것도 내게는 분명히 있다.

"……지키고 싶은 사람이 있기 때문이죠."

아, 창피하다. 난 무슨 이런 촌스러운 말을.

하지만 나도 나름대로 신념을 가지고 하는 행동이기에 거짓말을 하고 싶진 않다.

"건방지게."

아차. 아마 비와코 선배를 말하는 거라고 착각한 모양이다.

"죄송합니다."

그렇다고 해서 비와코 선배가 아니라고 오해를 풀더라도 그것 나름대로 손녀딸을 모욕하는 거라며 분노할지도 모른다. 사면 초가라고, 진짜.

"그래도 완력이라는 건 남자로서 어느 정도 필요하지. 비와코와 진지하게 사이좋게 지내고 싶다면 그 정도 기개는 있어야 할 게야. ……그런데 싸움 같은 걸 할 것처럼 생기진 않았다만."

"아, 아뇨, 싸움을 잘하게 되고 싶은 건 아니에요."

"뭐어? 무슨 말을 하는 건지 잘 모르겠는데."

"사실 저……, 얼마 전에 같은 학년 애를 때려버렸거든요."

"호오……, 그런데 그건 너도 나름대로 정의를 품고 한 행동

아닌가? 뭐가 불만이야."

"역시 폭력은 안 될 것 같아서요."

"뭐어? 저질러놓고 나서 반성하는 건 너무 뻔뻔하지 않냐?"

맞는 의견이다.

"저도 알아요. 섣부른 생각이었죠. 제가 가장 존경하는 사람에게도 엄청나게 혼났고요. 그래서 그 사람하고 약속했어요. 두 번 다시 폭력을 휘두르지 않겠다고요. 하지만 힘을 쓰는 법은 그것 말고도 잔뜩 있을 것 같거든요. 그래서 몸을 단련하는 것 자체는 해둬도 손해는 아니겠다 싶어서요."

쿠마지 씨는 내게서 스펀지를 빼앗은 다음 무뚝뚝하게 다른 곳을 씻기 시작했다.

그리고 샴푸를 손바닥에 한 번 눌러서 묻힌 다음 내게 말했다.

"그래, 먼저 욕탕에 들어가서 몸을 데워라. 나도 금방 가지."

"네, 네."

나는 쿠마지 씨의 말대로 욕탕으로 돌아왔다.

몇 분 뒤에 몸을 다 씻은 쿠마지 씨가 이쪽으로 와서 내 옆에 앉았다. 몸집이 커서 그런지 수위가 단숨에 올라갔고, 쏴아, 물이 탕 밖으로 시원스럽게 흘러넘쳤다.

"네가 아까 한 이야기 말인데."

"네."

"네가 무슨 말을 하고 싶은지 모르는 건 아니다. 그런데 세상에는 악의라는 게 있지. 그 악의로부터 소중한 녀석을 지키려면 최종적으로는 무력이라는 게 반드시 필요하다. 경찰도 무술을 익히잖아? 너희 같은 어린애가 생각하는 것보다 훨씬 악질적인 녀석들도 잔뜩 있단 말이다. 그럴 때 너는 어떻게 할 거냐. 번드르르한 말만 늘어놓으면서 살아갈 수 있는 건 어른들이 지켜주는 어린애들뿐이야."

나는 쿠마지 씨가 한 말에 대해 진지하게 생각해 보았다.

"도망칠 거예요. 허를 잘 찔러서 그 사람을 지키면서 도망칠 거예요. 그리고 어른의 힘을 빌릴 거예요. 쿠마지 씨께서 말씀하신대로 저는 아직 어린애니까요. 그리고 일본에는 우수한 경찰과 법이 있어요."

알맹이가 어른이라 해도 육체가 어린애인 이상, 세상 사람들은 나를 어린애로 본다. 이 차이는 작은 것 같지만 사실 크다. 어린애의 주장은 상대방이 제대로 된 어른이 아니라면 받아들여지지 않는다. 그리고 쿠마지 씨가 말한 대로 이 세상에는 제대로 된 어른만 있는 게 아니다. 그러니 어린애 입장에서는 제한이 걸린 것도 많고, 얕보이는 경우도 많다.

그렇게 생각했을 때, 어린애가 할 수 있는 건 역시 제대로 된 어른에게 기대는 것이다.

"도망친다고. 네 말대로 일본이 법치국가이긴 하지. 치안도 좋고, 위험한 상황에 마주칠 일이 별로 없긴 하겠다만, 그런 마음가짐을 가진 녀석에게 비와코를 줄 수는 없지. 네가 어떤 남자인지 신경 쓰였다만, 완전히 겁쟁이였던 모양이구나."

그 말을 듣고 나도 약간이나마 발끈했다.

"그런데 쿠마지 씨는 공수도를 하시죠? 뭐든지 폭력으로 해결

하는 건 무도가의 정신에 위반되는 거 아닌가요?"

"뭐든지 그러라고 한 게 아니잖아. 아까도 말했다만 네가 우수하다고 한 경찰도 무술을 익힌다. 여차할 때 손을 쓸 수 없는 남자는 겁쟁이라고 할 수밖에 없지. 기개를 따지는 거다."

"큭……. 그래도 저는 약속한 걸 지키고 싶으니까요."

"고집이 센 꼬맹이로군."

고집이 센 게 누군데. 그렇게 따지고 싶지만, 물론 무서워서 그런 말은 할 수가 없다.

왠지 껄끄러워졌으니 이야기가 끊긴 지금, 얼른 나가버리자.

나는 그렇게 생각하고 일어섰다.

"쿠마지 씨, 먼저 나갈게요."

"그래."

나는 천천히 물을 헤치며 출구 쪽으로 향했다.

그러자 등 뒤에서 넓은 욕탕에 울리는 쿠마지 씨의 목소리가 들렸다.

"꼬맹이, 비와코에게 손을 대면 가만히 두지 않을 거다."

아, 역시 이 영감님은 개성이 강하구나…….

◆

옷을 갈아입고 목욕탕 밖으로 나와보니 22시가 지난 시간이었다.

세면실을 지나 복도로 나오자 이미 불이 꺼져 있어서 어두웠다.

안 그래도 넓은 이 집은 복도도 길어서 안쪽이 전혀 안 보이기에 왠지 껄끄러웠다. 다들 이미 잠들어버렸으려나? 여름 괴담 같은 것도 모두 함께 떠들어대니까 신이 나는 거지, 혼자서 하는 호러 체험 같은 건 싫다.

나는 일단 거실로 가보기로 하고 걷기 시작했다. 아직 다른 사람들이 있을지도 모른다.

그러자 뒤에서 여자 목소리가 희미하게 들린 것 같았다.

"……님, ……님……."

다리가 굳었다.

바깥에서 우르릉~, 우르릉~ 하는 황소개구리 울음소리가 들어와 조용한 복도에 울려 퍼지고 있었다.

나는 다시 귀를 기울였다.

"……님, ……케 님."

역시 들린다. 희미한 노파의 목소리다.

점점 가까이 다가오는 걸 알 수 있었다.

목욕탕에서 방금 나와서 달아올랐던 체온이 급격하게 떨어지기 시작했다.

등골이 오싹해진다는 게 이런 걸까.

도망치고 싶다. 도망치고 싶은데, 다리가 떨려서 움직이질 않는다.

아아아, 무서워!

"나나노스케 님!"

"으아아아아아!"

나는 귀를 막고 주저앉았다.

"왜 그러시나요, 나나노스케 님. 그렇게 귀여운 소녀 같은 목소리를 내시고."

들어본 적이 있는 목소리다. 나는 곧바로 뒤를 돌아보았다.

"뭐, 뭐야, 비와코 선배의 할머니구나……."

"오호호호호. 깜짝 놀라게 해버렸나요? 실례했습니다."

"아뇨, 죄송합니다, 큰 소리를 질러서요."

가슴을 쓸어내리며 할머니에게 고개를 숙였다.

진짜로 무서웠다. 심장에 안 좋다.

"목욕을 꽤 오래 하셨네요."

"네, 중간에 할아버…… 아, 쿠마지 씨랑 같이 하게 되어서요. 잠깐 이야기 좀."

"어머. 그 늙어빠진 망할 영감이 실례되는 말을 하진 않던가요? 소중한 분께 정말."

호칭이 너무 심하네.

"아뇨, 정말 즐거웠어요."

거짓말이지만. 엄청나게 껄끄러웠지만.

"죄송합니다, 고집스러운 영감이라서요. 나나노스케 님께 이상한 짓을 하지 않게끔 제가 확실하게 말해둘 터이니."

"가, 감사합니다. 그런데 다들 벌써 자나요?"

"네, 각자 방으로 안내해드렸으니 취침하고 계시거나 방에서 쉬고 계시겠지요."

어? 혹시 1인 1실이야? 진짜로 여관이냐고! 그래도 이럴 때는 큰 방에서 수다를 떠는 게 묘미일 텐데……. 뭐, 내일도 있고, 이렇게 잘해주시는데 떼를 쓰는 건 실례겠지.

"나나노스케 님의 방도 마련해 두었으니 이쪽으로 오시지요. 안내해드리겠습니다."

"감사합니다."

정말 정중한 할머니다. 그런데 쿠마지 씨를 망할 영감이라고 부르는 걸 보니 역시 예전에는 꽤 거칠었던 사람이라는 걸 확신했다. 이 사람도 화나게 하지 않는 게 좋을 것 같다.

나는 삐걱삐걱, 소리가 나는 복도를 나아가는 할머니를 따라 창문 너머로 바깥을 바라보며 걸었다. 시골이라 그런지 별이 예쁘게 보였다. 여름의 대삼각형은 어디 있을까.

하늘에 잔뜩 뜬 별에 정신이 팔려 있자니 어느새 방 앞에 도착했는지 할머니가 오른손 손가락을 맹장지문에 걸치고 들어가라며 나를 안내해 주었다.

나는 고개를 살짝 숙인 다음 방에 들어갔다.

그리고 방 가운데에 깔린 이불에 누운 채 휴대폰을 만지작거리고 있던 파자마 차림 비와코 선배를 보고 인사했다.

"비와코 선배, 안녕하세요."

"그래~, 나나노스케."

타악, 맹장지문을 닫는 소리가 들렸다. 할머니가 재빨리 벽장쪽으로 가서 이불을 한 세트 꺼냈다. 재빠른 움직임으로 비와코 선배 옆에 이불을 깔기 시작한 할머니를 관찰하며 나는 팔짱을 꼈다.

음~.

내가 고개를 갸웃거리자 비와코 선배가 휴대폰을 만지작거리던 걸 멈췄다.

둘이서 서로 얼굴을 마주 보았다.

그리고 이불을 깔고 있는 할머니를 동시에 보았다.

""어어?!""

먼저 말한 사람은 비와코 선배.

"잠깐, 할머니, 뭐 하는 거야?!"

나도 곧바로 할머니에게 말했다.

"제가 잘 방이 설마 여기라는 건 아니죠?!"

동요한 우리를 보고 할머니는 냉정하게 이불을 다 깐 다음, 웃으며 이야기했다.

"자자, 말은 필요 없어, 말은 필요 없어."

""뭐가?!""

"후후후, 사이가 참 좋기도 하지."

""그러니까 뭐가?!""

"다른 사람들이 바로 옆방에서 자고 있으니 너무 큰 소리로 말하면 무슨 일인가 싶어서 걱정하며 여기로 와버릴지도 몰라요."

그 말을 듣고 나와 비와코 선배는 재빨리 입을 다물었다.

이 할머니, 책사다.

"비와코가 친구를 데리고 가고 싶다고 전화했을 때, 나나노스케 님이 마음에 들었다는 이야기를 계속 했으니까요. 할멈이 부족하나마 힘을 빌려드린 거랍니다."

"그런 말을 하긴 했는데! 그건 그런 의미가 아니라!"

"비와코 선배, 너무 큰 목소리로 말하면 다른 사람이 와버릴 거예요."

이런 모습을 과장님이 보기라도 한다면 지옥이 될 것이다.

한 방에 이불 두 개가 나란히 깔려 있으니까.

신혼여행의 첫날밤도 아니고.

할머니는 멋지게 해냈다는 듯이 으스대는 표정을 지으며 방 입구로 돌아갔다.

처음 현관에서 했던 말이 이런 거였나? 할아버지인 쿠마지 씨뿐만이 아니라 부부가 모두 쓸데없는 오해를 하고 있는 것 같다.

할머니는 재빨리 방 밖으로 나가서 천천히 맹장지문을 닫으며 말을 남겼다.

"그럼 이제 젊은 사람들끼리 단둘이서 느긋하게."

그리고 그렇게 기쁜 듯이 방을 떠났다.

남겨진 나와 비와코 선배는 눈도 마주치지 못한 채 굳어 있었다.

잠시 후, 비와코 선배가 헛기침을 했다.

"이, 일단, 이불 쪽으로 오지 그래? 몸이 식어서 감기 걸릴 거거든?"

"네, 네."

나는 가슴이 두근거리는 상태로 비와코 선배에게 등을 돌리며 이불 위에 앉았다.

비와코 선배에게서는 낮에 뿌렸던 향수와는 달리 목욕하고 나왔을 때의 좋은 향기가 풍기고 있었다.

그 향기가 내 가슴을 더욱 두근거리게 만들었다.

"미, 미안하거든? 비와네 할머니가 이상한 오해를 해서. 사과."

"아, 아뇨. 뭐, 어쩔 수 없죠. 오늘은 이대로 자고, 내일 일찍 일어나서 다른 사람에게 들키지 않게끔 재빨리 방을 나서죠."

할 수 있는 제안은 이 정도밖에 없다.

"그러게……."

뒤에서 천이 스치는 소리가 들렸다. 비와코 선배가 누운 것 같았다.

"불 끌게요."

일어서서 오래된 사각 천장 조명 쪽으로 손을 뻗었다. 대답도 들리지 않았기에 나는 곧바로 늘어져 있던 긴 끈을 잡고 불을 껐다.

최대한 소리가 나지 않게끔 몸을 눕힌 나는 맹장지문을 바라보았다. 얇은 한지로 새어들어 오는 달빛이 어두워진 방을 푸르스름하게 비추고 있었다.

잠시 후, 나는 휴대폰을 주머니에 넣어두었다는 사실을 깨닫고 알람 세팅만 하고는 머리맡에 두었다.

그 소리가 신경 쓰였는지, 비와코 선배의 목소리가 들렸다.

"나나노스케, 아직 안 자?"

"……네."

"뭔가 모처럼 이것저것 해주고 있는데, 비와가 제대로 하지 못해서 미안해."

"아이돌의 팬처럼 그렇지 않아~, 라고 말해드리고 싶지만, 뭐, 제대로 못 하고 있긴 하죠."

"잠깐, 보통 이럴 때는 위로해주는 법인 것 같거든?"

"아하하, 죄송합니다. 그래도 비와코 선배가 열심히 하려는 건 알고 있으니까요. 그리고 저도 은혜 포인트를 쌓아야 하고 요."

"은혜 포인트? 그게 뭔데."

"뭐, 이왕 올라탄 배니까 마지막까지 돌봐드리겠다는 뜻이죠."

"영문을 모르겠고, 거만한 태도라 열받거든?"

"저도 나름대로 격려해드린 건데요."

인간관계란 참 어렵다.

상대방의 마음 같은 건 알 수가 없다. 그러니까 우리는 수많은 선택지 중에서 정답을 찾아내기 위해 발버둥 친다. 연애 게임처럼 어느 정도 선택지가 줄어든 채 마련되어 있는 것도 아니다. 그런 말도 안 되는 게임을 공략 사이트도 없이 진행하라니, 누구든 겁을 먹는 게 당연하다.

두려워져서 자신을 지키려 하고, 미움받고 싶지 않아 헛발질을 한 결과, 계속 멈춰 서 있게 되어버린다.

나도 그렇고, 비와코 선배도.

그래도 그러면 되는 것 같다.

내가 신입이었을 때, 과장님이 자주 이런 이야기를 해주었다.

실패를 두려워하는 건 나쁜 게 아니라고.

도전, 개척, 확대. 인간은 긍정적인 단어를 선호한다. 특히 위로 올라가면 갈수록, 성공한 경험이 쌓이고 그 사상을 공유하고 싶어한다.

하지만 부정적인 사고가 먼저 떠오르는 사람이 진정한 인망을 얻을 수 있는 사람이 된다는 모양이다.

고객의 입장이 되어서 불만이 없을지 예측한다. 숫자만을 보고 들뜨지 않고 항상 겸손한 마음으로 일에 임한다. 정말로 이 기획이 최선인 건지 끈질길 정도로 생각하며 검토한다.

항상 상대방을 배려하고, 자신이 이런 말을 들으면 상처를 입지는 않을지, 이렇게 글을 써도 전달이 될지, 표현 방식에 따라 오해를 사지는 않을지, 그렇게 멈춰 서는 정도가 딱 좋다.

그런 식으로 수수한 배려를 쌓아나갈 수 있는 사람은 신뢰받고, 언젠가 많은 일을 따낼 수 있게 된다고 했다.

눈앞에 있는 긍정적인 면에 휘둘리지 않는 사람이 되렴.

자신의 부정적인 면을 받아들일 수 있는 사람이 되렴.

실수만 하는 내게 그녀가 제일 먼저 가르쳐준 것이다.

그러니 그녀가 내가 해주는 말은 항상 실패를 두려워하지 말라는 게 아니었다.

실패를 두려워해라, 그 공포를 확실하게 받아들이고 맞설지 말지, 스스로 정해라. 도망쳐도 좋다. 억지로 맞서지 않아도 된다. 하지만 만약에, 그래도 맞서고 싶다고 스스로 정한 거라면 그건 정말로 네가 하고 싶은 거니까.

도전이라는 말은 그럴 때 쓰는 거라고 했다.

매우 꼼꼼하고 자상한 조언이었다.

카미조 토우카라는 사람을 잘 나타내주고 있다.

아마 비와코 선배도 과장님이 한 말에 들어맞는 사람일 것 같다.

그래서 나는 과장님과 비와코 선배가 분명히 사이좋게 지낼 수 있을 거라 확신하고 있다.

비와코 선배도 대답을 하지 않게 되었기에 나는 자나 싶어서 무심코 그녀 쪽으로 몸을 돌렸다.

눈앞에 비와코 선배의 예쁜 눈이 있었다.

그녀도 이쪽으로 몸을 돌린 채 눈을 크게 뜨고 있었다.

앞이 트인 파자마 단추는 더워서 그런지 세 개를 대담하게 풀어두었고, 그 안쪽에 숨어있는 요염한 속살이 내 시야 아슬아슬한 곳에서 힐끗힐끗 보였다.

갑자기 찾아온 긴장감 때문에 나는 숨을 들이켰다.

"나나노스케……."

어둠 속에서 빨려들어 갈 것 같을 정도로 아름답고 까만 동공이 내 시선을 붙잡고 놓아주지 않았다.

"네……."

메두사가 노려본 것처럼 굳어버린 나는 겨우 목소리를 냈다.

"고마워."

그녀는 진지한 표정으로 말했다.

그 목소리는 매우 부드러웠다.

"별말씀을요."

아마 그녀도 부끄러운 모양이다.

달빛을 받은 그녀의 얼굴이 약간 붉게 물들었던 건 여름의 추억으로 간직해 두자.

◆

아—————잠이 안 와——————————!

그 이후로 한 시간 정도가 지났을까.

비와코 선배는 이미 귀여운 숨소리를 내며 잠들었지만, 나는 혼자 멋대로 긴장해서 잠이 전혀 오지 않았다.

그럴 만도 하지. 옆에서 여고생이 자고 있다고. 그것도 학교 제일의 미소녀 갸루가!

이런 상황에서 잘 수 있을 정도로 나는 여자에 익숙하지 않다.

윗몸을 살며시 일으킨 다음, 잠든 비와코 선배를 보았다.

아~, 아~, 덮었던 이불이 엉뚱한 방향으로 날아가 버렸잖아. 진짜, 아무리 여름이라고 해도 이러면 배탈이 나는데.

나는 구깃구깃 말린 이불 쪽으로 손을 뻗어 그녀의 몸에 살며시 덮어주었다.

그리고 밤바람이라도 쐬고 올까 하는 생각에 조용히 방을 나섰다.

복도로 나오니 약간 싸늘했다. 산에서는 여름이라도 밤에는 시원하다는 걸 초등학교 임간학교 이후로 처음 느꼈다.

소리가 나지 않게끔 조심스럽게 현관으로 가서 맨발로 운동화를 구겨 신었다. 살며시 문을 당긴 다음, 그대로 밖으로 나왔다.

조용한 물소리와 잔뜩 뜬 별이 나를 맞이해 주었다.

밤하늘에서 그대로 이어지는 멀찍한 산들이 조용히 나를 지켜봐 주고 있는 것 같아서 나는 왠지 안심하며 천천히 시선을 아래쪽으로 내렸다.

그곳에 예쁜 여자가 있었다.

길고 까만 머리카락이 별들 못지않게 빛나고 있었다.

마치 환상을 보는 것만 같은 아름다움.

사람이 있었다고 놀라기도 전에 나는 자연스럽게 그 모습에 넋이 나가버렸다.

"어라, 나나야 군. 무슨 일이야?"

과장님이 나를 알아보고 말했다.

"잠이 잘 안 와서요. 과장님이야말로 무슨 일이세요?"

"후후후, 나도 마찬가지야. 잠이 잘 안 와서."

"그랬군요."

나는 밤바람을 피부로 느끼며 천천히 과장님 곁으로 걸어갔다.

"시원하네."

"네. 바람이 기분 좋아요."

"저기, 산책할까?"

과장님의 미소에 허를 찔린 나는 목소리도 내지 못하고 고개를 끄덕였다.

언덕길을 내려가 국도로 나갔다.

보도는 없지만 자동차가 지나다니지도 않는 것 같았기에 우리는 신경 쓰지 않고 나란히 걸어갔다.

이게 꿈은 아니겠지. 그렇게 고양감과 행복감이 넘치는 상태로도 머리는 냉정하게 의식을 유지했고, 만에 하나를 위해 과장님을 가드레일 쪽으로 유도했다. 무의식적으로 이럴 수 있다면 인기남이 완성되겠지만, 안타깝게도 아직 의식적으로 이렇게 하는 내 서투른 모습을 이해해줬으면 좋겠다. 뭐, 흑심이 있는 것도 아니고 부하로서 배려하는 마음이 더 크니 누군가가 질책하지도 않겠지만.

목적도 없이 한동안 걷다 보니 과장님이 말했다.

"그러고 보니까, 내일 불꽃놀이를 하는 호수는 여기서 걸어가도 20분이 안 걸린대. 모처럼 나왔으니까 가볼까?"

"그야 물론 가보고 싶긴 한데요, 어딘지 아세요? 모르는 곳에서 미아가 되면 비참할 텐데요."

"진짜~, 내가 어설픈 제안을 할 것 같아? 짠~!"

그녀가 주머니에서 꺼낸 것은 스마트폰이었다. 그것도 이 시대에서는 최신 기종인 인기 모델이다.

"어? 어느새 스마트폰을!"

"에헤헤, 오빠한테 사달라고 했지."

"과장님 오빠는 여동생의 응석을 다 받아주는 시스콘인가요?! 저랑 똑같네요!"

"그런 거 아니야. 일을 좀 도와주고 받은 거지."

"아, 타임 리프 치트를 쓰시네."

"그 조어는 뭔데."

이렇게 실력이 좋은 미인 과장님이 컨설턴트로 붙으면 아무리 그녀의 오빠가 머리가 좋은 청년 실업가라 해도 정확한 조언 때문에 고개를 들 수 없게 될 것이다. 스마트폰 한 대라니, 가성비가 너무 좋은데.

과장님은 스마트폰을 조작하며 호수의 위치를 찾다가 이쪽이야, 라며 걸어가기 시작했다.

지금은 당연하다는 듯이 쓰는 GPS 기능도 예전에는 제대로 쓰지 못하는 사람이 많아서 편의점에서 길을 물어보거나, 젠린이라는 회사의 지도를 확인하는 게 대부분이었다. 물론 피처폰에도 제조사가 미리 지도 어플을 넣어두는 기종이 많지만, 모두가 간편하게 지도를 이용할 수 있게 된 건 역시 스마트폰의 영향이 클 것이다. 쓰기 편한 것, 이해하기 편한 것은 중요하다.

지도로 따지면 절반 정도 왔을 때였을까, 희미하게 비추는 가로등 조명밖에 없던 차도에 매우 강한 빛이 나타났다.

"이런 곳에 편의점이 있네요."

넓은 주차장에는 대형 트럭 몇 대가 있었다. 장거리 운전수가 휴게소로 이용하는 역할도 갖추고 있는 곳인 모양이었다.

음료수라도 살까 하는 생각에 나와 과장님은 편의점 안으로 들어갔다.

왠지 계속 긴장해서 그런지 목이 바싹 말랐다. 메마른 목을 시원스럽게 자극하기 위해 나는 사이다를 하나 샀다.

과장님은 아직 고르고 있는 것 같았기에 먼저 가게를 나선 다음 입구 앞에서 기다리기로 했다.

머리 위에서 타닥타닥 소리가 들리길래 뭔가 싶어서 보니 커다란 모기 여러 마리가 유도등에 몰려 있었다. 누군가 벌레가 무섭지 않냐고 물으면, 딱히 곤충박사라는 별명을 가질 만한 소년 시절을 보낸 것도 아니라서 그냥 기분 나쁘다며 인상을 찌푸려버렸을 것이다. 하지만 이것도 시골의 여름다운 건가 하고 생각하며 나는 사이다를 마셨다. 응, 최고로 맛있네.

두 모금째를 마실까 하던 참에 과장님이 돌아왔기에 페트병 뚜껑을 닫고 들고 있던 비닐 봉지에 사이다를 넣었다.

과장님은 폴짝폴짝, 왠지 신이 나서 내 곁으로 다가와 멈춰 섰다. 두 손을 뒤로 돌린 채 무언가를 숨기고 있는 것 같았다. 내가 고개를 갸웃거리자 싱글싱글 웃으며 과장님이 들고 있던 걸 기운차게 앞으로 내밀었다.

"짜잔~! 불꽃놀이! 사버렸어."

짠~ 다음에는 짜잔~. 짠의 이단 활용이다. 확실하게 양동이도 사 왔다.

"또 어린애 같은 걸."

"어린애잖아? 우리는 고등학생이거든?"

"뭐, 그렇긴 하지만요. 내일 큼직한 불꽃놀이를 볼 건데, 오늘 그걸 하시게요?"

"괜찮잖아. 작은 불꽃놀이는 또 다른 거야, 다른 거."

말은 그렇게 했지만, 나는 엄청나게 신이 났다. 과장님이 나를 불꽃놀이 정도로 들뜨는 유치한 남자라고 생각하지 않았으면 해서 쿨한 척하며 폼을 잡고 있는 것이다. 아, 역시 비와코 선배를 츤데레라고 할 자격이 없어! 나나야는 츤데레야!

룰루랄라, 신이 나서 소중하게 불꽃놀이를 끌어안고 있는 과장님과 양동이, 물을 든 나는 다시 국도를 걸어가기 시작했다.

그리고 보이기 시작한 것은 건너편이 희미해서 잘 보이지 않을 정도로 넓은 호수.

나는 그 맑고 아름다운 경치에 소름이 돋았다.

어째서일까. 나이 때문인지 뭔가 치솟는 게 있었고, 괜찮은 느낌으로 발라드 같은 게 흘러나오면 눈물이 쏟아질 것만 같다. 운전면허를 다시 딸 수 있게 되면 라디오를 들으면서 드라이브를 하러 와야겠다. 물론 그때도 과장님이 곁에 있다면 더할 나위가 없고.

내가 그렇게 생각하고 있는데 과장님은.

"나나야 군, 이쪽. 얼마 안 남았어."

그렇게 말하며 담담하게 걸어갔다.

어? 감동 안 해?

아니, 과장님은 어른스러우니까 이런 일본의 절경은 많이 봐서 익숙한 건지도 모르겠다. 30년 가까이 살다 보면 이곳저곳 여행 정도는 많이 갔겠지.

그렇겠지. 그런데 물론 여행은 여자인 친구들하고 갔겠지?

과장님은 연애에 흥미가 없다고 딱 잘라 말했으니까.

남자하고 가지는 않았겠지?

그러진 않았겠지……?

"아니, 과장님, 이런 곳을 지나가나요?"

터덜터덜 과장님을 따라가 보니 어느새 국도에서 벗어나 아스팔트도 깔리지 않은 데다 좁은 산길로 들어서게 되었다. 인공적인 빛은 완전히 시야에 들어오지 않아서 고양이처럼 동공을 크게 벌려야 겨우 어둠 속에 뻗은 길을 알아볼 수 있었다.

그리고 나타난 것은 50개가 넘을 것 같은 돌계단이었다. 난간도 없는 그 계단은 꾸불꾸불 곡선을 그리고 있었고, 사람이 한명 겨우 지나갈 정도로 폭이 좁았다.

이런 걸 올라가도 되나……. 그렇게 걱정했지만 한번 결심한건 좀처럼 중간에 포기하지 않을 정도로 금욕적인 그녀가 멈추지 않았기에 결국 둘이서 돌계단을 올라가게 되었다.

올라가기 시작한 지 몇 분. 나는 고등학생의 젊은 육체에 감사했다. 이렇게 계단의 경사가 급한 걸 보니 스물일곱 살의 육체였다면 열 개 정도 올라간 다음 못 가겠다고 했을 게 분명하다.

의외로 단련한 효과도 생긴 건지, 정신을 차리고 보니 쉽사리 정상에 도착해 버렸다. 과장님을 살펴보니 숨을 헐떡이지도 않고 여유로운 미소를 짓고 있었다. 왠지 좀 분하다.

정상에는 작은 신사가 있었다. 신사라 해도 우리 키보다 약간큰 토리이와 작은 사당뿐이다.

"참배라도 하고 갈래?"

"또 몇 년 전 과거로 날아가게 되는 건 싫으니까 사양할게요."

"아하하, 괜찮아. 이곳은 지도에 제대로 나와 있으니까. 진짜로 존재하는 곳이야."

"그럼 다행이지만요."

아무렇지도 않게 말하는데, 이 사람은 오컬트에 내성이 있단 말이지~. 소녀틱한 구석도 있고, 의외로 비현실적인 걸 좋아하는 건가? 어두운 산속에 있는 사당이라니, 내가 생각하기에는 손에 땀이 날 정도로 호러 같은데.

"그럼, 갈까."

"네?! 더 들어가나요?!"

"응. 이 사당 뒤쪽에 짐승들이 지나다니는 길이 있고, 그 안쪽으로 들어가면 호수를 한눈에 내려다볼 수 있는 숨겨진 명소가 있대. 불꽃놀이도 잘 보인다는 모양이고."

꽤 잘 아시네. 설마 여기 와본 적이 있는 건가……? 게다가 이런 숨겨진 명소는 보통 여자인 친구들하고 오지 않을 텐데……. 아니, 아니, 쓸데없는 생각은 하지 말자. 모처럼 과장님이랑 단둘이 있잖아. 시시한 억측으로 혼자 풀 죽어서 어쩔 건데.

샛길을 나아가서 광장에 도착할 때까지는 시간이 얼마 안 걸렸다.

잡초가 드문드문 자라나 있는 그곳은 학교의 교실 정도 넓이였다. 안쪽이 절벽이긴 하지만, 다가가지만 않으면 위험할 것도 없을 정도로 거리가 있다. 돌계단을 올라왔기에 고도도 꽤 높았다.

정면에는 호수.

숨겨진 명소라고 할 만한 광경이다.

좀 전에 내가 눈물을 흘릴 뻔했던 그 감상을 그대로 복사 & 붙여넣기하고 싶다. 오히려 그렇게 떠들어댔던 게 창피하네. 이 절경은 대체 뭐야.

"예쁘다……."

과장님이 부드러운 말투로 말했다.

나는 옆에 나란히 서서 대답했다.

"네."

만약에 내일, 여기서 불꽃놀이를 볼 수 있다면.

얼마나 예쁘고, 얼마나 마음에 깊게 새겨질까.

"좋아, 장소도 알았고, 답사는 다 끝났네."

"답사하러 온 거예요?! 진짜, 사전 준비는 완벽하시네요…….
그, 그런데, 어떻게 이런 숨겨진 명소를 알고 계신 건가요?"

"자, 여기서 퀴즈입니다. 이유가 뭘까요?"

"나왔다, 갑작스러우면서도 조잡한 퀴즈!"

이렇게 퀴즈를 내는 게 유행인가?

"정답은 들었기 때문입니다!"

"아니, 답도 조잡하네! 누구한테 들었는지 알고 싶어!"

"사콘지 양의 할머님."

"그, 그랬구나……."

나는 올해 들어 가장 큰 안심을 하며 표정이 풀어졌다.

"왜 그래, 그렇게 히죽거리고."

"아, 아뇨! 아무것도 아니에요! 그런데 어느새 그런 정보를 얻
으셨나요?"

"저녁 식사 준비를 하다가. 할머님께서도 자주 할아버님하고
축제 날 여기에 오셔서 호수 너머로 불꽃놀이를 보셨대. 추억의
장소라면서 기쁜 듯이 말씀하셨어."

쿠마지 씨가 이렇게 로맨틱한 곳에 왔다고? 전혀 상상이 안 된다.

"하긴, 여기에 단둘이 오면 추억의 장소가 되겠네요."

"어?"

"아, 만약에 말이죠! 만약에 괜찮은 느낌인 커플이 오면 정말 괜찮은 느낌이 될까 해서요."

"그, 그렇지! 아하하, 만약에 커플이 온다면 말이지! 응, 틀림없을 거야!"

"그렇겠죠! 아하하하하!"

"불꽃놀이 사 온 거 할까! 응? 불꽃놀이, 불꽃놀이~."

"와아~! 불꽃놀이 재미있겠다~!"

나는 들고 온 양동이를 땅바닥에 내려놓고 안에 들어 있던 페트병의 물을 옮겨 담았다. 졸졸졸 물을 부으면서 마음을 진정시켰다.

현재 진행형으로 단둘이 왔으면서 '단둘이 오면 추억의 장소가 되겠네요'라니, 무슨 소릴⋯⋯⋯⋯, 너무 부끄럽다. 바보냐, 멍청이냐, 덜렁이냐. 이상한 어필을 한다고 생각하진 않았을까.

사 온 자그마한 촛불에 과장님이 라이터로 불을 붙였다. 흔들리는 불빛이 부드럽게 주위를 비추었다. 내가 그 색을 멍하니 보고 있자니 과장님이 불꽃놀이를 하나 건네주었다.

둘이서 같은 촛불에 불꽃놀이를 가져다 대고 점화시켰다. 파지지직, 몇 초 정도 도움닫기를 한 다음 단숨에 불티를 뿌리기 시작한 두 사람의 불꽃이 끄트머리에서 교차되었다. 그 모습을 본 우리는 자연스럽게 웃었다.

"여름에 불꽃놀이라니, 왠지 청춘이네요."

"그러게, 잊고 있었던 걸 되찾은 듯한 느낌이야."

"아하하, 과장님, 왠지 눈이 먼 곳에 가 있는 것 같은데요."

"응, 저 밤하늘로 보냈어. 이 불꽃놀이를 로켓 삼아서."

"소녀구나!"

"시인이라고 해줬으면 좋겠는데."

"네, 네."

"뭐야, 바보 취급하는 거냐고~, 시모노~!"

"으엇! 위험하잖아요!"

아직 기세가 살아있는 불꽃놀이의 끄트머리를 내게 들이대는 과장님. 오랜만에 시모노라고 부르시네.

"으랴, 으랴~, 상사를 바보 취급하니까 그렇지~. 내가 떠안고 있던 대규모 안건을 통째로 떠넘길 수도 있거든~?"

"으아~, 죄송합니다, 과장님! 그것만은 봐주세요~!"

공사 혼동, 갑질 상사!

"아, 꺼져버렸네."

아쉽다는 듯이 불씨를 양동이에 넣는 과장님.

"제 승리로군요."

나는 희미하게 타고 있던 불꽃놀이를 들어 올리며 승리를 뽐냈다. 봤냐, 이게 끈질기게 살아가는 일반 사원 영업맨의 잡초 근성이다. 어지간한 걸로는 이 활활 타오르는 불꽃을 끌 수 없다고!

Illustrations copyright © YOM

"어······! 보통 그런 승부는 선향 불꽃놀이로 하는 거 아니야?!"

몇 초도 안 되어서 힘없이 꺼진 불꽃놀이 불씨를 내가 양동이에 허무하다는 듯이 넣고 있자니 과장님이 눈을 흘기면서 약간 삐진 듯한 모습을 보였다. 진짜 지는 걸 싫어하네.

"그럼 해볼까요. 선향 불꽃놀이 대결."

"오~, 배짱 좋구나, 시모노 사원. 받아잡수겠소이다!"

잡숴서 어쩌시려고.

"음, 선향 불꽃놀이는······."

불꽃놀이가 잔뜩 들어 있는 봉투 속에서 선향 불꽃놀이를 찾아보았는데, 어두워서 잘 보이지 않았다. 어쩔 수 없이 촛불 근처에서 살펴볼까 생각하던 참에 과장님의 손가락이 내 바로 옆을 지나쳤다.

"이거잖아?"

과장님이 선향 불꽃놀이 두 개를 꺼낸 다음 말했다.

손가락이 거의 닿을 뻔했기에 나는 남자 중학생처럼 당황해하면서도 떨리는 손가락으로 하나를 받았다. 아니, 약간 닿은 것 같다. 매끈매끈했던 것 같다.

과장님은 그런 내 마음도 모르고.

"자, 나나야 군, 덤벼. 승부야."

그렇게 의욕을 마구 드러내고 있었다.

촛불 앞에 쭈그리고 앉아있는 과장님 옆으로 가서 나도 똑같은 자세로 앉았다.

"이왕 하게 된 거니 저도 진지하게 승부에 임하겠어요."

"그러게, 그럼 벌칙을 정할까?"

"벌칙요? 어떤 건데요?"

"음~, 그래~. 진 사람이 이긴 사람의 소원을 뭐든지 하나 들어주기!"

"또 그렇게 흔해빠진 걸……."

"흔해빠진 게 좋잖아. 공급이 많다는 건 수요가 많다는 증거야."

"알겠습니다. 나중에 가서 없던 일로 하자는 건 안 돼요."

"그, 그렇다고 야한 건 안 돼!"

"나도 알아요! 엄한 여자 상사에게 야한 부탁을 하는 실수투성이 부하는 없다고요!"

"응? 방금 뭔가 이상한 수식어가 붙었던 것 같은데. 제대로 못 들었으니까 다시 한번 말해줄래?"

아, 이런.

"아뇨, 아무 말도 안 했어요."

"엄? 엄, 뭐라고?"

"저기……."

"엄?"

"엄청나게 예쁜 여자 상사!"

"좋아."

"휴……."

"아니, 누가 엄청나게 예쁘다고?"

"네에에?!"

"바바바바보 아냐?"

결국 혼나는 거야?! 선택지 너무 어렵다!

진짜, 이 사람은 왜 이렇게 예쁘고 귀여운데 칭찬에 익숙하지 않은 걸까. 사회인으로 살다 보면 분명히 칭찬하는 거래처 같은 곳도 있었을 텐데. 칭찬뿐만이 아니라 꼬시려 드는 녀석도 있었을 것 같다. 그건 내가 용서 못 해.

"자, 불을 붙일까요, 과장님."

뭐, 나도 이제 과장님이 이런 반응을 보이는 것에 익숙해졌으니 대충 넘기고 승부를 진행하자.

"냉정한 게 열받네. 그럼 간다. 하나, 둘, 셋."

천천히, 우리는 동시에 화약 끄트머리를 점화시켰다.

반딧불 같은 빛이 조용한 밤에 타닥타닥, 소리를 연주했다.

덧없게 보이면서도 힘찬 빛이다.

마치 한순간, 이 세계에 나와 과장님밖에 없는 게 나일까 하는 착각이 드는 공간이었기에 나는 왠지 쑥스러워져서 무심코 하늘을 올려다보았다.

예쁘게 빛나는 별들은 하나하나가 선향 불꽃놀이의 빛 같아서, 지구가 이렇게 예술적이었구나 하는 어울리지도 않는 감상에 젖었다.

그리고 나는 과장님에게 물었다.

"과장님, 여름의 대삼각형이 어떤 건가요?"

"응? 저거야. 저기, 한층 더 밝게 빛나고 있는 별 세 개."

"아, 이야기를 듣고 보니 삼각형이 그려지네요."

"저기 있는 베가랑 이쪽에 있는 알타이르가 직녀와 견우야."

"칠석요?"

"그래."

"오~, 처음 알았네요. 칠석 때 봐둘 걸 그랬어요."

"그런데 7월에는 잘 안 보이고, 이 시기에 제일 잘 보인대. 참고로 칠석에 비가 내리면 은하수의 수위가 올라가서 그 해에는 만나지 못하는 모양이야."

"어? 그런가요? 견우도 참 고생을 많이 하는 녀석이네요~."

"애초에 1년에 1번밖에 못 만난다는 것 자체가 너무 힘들지. ——나라면 좋아하는 사람은 항상 곁에……."

툭, 소리가 들리고 우리 손가의 빛이 약간 약해졌다.

시선을 내려보니 과장님의 불꽃이 조용히 땅에 떨어져 있었다.

"꺼져버렸네……."

과장님은 왠지 쓸쓸하다는 듯이 말했다.

그런 다음, 내 불꽃도 살며시 꺼졌다.

거기에는 촛불의 빛만이 남았다.

"아~, 또 내가 졌네. 요즘은 운이 안 좋아."

"어? 요즘 뭔가 안 좋은 일 있으셨나요?"

"따, 딱히……, 당신하고는 상관없잖아."

"죄, 죄송합니다."

너무 까불면서 사생활 같은 것까지 지나치게 파고들었다. 과장님에게도 내가 알지 못하는 일상이 있으니까. 같은 회사, 같은 학교에 다니는 것뿐인 사람이 성큼성큼 들이대면 당연히 싫겠지.

"그건 그렇고, 벌칙은? 뭘 해줬으면 해? 다시 한번 말해두겠지만, 야한 건 안 되거든! 지, 진짜로 안 돼! 조금만이라든가, 그런 것도 안 되고!"

"저도 알아요. 그러면 말이죠……."

"응……."

"…………."

"…………?"

생각해보지 않았다.

소원 같은 건 얼마든지 생각날 것 같아서 여유를 부리다가 전혀 생각하지 않았다.

그야 과장님이 해줬으면 하는 건 산더미처럼 많다. 사귀어주세요? 아니, 아니, 농담이라 해도 벌칙으로 할 말은 아니다. 키스하고 싶어! 그냥 변태다. 그렇게 야한 건 안 된다고 미리 못을 박아두기까지 할 정도로 정조 관념이 강한 여자에게 벌칙을 이용해서 키스를 강요하다니, 빌어먹을 녀석이잖아. 손을 잡아줬으면 좋겠다……. 아슬아슬하게 가능한가? 아니……, 엄청 미묘한 라인이다. 농담이라는 듯이 밀어붙이면 먹힐지도 모르겠지만, 그만큼 상대가 정색하고 나왔을 때 대미지가 너무 크다.

아, 생각이 안 난다.

딱 좋은 소원이 떠오르지 않는다.

"저기, 없어?"

"……없다고 해야 하나, 그, 금방 생각나지 않아서 말이죠."

"우유부단."

"죄송합니다."

"뭐, 나나야 군답긴 하네."

"감사합니다."

"말해두겠는데, 칭찬 아니거든!"

그렇겠죠~.

모처럼 생긴 좋은 기회를 놓친 것 같다는 생각만 든다. 과장님 말대로 나는 진짜 우유부단하고 한심한 남자다. 정말……, 난 시모노 나나야가 싫어!

그건 그렇고.

"과장님은 이기면 무슨 소원을 말씀하실 예정이었는데요?"

"어?! 따, 딱히. 그걸 꼭 말해야만 해?"

"아니, 좀 신경 쓰여서요."

"…………있잖아."

신기하게도 과장님은 조용히 목소리를 낮추고 고개를 돌린 채 내게 말했다.

"내일도 여기서———, 같이 불꽃놀이 보고 싶은데."

어두워서 확실하지는 않았지만, 여름의 대삼각형이 비춘 그녀의 귀가 약간 빨갛게 보인 것 같았다.

———나는 그날 밤, 한숨도 못 잤다.

카미조 토우카의 비공개 mixi 일기 【사회인 2년 차】

4월 22일 수요일

크으……(′·ω·`).

말 못 했어……(′·ω·`).

시모노 군에게 고등학교 이야기를 꺼내지 못했어……(′·ω·`).

아니, 상대방이 기억하지 못하는데 나만 기억하고 있다니,

그렇게 스토커 같은 말을 할 수 있을 리가 없잖아 ＼(`Д′)／.

아, 그런데 오늘, 시모노 군의 교육 담당으로 임명되었거든(*^_^*).

여자 사원들의 엉덩이만 보고 다니는 글러먹은 과장도

가끔은 제대로 된 지시를 하네.

칭찬해주마~(*'ω'*)!

일 즐겁다~(*^^*).

제5장 ┃ 카미조 토우카는 후회하고 있다

Why is
my strict
boss
melted
by
me ?

"이 남자가 진짜……!"

나, 카미조 토우카는 오랜만에 열받았다. 일단 나도 여자고 현역 고등학생이니까 화를 내는 모습은 드러내고 싶지 않다고 항상 생각하고 있는데, 뭐, 이렇게 나를 풀 죽게 만드는 눈앞에 있는 남자를 보니 그 편안하고 기분 좋게 잠든 얼굴에 발차기를 한 방 날려주고 싶어진다.

사콘지 양의 할머니 댁에 신세를 지게 된 다음 날 오후. 찌는 듯한 더위도 가시기 시작한 16시 정도였다. 일정에 따르면 슬슬 축제에 참가하러 출발할 시간이었기에 여자 일행들은 할머님께서 준비해주신 유카타를 입었고, 오니키치 군도 평소처럼 신이 나서 진베이를 입어서 준비가 다 끝났다.

단 한 명, 아무런 준비도 하지 않고 크게 코를 골면서 자고 있는 사람은 내 부하, 시모노 나나야다.

다다미 위에 깔아둔 이불에 대자로 누워서 전혀 일어날 기색을 보이지 않았다.

다시 한번 말하지만, 지금은 16시다.

밤늦게까지 깨어있긴 했다.

어젯밤, 우리가 돌아온 건 새벽 1시 정도였다. 그렇다고 해도 그로부터 벌써 14시간 이상이 지났다.

14시간.

피곤해서 평소보다 오래 자는 건 딱히 상관없다. 그런데 14시간이나 자면 아무리 그래도 깨지 않나?

최적의 수면 시간이라고 하는 7시간 반. 여러 가지 가설이 있고, 개인차도 있을 것이다. 하지만 거의 두 배나 되는 시간이 지났는데도 불구하고 뭘 해봐도 깨지 않을 정도로 푹 잠들었으니 수면장애를 의심할 정도라서 반쯤 걱정되는 마음조차 생기기 시작했다.

내가 얼마나 실망한 건지 누군가에게 전하려 한다면 어젯밤에 있었던 일부터 말해야만 한다. 그렇다, 이해하기 쉬운 시작 지점은 20시에 목욕을 했을 때부터일 것이다.

◆

"으으으…… 으으으……."

사콘지 양의 할머님댁 목욕탕은 마치 대중목욕탕처럼 넓었고, 일반 가정에서는 상상도 못 할 샤워대가 세 군데나 있을 정도로 호화로웠다. 나는 그 끄트머리에 앉아서 틀어놓은 샤워기에 폭포수 수행을 하는 것처럼 머리를 들이민 채 왁스와 스프레이 때문에 딱딱해진 머리를 감고 있었다.

슬픔과 함께.

"착하다, 착해, 과장님. 가엾기도 하지~, 착하다, 착해."

옆에 앉아 있던 나오가 내 머리를 쓰다듬어주었다.

"열심히 노력해서 사콘지 양 같은 갸루가 되었는데."

"착하다, 착해. 응, 과장님은 열심히 했어. 갸루 같은 차림새를 했을 뿐, 갸루 자체가 된 건 아니지만 말이지. 착하다, 착해."

"으으으……, 갸루를 좋아한다고 하니까아아아아."

"착하다, 착해. 응, 그렇지. 아마 그런 말은 안 했을 것 같긴 하지만, 나나야가 잘못한 거야. 착하다, 착해."

"으으으, 나오~!"

나는 그녀의 크디큰 가슴에 얼굴을 파묻었다. 몸에 걸친 게 없어서 나오의 부드러운 특대 가슴이 직접적으로 나를 부드럽게 감싸주었다. 아, 성모 마리아시여.

나오는 착하다, 착해라고 말하며 샴푸를 내 머리에 바르고 샥샥 감아주기 시작했다. 어? 이 애는 진짜 마마인가? 우리 마마? 좋아해!

"자, 잠깐만, 너희 지금 뭐 하는 거야?"

그때 드르륵, 입구 쪽 문을 열고 사콘지 양이 뒤늦게 등장. 연하 여자애(열다섯 살)가 스물여덟 살 여자 머리를 감겨주고 있는 모습을 동급생(열여섯 살)이 보고 있는 지옥 같은 구도가 완성되었다.

사콘지 양은 싸늘한 눈길을 보내며 안쪽 샤워대로 이동했다. 얼굴이 약간 빨개졌는데, 오늘 바비큐 때 그을려서 그럴 것이다. 나도 선크림을 바르긴 했지만 원래 피부가 약하고 색소도 연해서 약간 따끔거렸다. 이럴 줄 알았다면 어깨를 드러내지 말 걸 그랬다.

"그러고 보니까, 오늘 바비큐 때 끼어들었던 두 사람. 왠지 어디선가 본 적이 있는 것 같거든."

샤워대에 도착한 사콘지 양이 의자에 앉으며 말했다.

"그래? 처음 여행 왔다고 하지 않았나?"

그러자 나오가 대답했다.

"음~, 뭐, 그렇긴 한데 말이지. 비와가 착각한 건지도 몰라. 나오퐁은 꽤 잘 따르던데. 혹시 마음에 들었어?"

"아니, 전혀."

나는 나오의 대답을 듣고 무심코 반응해버렸다.

"어? 전혀?! 나오는 저런 어른을 좋아하는구나~ 해서 나는 좀 쓸쓸했는데."

"앗싸~! 과장님이 질투해줬어~!"

"아니……, 사콘지 양도 말했지만 엄청 잘 따르길래."

"처음 만난 사람에게는 싹싹하게 대해야 하는 법이에요, 과장님."

왠지 엄청 어른스러운 말을 하기 시작했는데!

"그 사람들은 내 가슴만 보고 있었으니깐."

"아니, 넌 항상 가슴을 엄청 내밀고 다니잖아!"

"쯧쯧쯧! 과장님, 가슴을 보는 것도 좋게 보는 방식하고 안 좋게 보는 방식이 있다고요. 그 사람들은 가슴을 안 좋게 보는 방식이었어요. 남자들은 가슴을 보는 눈빛을 통해 본인의 됨됨이가 파악되는 법이죠."

뭔가 엄청난 말을 하고 있어! 내용은 머리에 전혀 안 들어오지만!

그건 그렇고, 나오의 가슴은 새삼 다시 봐도 대단하긴 하다. 남자들의 시선이 무심코 이 가슴에 빨려들어 가는 것도 이해가 된다.

그리고 탱글탱글한 피부. 나오도……, 그리고 사콘지 양도! 부럽다. 그렇게 생각하면서 내 팔을 보니 방수 가공이라도 한 건가 싶은 생각이 들 정도로 매끈했다. 그렇다, 나도 열일곱 살. 아직 갸루가 될 수 있어!

아니, 잠깐만.

정말로 갸루가 되기만 하면 끝나는 건가?

오늘 나나야 군의 반응으로 보아 나는 아무리 사콘지 양을 흉내 내서 헤어스타일을 트윈테일로 하고 끄트머리를 말든, 팔을 걷어붙여서 시원스러운 느낌을 연출하든 애초에 갸루가 될 만한 잠재능력을 지니고 있지 못한 것 아닐까.

노력은 반드시 보답받는 게 아니다. 방향성을 잘못 잡으면 시간만 날릴 뿐, 비효율적이고 생산성도 없다.

나 같은 게 갸루가 되겠다는 것 자체가 거만하고 어리석은 생각이었던 것이다.

갸루라는 건 선택받은 사람, 그렇다, 사콘지 양처럼 외모가 빼어나고, 성격도 좋고, 사교적인 슈퍼 걸만 될 수 있는 것이다!

보라고, 저 훌륭한 몸매를!

길게 쭉 뻗은 팔에 잘록한 허리. 살집이 딱 좋은 허벅지 아래로 뻗은 다리는 정말 길다. 게다가 얼굴도 작으니 마치 모델처럼 전체적인 밸런스가 잡혀 있다. 아, 거품이 걸리적거리네. 좀 더, 좀 더 그 몸을 보여줘, 내게 인기가 많은 갸루의 비결을 가르쳐 줘, 여고생!

"어어어어어, 어째서 아까부터 빤히 보고 있는 거야, 카미조 토우카!"

"연구를 좀……."

"남의 알몸을 보면서 뭘 연구한다는 거야?! 영문을 모르겠거든!"

"저기……, 여자력을."

"과장님, 여자력을 잘못 이해하고 있는 거 아니야? 변태 캐릭터는 내가 맡을 테니까 과장님은 청초하게 나가야지."

어린애를 달래는 듯한 말투로 나오가 태클을 걸었다. 이상하네. 불과 얼마 전까지는 무슨 일이 생기면 내가 나오에게 태클을 걸었는데, 왠지 요즘은 입장이 역전된 것 같다. 이게 귀여운 후배의 성장이라는 걸까? 그렇구나, 그렇다면 감상은 이상하네가 아니라 기쁘네라고 해야겠지. 기쁘네.

"잠깐, 나오퐁, 카미조 토우카가 어딜 봐서 청초하다는 거야?"

으엑, 또 사콘지 양의 공격이 시작될 것 같다. 어째서 이 애는 이렇게 나를 싫어하는 걸까. 내게 부족한 부분이 있다면 개선하고 싶으니 말해줬으면 하는데……. 한창나이인 여자애와의 커뮤니케이션은 역시 까다롭다. 이럴 때 사무원 언니분들이 계셨다면 젊은 애들과 원활하게 대화할 수 있게끔 도와주셨을 텐데. 사회인 시절의 나는 의외로 다른 사람들에게 기대기만 했구나.

"아하하하~, 비와코보다는 과장님이 더 청초하지~."

아, 엄청 순수하네! 본모습을 드러내기 시작했구나, 나오! 그런 모습이 귀엽긴 하지만!

"카, 카미조 토우카는 저기, 뭔가 딱 잘라 말하고……, 멋지다고 해야 하나, 단호하다고 해야 하나, 강하다고 해야 하나! 아무튼 청초한 거 하고는 제일 거리가 먼 사람이라는 거거든!"

크흑! 피가……, 마음이라는 보이지 않는 장기에서 대량의 피가 뿜어져 나왔다. 출혈 과다로 빈사 직전이야. 청초와는 제일 거리가 멀다고……? 다른 사람이 볼 때는 내가 그런 식으로 보이는 거구나. 그러니 아무리 호감을 보여도 나나야 군이 돌아보지 않는 거겠지.

"오~, 그렇구나! 설득력이 있네요~. 납득이 되네. 비와코는 과장님을 잘 보고 있구나!"

유일한 아군도 납득해버렸어! 빈사 상태가 되어서 몬스터볼 안으로 돌아왔는데, 센터에 맡겨주지도 않고 야생에 방류당한 기분이야!

"따, 딱히 안 봤거든!"

아, 이제 그냥 악당 조직에 잡혀서 보스 캐릭터 몬스터로서 활약해버릴까!

"비와코는 츤데레라는 거군요~. 귀엽네요~."

"비와는 무슨 말을 하는 건지 영문을 모르겠거든! 머, 먼저 욕탕에 들어갈 거야!"

사콘지 양은 그렇게 말하며 몸에 묻은 거품을 씻어낸 다음 성큼성큼 욕탕 쪽으로 걸어가버렸다. 첨벙~, 시원스러운 입수음이 들렸다.

그런데 츤데레라는 단어의 의미가 언제부터 바뀐 걸까.

"과장님이랑 똑같은 츤데레네."

나오가 장난스럽게 내게만 들리는 목소리로 말했다. 응, 역시 의미가 바뀐 모양이다.

"과장님은 내일 츤데레가 되면 안 돼. 남자는 여름 축제 때 유카타를 입은 여자에게 약한 법이니까. 나나야에게 과장님의 매혹적인 목덜미를 보여주라고~."

"그, 그런 거야? 유카타를 입은 여자에게 약하다고? ……아니, 나나야 군은 딱히 상관없잖아!"

"그래, 그래, 그렇지. 나나야는 상관없지~, 과장님. 그런데 말이지, 나나야는 둔감하니까 좀 더 밀어붙여, 밀어붙여, 고~, 고~, 라는 식으로 나가야만 하거든? 과장님은 밀어라, 당겨라, 흥, 흥이니까 항상."

"나오, 내 말 듣고 있어?!"

"듣고 있어~! 나도 도와줄 테니까!"

안 되겠다! 안 듣고 있어! 내가 나나야 군을 좋아한다는 것도 완전히 들켰고! 게다가 내 저항은 먹히지도 않아!

이러쿵저러쿵하는 과정에서 귀여운 후배의 듬직한 면을 새삼 알게 되며 우리는 여행으로 쌓인 피로를 풀었다.

◆

23시가 지나고 모두가 잠들었을 무렵.

나는 조용히 현관문을 열고 혼자 밤하늘 아래에서 별을 올려다보고 있었다.

밀여붙여, 밀어붙여, 고~, 고~.

나오가 한 말을 머릿속으로 몇 번이나 곱씹어 보았다.

여름, 축제, 불꽃놀이.

밀여붙여, 밀어붙여, 고~, 고~가 대활약할 기회 아닐까.

이렇게 된 이상, 사콘지 양이 동경하는 사람인지 아닌지는 제쳐두자. 다른 사람에게 휘둘려서 목적을 놓치고 있을 때가 아니다. 내가 뭘 위해서 타임 리프한 건데.

생각해보니 고등학교 2학년 여름방학은 추억으로 남은 게 전혀 없었다. 정말, 바쁜 연예인이 너무 바빠서 그때 기억이 잘 안 난다고 하는 것처럼 나도 기억이 애매하다. 아니, 수험 공부를 하거나, 건강 유지를 위해 운동을 하거나, 학생회 일을 하거나, 그 정도밖에 안 했으니까! 게다가 나는 그런 여름방학을 학생다운 거라며 자신을 타이르고 거짓된 만족에 취해 있었다.

그럴 리가 있나.

만족하고 있었다면 고등학교 시절을 다시 처음부터 시작하고 싶다면서 후회하진 않았을 것이다.

하지만 이 두 번째 여름방학. 무대는 확실하게 갖춰져 있다.

학생회에는 들어가지 않았다. 공부도 두 번째 하는 거라 머리에 술술 들어오니 여유가 꽤 있다. 그리고 중요한 나나야 군과의 거리.

경위는 어찌 됐든, 내일, 천재일우의 기회가 온다.

그걸 놓치지 않기 위해 방심하지 않는 게 카미조 토우카다. 기획을 완벽하게 수행하기 위한 사전 준비도 게을리하지 않는다.

사콘지 양의 할머님에게 들은 숨겨진 명소를 답사하러 가보자고.

당일이 되어서 장소를 모른다고 허둥댈 수는 없으니까.

나나야 군을 그곳으로 끌어내기 위한 계획은 따로 생각하기로 하고, 우선 축제 회장에서 그곳으로 가는 최단 루트를 파악해 두어야 하니 위치를 확실하게 알아두자.

나는 오빠가 사준 지 얼마 안 된 스마트폰을 주머니에 넣고 전장으로 떠나려 했다.

그러자 좀 전에 내가 닫았던 현관문이 다시 열렸다. 이런, 밖으로 나오면서 낸 소리 때문에 누군가가 깨버린 건가?

나는 곧바로 돌아보았다.

오오오오…….

어어…….

설마, 하필이면 시모노 나나야냐고오…….

이 해가 운수 사나운 해였나?

어쩔 수 없지, 우연을 가장하고 자연스럽게 말을 걸어볼까.

나는 그와 이야기를 하면서 이 불행을 긍정적으로 변환시키기로 했다.

이번에야말로 누구도 방해하지 않고 단둘이다.

하늘에 잔뜩 뜬 별이 반짝이면서 내 등을 밀어줄 것이다.

자, 추억을 만들러 가보자고, 카미조 토우카.

◆

"내일도 여기서———, 같이 불꽃놀이 보고 싶은데."

밤이 깊어졌고, 시간이 녹아내린 것처럼 즐거운 순간을 보낸 나는 나나야 군에게 각오를 보였다.

밀여붙여, 밀어붙여, 고~, 고~.

여름의 토우카는 특별하다고.

그의 표정을 볼 수는 없지만, 부정이나 놀리는 대답을 하지 않은 걸 보니 기대해도 되는 거 아닐까?

노력한 보람이 있었다.

내일, 다시 이곳에서———, 그렇게 생각하고 싶네.

그런 희망으로 가슴이 부풀어 있었는데 이런 상황이라고!

왜 자고 있는 건데! 일어나라고! 일어나서 축제 가자고!

"아하하하하하~! 나나찌, 절대 안 일어나네! 어지간히 좋은 꿈을 꾸고 있나 본데~."

"정말, 오니키치 군, 웃을 일이 아니야! 깨우라고!"

"과장님, 그럼 내가 가슴 핫 샌드 프레스로 깨울게~!"

"가슴 핫 샌드 프레스?! 처음 들어본 단어인데 왠지 상상이 되니까 그건 하지 마!"

그렇게 주위에서 떠들고 있는데도 전혀 깰 기색이 없다. 이러

225

고 있는 와중에도 시간은 5분, 10분이 지나가고 있다.

"어쩔 수 없지. 그냥 두고 갈 수밖에 없지 않을까?"

사콘지 양이 한숨을 쉬면서 그러게 말했다.

"그, 그래도……."

나는 떼를 쓰는 어린애 같은 목소리로 말하며 사콘지 양을 바라보았다.

"여기에서 축제 회장이 그렇게 멀지도 않으니까, 깨어나면 혼자서도 오겠지. 나중에 합류하면 될 것 같거든?"

그녀는 너무나도 담담하게 말했다. 그게 올바른 선택이긴 하고 나나야 군이 깨어나는 걸 한없이 기다리며 고집을 부리는 것도 바보 같은 짓이라는 걸 알면서도 나는 한 턴 정도는 물고 늘어질 생각이었다.

하지만 사콘지 양을 보고는 응석을 부리려던 말을 집어삼켰다. 사콘지 양도 쓸쓸한 표정을 짓고 있었기 때문이다.

정말, 죄가 많은 남자다.

"그래, 미안해. 갈까?"

나는 입을 떡 벌린 채 얼빠진 표정으로 자고 있는 녀석에게 혀를 내밀고 나서 방을 나섰다.

할머님에게 다녀오겠다고 인사를 하고 넷이서 호수로 향했다.

호숫가로 다가가자 차량 규제 간판이 보였고, 군데군데 노점도 나타났다. 멀리 사람들이 모여있는 곳에서 들리는 목소리와 희미한 북소리가 내 기분을 들뜨게 만들었다. ━━━축제 소리다.

◆

　호수 주위에는 노점이 잔뜩 늘어서 있었다. 하늘은 저녁놀로 붉게 물들었고, 본격적으로 축제가 활기를 띠기 시작하고 있었다.

　타코야키와 야키소바, 솜사탕과 사과 사탕, 그리고 베이비 카스테라까지. 젊은 애들의 식욕은 멈추지 않았다. 특히 1학년들. 나오와 오니키치 군은 그렇게 많이 먹고도 끝이 없다.

　"다음은 초코 바나나 먹고 싶어~!"

　"이예이~, 이예이~, 좋네, 초코 바나나! 가자고, 히어 위, 히어 위!"

　뭐, 오니키치 군은 몸집이 큰 만큼 위장도 클 거라고 이해가 되지만, 나오는 저렇게 작은 몸으로 어떻게 저렇게 많이 먹을 수 있는 거지? 그런 것치고는 살이 찐 것도 아니고.

　"어? 가슴에 영양분이 다 가는데?"

　이럴 수가, 한 번은 해보고 싶은 말이다. 하지만 내 위장은 이미 한계다. 정신 연령과 식욕에 인과 관계가 없다고 믿고 싶긴 하지만……, 역시 젊음이란 내부에서 나오는 걸까. 그, 그만큼 내게는 어른의 매력이 있으니까. 있긴 한가?

　"나는 이제 배가 부르니까 초코 바나나는 됐어."

　"어~, 과장님은 가고 싶은 노점 또 없어?"

　"가고 싶은 노점이라……, 아, 시치미토가라시는 사고 싶은데!"

　""시치미토가라시~?""

227

나오와 오니키치가 한 목소리로 말하며 이해할 수 없다는 표정으로 나를 보았다.

　"응, 시치미토가라시. 노점에 양념이 잔뜩 진열되어 있거든, 그걸 눈앞에서 하나씩 커다란 그릇에 담아서 조합해주는 거야. 일곱 색깔 양념이 공기를 가르면서 섞여가는 모습이 정말 예뻐. 맛도 정말 좋거든, 너무 맵지도 않으니까 얼마든지 먹을 수 있어. 편의점에서 파는 달걀 샌드위치 같은 거 안에 잔뜩 뿌려서 먹으면 정말 맛있거든. 약재 같은 성분이라 미용 효과도 좋고! 근처에서 큰 축제가 열리면 시치미토가라시만 사려고 자주 갔었지~."

　덕분에 우리 집 냉동실에는 지퍼락에 들어 있는 시치미토가라시가 항상 저장되어 있는데, 그건 타임 리프를 하기 전에 혼자 살 때 이야기다. 공교롭게도 친가 냉동실에는 당연히 없기 때문에 하나 정도는 사두고 싶다고 생각했었다.

　"왠지 어른 같네, 과장님. 그런데 나는 시치미는 별로인 것 같아~."

　나오가 진심으로 흥미가 없다는 듯이 말했다.

　"나도 시치미토가라시가 끌리진 않네."

　싹싹하고 뭐든지 긍정해주는 오니키치 군조차 약간 정색하고 있다. 어? 내가 그렇게 정색할 만한 이야기를 했나? 했네. 시치미토가라시에 대해 열변을 토하는 고등학생은 나밖에 없을 거야.

　"그, 그렇구나. 아쉽지만 이번에는 참을게."

　"비와는 같이 가줘도 되거든?"

종이봉투로 포장된 베이비 카스테라를 냠냠 먹으면서 지금까지 조용히 지켜보고 있었던 사콘지 양이 입을 열었다. 사콘지 양은 전부 다 먹은 건지 종이봉투를 꼼꼼하게 접어서 노점 옆에 있던 쓰레기통에 버렸다. 그리고 이쪽을 보며 다시 한번 말했다.

"카미조 토우카가 꼭 가고 싶다면 비와가 같이 가줘도 되거든? 초코 바나나는 줄을 꽤 오래 서야 하니까 오니키치랑 나오퐁이 초코 바나나를 사러 간 동안 그쪽에 다녀오면 되는 거 아냐?"

"사콘지 양……, 그래도 괜찮겠어?"

사콘지 양은 조용히 고개를 끄덕였다.

설마 그렇게 퉁명스럽게 굴던 사콘지 양이 나를 위해 배려해 주다니…….

"그래! 사람이 많으니까 혼자 보내는 건 걱정되지만, 비와쵸스가 따라가 준다면 둘이서 다녀오라고, 히어 위!"

그렇게 오니키치 군의 허락도 받았기에 우리는 양쪽으로 나뉘어서 각자 원하는 노점으로 이동하게 되었다. 어째서 오니키치 군의 허락이 필요한 건지는 제쳐두고, 이렇게 사람이 많은 곳에서 혼자만 따로 떨어지는 건 좀 무섭긴 했기에 그런 의미에서는 나오도 오니키치 군이 함께 간다면 안심이 된다. 뭐, 원래는 이쪽에도 남자가 한 명 있었으면 좋겠지만 말이지. 있었으면 좋겠지만 말이지!

노점을 잠시 둘러보다가 내 목적인 시치미토가라시라는 글자를 발견했기에 사콘지 양을 안내하며 그쪽으로 향했다.

고등학생들은 난색을 표했지만, 어른들에게 인기가 많아서 좀 전에 보았던 초코 바나나 가게와 비슷할 정도로 많은 사람들이 줄을 서 있었다.

우리는 그 줄 제일 뒤쪽에 섰다.

그런데 여기까지 오는 동안 사콘지 양하고 전혀 이야기를 하지 않았다. 솔직히 말해 껄끄럽다. 일 때문에 누군가와 커뮤니케이션을 할 때는 목적이 명확하기 때문에 껄끄러운 감정이 생길 일이 없지만, 고등학생들끼리 지낼 때는 그렇지 않다.

뭔가 이야기를 해야겠다 싶어서 화제를 생각해보았다. 이래봬도 영업맨, 잡담 소재는 풍부하게 마련해 두었지만, 상대는 사콘지 양이다. 어떤 대답을 할지 짐작도 안 간다.

내가 그렇게 당황해하는 모습이 뻔히 보였는지 신기하게도 사콘지 양이 먼저 이야기를 꺼냈다. 게다가 그 내용이 참.

"너, 나나노스케랑은 무슨 관계야?"

"무무무무무, 무슨 관계라니, 그게 무슨 말인가요?"

"왠지 사이가 좋잖아?"

캐묻고 있는 건가……?!

역시 사콘지 양도 나나야 군을……. 얼마 전 패밀리 레스토랑에서 들었던 '마음에 든다'는 말이 역시 환청이 아니라 사실이었나?

선두에 선 손님이 물건을 사고 빠지자 줄이 한 칸 나아갔다. 그와 동시에 우리 뒤에 새로 두 사람이 줄을 섰다.

"저번에도 말했는데, 선거 때 응원회를 같이 했을 뿐이고, 그냥 후배와 선배 관계야. 그러는 사콘지 양이야말로 요즘 나나야 군하고 사이가 꽤 좋아 보이던데?"

　악수를 둔 걸까. 하지만 이번 기회에 확실히 해둘 필요가 있을지도 모르겠다. 한없이 답답해하다 보니 이제 지쳤다. 과연 정말로 나오가 말한 것처럼 나나야 군을 의논 상대로만 보고 있는 걸까. 아니면 다른 의도가 있는 걸까…….

　"뭐, 사이가 좋다고 해야 하나, 비와는 나나노스케를 좋아하니까."

　"하ㅇㅇㅇㅇㅇㅇㅇㅇㅇㅇㅇㅇㅇㅇ!"

　"자, 잠깐만, 그 표정은 뭐야?! 왠지 눈이 뒤집어졌거든? 괜찮아?!"

　"아, 그래, 미안해. 잠깐 귀가 이상해져버린 것 같아서. 아마 잘못 들은 것 같은데, 나나야 군이 어쨌다고?"

　"좋아하거든."

　"으어어어어어어어어어어어어어어!"

　"잠깐만, 정말 괜찮은 거야?! 아, 앞으로 가자."

　또 손님 한 명이 계산을 끝낸 모양이다. 사콘지 양이 내 손을 잡고 앞으로 나아갔다.

　나는 온몸에서 힘이 빠져나간 채 멍한 상태로 내버려두었다.

　정리다. 지금까지 얻은 정보를 정리해서 각각 얼마나 확실한지를 정리하자.

　나나야 군과 사콘지 양이 갑자기 사이좋게 지내게 되었다, 확정. 사콘지 양이 나나야 군에게 무언가를 의논하고 있다, 미확정. 사콘지 양은 나나야 군을 마음에 들어한다, 확정. 아니, 좋

아한다, 확정. 사콘지 양이 나나야 군에게 하고 있는 의논 내용,
불명.

정말이야? 정말로 불명이라고 하면서 넘어갈 거야? 토우카.
진심을 확실하게 따져봐. 시치미를 뗄 거라면 좀 더 확실하게
문제를 내줄까? 카미조 토우카.

팍팍 들이대는 갸루인 사콘지 비와코 양이 요즘 갑자기 사이
가 좋아진 데다 좋아하게 되기까지 한 남자애와 의논하고 있는
내용은? 의논하고 있다는 것 자체는 미확정이지만, 그것과 비
슷한 회담을 진행하고 있는 걸로 한다. 자, 대답해라! 카미조 토
우카!

후후후, 으스대며 문제를 내고 있는 것 같은데, 한 가지 누락
시킨 게 있어, 또 다른 나.

나나야 군이 동경하는 사람이 사콘지 양이다.

미확정!

그래! 미확정이야! 미확정이라고!

나 같은 건 내팽개치고 사콘지 양만 신경 쓰고 있는 나나야 군
이 타임 리프를 하면서까지 11년 동안 일편단심으로 호의를 품
고 있을 정도로 동경하던 여자가 누구일까?! 그 답이 사콘지 양
이라는 건 아직 정해진 게 아니니까!!

그렇지? 또 다른 나?!

"저기, 이제 우리 차례거든? 안 살 거야?"

"어?! 아, 응, 살 거야!"

좀 전까지 줄 뒤쪽에 있는 줄 알았는데, 어느새 선두에 서 있

었다. 내가 얼마나 혼자서 생각에 잠겨 있었던 거지? 나 자신이 두렵다. 아무튼 일단 이 생각은 그만하기로 하자.

"오, 젊은 아가씨가 오다니 신기하네. 서비스로 양념을 더블로 넣어주지."

"카미조 토우카, 더블이라는 게 뭐야?"

"섞을 양념을 많이 넣어주신다는 거야. 감사합니다, 아저씨. 그럼 중간맛 두 개 주세요."

"그래!"

들고 있던 국자를 큼직한 그릇 가장자리에 깡깡, 부딪혀서 소리를 연주하는 노점 아저씨. 그 앞에는 다양한 양념이 페트병에 담긴 채 가로로 쭉 늘어서 있었다. 아저씨는 국자로 재주도 좋게 양념을 퍼서 하나씩 효능을 설명해주며 리드미컬하게 그릇에 담아나갔다.

"왠지 노래를 듣고 있는 것 같아서 재미있는데."

"그렇지? 장사 타령이라는 거야. 이것도 재미 중 하나지."

그릇에 담긴 양념이 멋지게 뒤얽히고, 섞이고, 예쁜 단풍색이 되었다. 아저씨는 그걸 시치미라고 적힌 돈 봉투처럼 생긴 손바닥 크기의 종이봉투에 채운 뒤 하나씩 비닐봉지에 담아주었다.

"자, 두 개니까 2천엔이야."

"네. 감사합니다."

나는 천엔 지폐를 두 장 꺼내서 아저씨에게 건넸다.

"고마워. 그럼 이게 아가씨 거고, 이게 금발 아가씨 거야."

"아니, 비와는 안 샀으니까, 둘 다 얘 거거든?"

"아, 그거 원래 사콘지 양에게 주려고 산 거니까 받아."

"어?"

"같이 줄을 서준 보답. 뭐, 시치미를 잘 못 먹는다면 할머님이나 부모님께 드리고."

"아니, 비와가 먹을게! 고, 고마워!"

"벼, 별말씀을."

이렇게 기뻐해줄 줄은 몰랐다. 시치미토가라시를 좋아하나? 그럼 미리 말하지, 취향에 맞게 주문했을 텐데.

기뻐하는 모습은 역시 여고생 그 자체다.

시치미가 들어 있는 비닐봉지를 들고 원래 있던 초코 바나나 가게 쪽으로 돌아가려던 참에 사콘지 양의 휴대폰이 울렸다.

"아, 나나노스케네."

"어?!"

"아마 급하게 일어났겠지, 빵 터지네. 네, 나나노스케? 일어났어? 너는 진짜……, 뭐? 주위가 시끄러워서 잘 안 들린다고? 귀찮게 하는 녀석이네."

사콘지 양은 몸짓으로 내게 양해를 구한 다음 사람들이 별로 없는 쪽으로 멀어져갔다.

어? 방금 그 커플 같은 느낌은 뭔데?

아니, 내 전화는 안 울렸거든?

일어나서, 나한테는 전화를 안 하고, 제일 먼저 사콘지 양에게……

어째서냐고……. 지각 보고는 직속 상사에게 하는 게 사회인의 상식이잖아.

———꼴사납네. 계속 상사와 부하 관계를 이유로 들기나 하고. 이러니까 다른 매력적인 여자에게 그의 마음이 쏠리는 거지.

결국 역사를 바꾼다는 대규모 스펙터클 스토리는 나와 인연이 없었던 거야.

누군가의 마음을 움직이는 건 간단히 해낼 수 있는 일이 아니다. 그런 건 잠깐만 생각해봐도 금방 알 수 있는데. 동경하는 사람에 대한 마음은 바꿀 수가 없다.

11년 동안 계속 품어올 정도로 강한 마음이니까.

———그건 내가 제일 잘 알고 있다.

주위가 천천히 어두워지기 시작하고 있었다. 하늘은 밝고 아름다운 색을 보인다. 이런 밤은 불꽃놀이가 예쁘게 보일 것 같다.

어느새 통화를 마친 건지, 사콘지 양은 노점 그늘에서 두 남자와 이야기를 나누고 있었다.

아, 멀리 있어서 금방 알아보진 못했는데 잘 살펴보니 어제 바비큐장에서 알게 된 두 사람이다.

그중 한 명이 갑자기 사콘지 양의 팔을 붙잡았다. 보아하니 약간 억지스럽게 구는 것 같은데, 사콘지 양이 계속 미소를 짓고 있으니 괜찮겠지.

그러니까 저게 노는 사람들의 커뮤니케이션이라는 거다. 인기가 많은 여자는 역시 다르네.

내가 알고 있던 세계와는 다르다.

계속 자신을 억누르며 혼자 살아온 내가 알고 있던 세계와는.

나는 혼자 걸어가기 시작했다.

평소와 마찬가지로 혼자.

나는 뭐 하고 있는 걸까———.

나는 이런 곳에서———.

"그만해."

뭘 하고 있는 걸까.

나는 남자들 앞에 서서 그들을 강한 눈빛으로 보았다. 그리고 사콘지 양의 손을 잡았다.

"어라, 토우카잖아. 그, 우리 어제 만났던 히라이하고 이이지마야. 왜 그렇게 무서운 표정을 짓고 있어? 아, 혹시 뭔가 착각한 건가?"

"맞아, 토우카. 우리는 그냥 비와코에게 불꽃놀이를 같이 보러 가자고 했을 뿐이야. 토우카도 같이 가자. 사람이 잘 안 오는 숨겨진 명소를 알고 있거든."

"어떻게 그런 명소를 알고 있는데요? 여기 사는 사람이 아니라 여행하러 왔다고 했죠?"

"어, 아, 그건, 그거야. 노점 아저씨에게 들었어. 안 그래? 이이지마."

"맞아, 맞아."

남자는 사콘지 양의 팔을 놓고 동요하는 모습을 보였다.

"가자, 사콘지 양."

그 틈을 타서 나는 재빨리 사콘지 양의 손을 잡고 그들에게서 등을 돌린 뒤 걸어가기 시작했다.

"자, 잠깐만, 카미조 토우카……?"

그녀도 당황한 듯이 말하면서 내 손을 잡고 그 자리를 떠났다.

"싫으면 싫다고 말해야지."

"어?"

"무서우면 확실하게 무섭다고 말해야 해."

"…………응."

난 정말 뭐 하고 있는 걸까.

시시한 질투로 자기합리화를 하면서 보고도 못 본 척하려 했다. 한심하다.

미소를 짓고 있으니까 괜찮기는 무슨.

누가 어떻게 봐도 불안한 마음에 짓눌린 듯한 억지 미소였잖아.

노는 사람들의 커뮤니케이션은 무슨.

그녀는 아직 고등학생, 어린애야.

내가 모르는 세계는 무슨.

나 같은 것보다 훨씬 모르는 세계가 더 많은 어린애를 지켜주는 게 어른의 역할이잖아!

내가 언제부터 그렇게 한심한 어른이 된 거지?

"잠깐만 기다리라고, 토우카~. 왜 그렇게 화를 내는 건데~. 우리는 딱히 흑심 같은 게 없거든?"

남자들이 쫓아왔다.

뻔뻔하기는.

어른이라면 사콘지 양이 무서워한다는 것도 알고 있었을 텐데. 그야 그렇겠지. 친구들이 잔뜩 있던 자리와는 달리 혼자 있을 때, 어제 막 알게 된 어른 남자 두 명이 다그치면 당연히 무서울 거야. 게다가 억지로 팔까지 잡고. 그녀라면 가벼워 보이니 괜찮을 거라 생각했나? 여고생 상대로 나이 먹은 어른이 할 짓은 아니다.

"흑심이 없다면 왜 다른 멤버들하고 합류하자는 제안을 하지 않았던 거죠? 남자가 있으면 안 되는 이유라도 있나요?"

"아니, 그건, 아하하……."

"야, 히라이, 이제 됐어. 귀찮네~. 납치해버리자."

한순간 이해하지 못한 그 단어를 듣고 나는 핏기가 가신 상태에서도 곧바로 사콘지 양의 손을 잡고 뛰어가기 시작했다.

아차. 진짜로 위험한 사람이었다.

"쳇! 야, 쫓아가자!"

"그래~."

갑자기 바뀐 그들의 눈빛에서는 뭔가 오락을 즐기는 듯한 기색이 보였다.

사콘지 양이 뛰어가면서 말했다.

"생각났어. 역시 저 녀석들 작년 축제 때도 있었거든. 여자애를 데리고 떠들어댔어."

"애초에 여기 사는 사람이었던 거구나."

대충 보아하니 해마다 이 축제에 오는 여자 관광객을 노리고 꼬셔대는 녀석들이겠구나.

자신들도 여행 왔다고 했던 건 경계심을 약하게 만들기 위해서겠고. 사람은 처음 만난 사람과 공통점이 많을수록 친근감이 강해진다고 한다. 잔머리가 잘 돌아가는 모양이다.

하지만 여기 사는 사람이라면 지리를 잘 파악하고 있을 테니 골치 아프다. 반대로 우리는 회장이 너무 넓어서 경비원이 어디 배치되어 있는지조차 모르는 상태.

일단 어떻게든 사람들 사이로 숨어서 그들을 따돌릴 수밖에 없다.

어딘가 숨을 수 있는 곳에서 숨을 돌린 다음에 누군가에게 연락을 할까.

오니키치 군⋯⋯, 아니, 그의 곁에는 나오가 있다. 더 이상 어린애들을 휘말리게 하고 싶지 않다.

경찰을 부른다 해도 이렇게 사람이 많은데 우리를 찾아낼 때까지 시간이 얼마나 걸릴지.

그렇다면⋯⋯, 나나야 군.

아니, 그와는 어떤 약속을 했다.

선거 날, 나나야 군은 나오를 지키기 위해 다른 반 남자애에게 손을 대버렸다.

그의 강한 정의감으로 인한 행동이라는 건 이해하고 있다. 하지만 두 번 다시 그런 짓을 하게 만들고 싶진 않다. 나나야 군도 내 말을 받아들여 주었고, 두 번 다시 누군가에게 폭력을 휘두르지 않겠다고 맹세해 주었다. 하지만 지금 상황을 알게 되면 어떻게 될까. 누구보다 친구들을 생각하는 그가 알게 된다면.

그러니 역시 나나야 군도 휘말리게 할 수는 없다.

나는 뒤쪽을 경계하며 생각에 잠겼다.

사람들을 이리저리 지나치며 뛰어가다 보니 노점이 끊기는 부분이 보였고, 큰 주차장이 나타났다. 그 안쪽은 일반 길로 이어지는 계단이다. 축제 회장은 일반 길과 거기보다 좀 낮은 호숫가, 이렇게 두 층으로 나뉘어 있다. 메인 회장은 우리가 있는 아래쪽 회장이니 일반 길로 가면 사람이 별로 없지만.

"이쪽!"

나는 일부러 사콘지 양을 부르며 계단을 올라갔다.

"허억, 허억……."

일반 길로 나가자 사콘지 양이 무릎에 손을 댄 채 숨을 헐떡이고 있었다. 역시 이렇게 사람이 많은 곳에서 유카타 차림으로 뛰는 건 체력을 꽤 많이 소모한다. 내 어깨도 자연스럽게 들썩이고 있었다.

"사콘지 양, 괜찮아?"

"응…… 으엑, 저 녀석들, 아직도 쫓아오거든?"

계단 위에서 주차장을 내려다보니 두 사람의 모습을 확인할 수 있었다. 저 사람들도 우리를 놓치면 골치 아파질 거라 생각한 모양이었다. 아니면 엄청나게 여자를 좋아하거나. 어찌 됐든 자포자기한 사람만큼 무서운 건 없다. 좀 힘들긴 하지만…….

"사콘지 양, 아직 뛸 수 있어?"

"응……!"

"숨을 수 있는 곳을 알고 있으니까 따라와."

"알았어!"

우리는 자기 몸에 채찍질을 하며 다시 다리를 움직였다.

아래쪽 회장은 지면이 흙이었지만, 아스팔트로 포장된 일반 길은 좀 전보다 다리에 걸리는 부담이 더 크다. 내일은 근육통에 시달릴 것이다. 하지만 근육통에 걸리더라도 옆에 있는 애가 안심하고 내일을 맞이할 수 있게끔 온 힘을 다해야지.

우리가 향한 곳은 낯익은 산길. 아스팔트가 끊긴 이 길에는 노점도 없고, 인기척도 없다. 그리고 그곳에서 이어져 있는 것은 어젯밤에 왔던 돌계단이다.

"여기를 올라가는 거야……?"

불만스러운 듯이 인상을 찌푸리는 사콘지 양.

여기로 오는 동안 남자들은 우리를 놓친 건지 따라잡지 못했다. 더 이상 도망쳐다니는 것도 체력적으로 힘들다. 상대방은 어른 남자다. 스태미나 차이로 따라잡히기 전에 숨어야 한다.

나는 말없이 그녀의 손을 잡고 돌계단을 올라갔다.

◆

"이런 곳이 있었구나. 몰랐네."

"어머, 그래? 너희 할머님께서 가르쳐주셨는데."

나와 사콘지 양은 작은 사당 뒤에서 조용히 숨어 있었다. 사당을 받치고 있는 석제 토대에 걸터앉은 채, 나는 옆에 앉아 있던 사콘지 양에게 대답했다.

"왜 이런 곳을 알려 준 거야? 그냥 낡은 신사잖아."

"이 안쪽으로 가면 말이지, 탁 트인 곳이 있고 거기에서 호수가 잘 보여. 불꽃놀이도 예쁘게 보이는 숨겨진 명소래."

나는 눈앞에 펼쳐진 수풀을 손가락으로 가리키며 말했다.

"할머니가 그런 곳도 알고 있었구나. 로맨티시스트라 빵 터지거든?"

"할아버님하고 추억이 있는 곳이라던데."

"흐음~, 축제를 싫어하는 할아버지가 말이지. ⋯⋯⋯⋯⋯근데 있잖아, 축제, 와줘서 고마워."

예상하지 못했던 말이었기에 나는 약간 허를 찔렸다.

"⋯⋯별말씀을. 갑자기 왜 그러는데?"

"아니, 비와는 해마다 이 축제에 할머니랑 왔는데. 역시 유명해서 사람이 많잖아? 해마다 할머니가 피곤해하는 기색이 보여서 말이지. 기운차게 보여도 역시 무리하면서 같이 와주는구나, 그런 생각이 들었거든. 그리고 할아버지는 고집이 좀 세잖아? 그래서 올해는 같이 와줄 사람이 있어서 기뻤던 거야."

"그렇구나⋯⋯. 기뻐해주니 잘 됐네."

아무래도 이 애는 다른 사람을 확실하게 관찰하고 있는 모양이다. 그리고 배려도 잘 해주는 애다.

사콘지 양이라면 나나야 군과 잘 해나갈 수 있을 것이다.

"이 상황이 진정되면 안쪽 광장에서 나나야 군이랑 불꽃놀이를 보도록 해. 두 사람에게 좋은 추억이 될 테니까. 불꽃놀이가 시작되기 전까지 저 남자들이 포기해주면 좋겠는데."

"빵 터지네. 왜 나나노스케하고 둘이서 봐야 하는 건데. 여자 친구도 아니고."

"어?"

"어? 뭐가? 비와가 무슨 이상한 소리 했어?"

"아니, 나나야 군을 좋아하잖아? 아, 혹시 아직 정식으로 사귀자고 하진 않았다는 거야?"

"응? 아니, 아니, 좋아한다는 건 친구로서 그렇다는 거거든?"

"어어?! 그런 거야?!"

"잠깐, 목소리가 너무 크잖아?!"

그녀가 급하게 내 입을 막았다.

"미, 미안해. 내가 착각을 좀 했던 모양이라……. 그, 그래도 요즘은 꽤 친하게 지냈잖아."

"그건……."

"그건?"

사콘지 양이 갑자기 얼굴을 붉게 물들이기 시작했다.

"의논을 했거든."

역시……. 나오가 한 말이 맞았다. 역시 나나야 군의 소꿉친구. 하지만 중요한 건 내용이다. 대체 무슨 의논을———.

"저기, 의논한 내용은 말해줄 수 없어?"

"…………."

그렇겠지, 다른 사람의 고민을 함부로 파헤치려 하다니, 바람직한 일이 아니다.

"미안해. 이상한 말을 해버려서."

"⋯⋯⋯⋯사, 사이좋게 지내고 싶어."

"⋯⋯? 나나야 군이랑? 꽤 사이가 좋은 것 같은데?"

"아니야! 카미조 토우카⋯⋯, 아니, 토우카랑 사이좋게 지내고 싶다고!"

"나?!"

너무 뜻밖의 대답에 나는 내 귀를 의심했다. 의심했다고 해야하나, 아마 잘못 들었을 것이다. 다시 한번, 확실하게 물어보자.

"나랑⋯⋯, 사이좋게 지내고 싶어?"

"응!"

엄청 촉촉한 눈으로 바라본다. 얼굴은 새빨갛게 물들었다. 뭐야 이게, 귀엽잖아.

아니, 흥분할 때가 아니다.

아니, 아니, 이상하잖아. 그렇게 적의를 마구 드러내는 태도로 나를 계속 대해놓고.

애초에⋯⋯.

"너, 나를 싫어하는 거 아니었어?"

"저, 저기⋯⋯, 토우카 앞에만 서면 항상 긴장해버려서, 그런 태도로."

"츤데레냐고!"

"미안하다니까!"

어? 그럼 나하고 사이좋게 지내기 위해서 계속 나나야 군에게 의논했다는 거야? 아니, 앞뒤가 맞아버리네. 이러면 그가 집요하게 의논 내용을 내게 말하려 하지 않았던 이유도 이해가 되어버리고. 퍼즐 조각이 맞춰져서 단 하나의 진실이 드러나 버리잖아. 아, 탐정 일을 다시 시작해야겠네.

하지만 납득이 안 된다.

납득이 안 되는 게 한 가지 있다.

"아니, 너, 그때!"

"그때?"

"초등학교 때! 덩치 큰 남자 선배가 밀쳐서 내가 손을 내밀어 주었고, 그래서 전학 온 직후였던 내가 친구도 없어서 너한테 말 걸었잖아!"

"어? 같은 초등학교를 다녔던 것도 기억하고 있는 거야?!"

기억하고 있다. 당연히 기억하고 있다. 잊을 수가 없다.

"당연하지! 오히려 네가 잊고 있는 거 아니야?! 내가 그때 용기를 쥐어짜 내서 말했잖아, 친구 되자고! 그랬더니 네가 뭐라고 했는지 알아?!"

"……그, 그랬나?"

"역시 잊어버렸네! 너 말이야, 너처럼 무서운 여자하고 누가 친구가 되겠냐고! 그렇게 말했거든?! 그게 트라우마가 되어서 너랑 고등학교에서 다시 만났을 때도 계속 네가 껄끄러웠다니까!"

"아, 아~, 그랬구나……, 미, 미안하거든."

"설마 그것도 츤데레 같은 짓이었다고 하진 않겠지?"

"기억이 안 나거든……, 분명 그랬을 거야. 왜냐하면 내가 토우카를 동경하기 시작한 게 그때였으니까. 아마 토우카가 너무 멋있어서 당황해버렸던 것 같아."

"정말……, 그, 그렇게 멋있다고 칭찬해봤자 이미 늦었단 말이야."

지금까지 내가 해온 마음고생은 뭐였던 걸까. 그녀에게는 7, 8년 정도겠지만, 나는 20년이 지났다고, 정말.

"그래도 말이지, 비와는 나나노스케에게 이것저것 도움을 받았고, 나나노스케가 엄청 진지하게 생각해 주었고, 그런데 비와는 항상 헛발질만 하고, 이대로 가다간 안 될 것 같아서, 그래서 나나노스케를 위해서라도 노력해야겠다고 생각했어."

사콘지 양은 나를 똑바로 보았다.

"토우카, 초등학교 때 구해줘서 고마워. 좀 전에도 비와가 곤란해하고 있다는 걸 눈치채줘서 기뻤어. 엄청……, 멋있었어. 그러니까……, 비와하고————, 친구가 되어줬으면 하거든!"

힘찬 눈빛으로.

이렇게 귀여운 여자애가 꼬시고 있으니 나는 이렇게 대답할 수밖에 없을 것이다.

"물론이지, 사콘지 양."

처음으로 그녀에게 진심으로 웃는 모습을 보여줄 수 있게 된 것 같았다.

사람은 어째서 이렇게 엇갈려버리는 걸까.

"가능하면 비와코라고 불러줬으면 좋겠거든."

"그럼 나도 그렇게 이름으로 불러줘. 우리는 같은 학년이니까, 비와코."

"응! 토우카!"

그래도 그런 엇갈림이야말로 우리가 인간이라는 증거이며, 고민하고, 상처를 입으면서 성장해나가는 것이다.

"그건 그렇고 할머니에게 불꽃놀이의 숨겨진 명소를 알아내다니, 토우카는 혹시……."

"어?!"

이런, 내가 나나야 군을 좋아한다는 걸 들켰나! 생각해보니 나는 변명도 할 수 없을 정도로 비와코에게 힌트를 많이 줘버렸다. 그녀는 머리가 좋다. 역시…….

"꽤 소녀틱한 거야?"

"세이프! 아니, 세이프가 아니잖아! 누가 소녀인데!"

"어? 아니야?"

"아니라고! 로맨티시스트라고 불러줘!"

"소녀틱한 거나 로맨스티스트인 거나 마찬가지 같거든."

"애초에 너희 할머님께서 알고 계시니까 너도 그 로맨티시스트의 피를 물려받았다고."

"꺄하하하하, 그렇긴 하지~. 토우카는 머리가 좋네."

아, 안 되겠다, 얘, 나오하고 똑같은 냄새가 나. 말싸움을 하게 되면 이길 수 없는 타입이다. 내가 멋대로 자폭해서 너덜너덜해지는 미래가 보인다.

"그래도 말이지~, 할머니는 이해가 되는데, 할아버지도 추억이 있는 장소라는 게 진짜로 상상이 안 되거든."

"그래? 말재주가 없고 고집이 센 분이시라 오히려 1년에 한 번 있는 날은 소중히 여기지 않으셨을까?"

"뭐야 그게, 칠석 같아서 빵 터지네. 왠지 그렇게 생각하니 할아버지가 귀여운 것 같거든?"

"그러게……, 할아버님께서는 할머님의 견우일지도 몰라."

나는 하늘을 올려다보았다.

어제와 마찬가지로 알타이르는 반짝반짝 빛나며 우리를 비추고 있다.

"토우카도 언젠가 견우 같은 사람하고 이곳 안쪽에서 불꽃놀이를 볼 수 있으면 좋겠네."

"응. 그래도 나는 견우 같은 사람은 좀 싫은데~."

"어라? 소녀틱한데도?"

"소녀틱하다고 하지 마."

견우를 1년 동안 계속 기다리는 직녀도 로맨틱해서 멋지긴 한 것 같다. 거리나 시간이라는 장벽이 있는데도 불구하고 계속 서로를 생각하는 두 사람에게는 진실된 사랑이 있을지도 모르겠다.

"하지만……, 하지만 나는 역시 좋아하는 사람하고는 항상 함께 있고 싶어. 곁에 있어줬으면할 때 곧바로 달려와 주는……, 나는 견우보다는 그런 나만의 왕자님이 좋아."

꽤 진지하게 말한 것 같은데 3초 정도 대답이 들리지 않았기에 나는 옆을 보았다.

비와코가 얼굴을 새빨갛게 물들이고 있었다.

"너, 너, 용케도 그렇게 부끄러운 말을 하는구나. 왕자님이라니……."

"어? 여자애라면 다들 동경하잖아? 왕자님."

"응, 초등학생 때까지는."

"초등학생 때까지?!"

"너는 이제 고등학생이거든?"

사실은 고등학생을 넘어서 어른인데요! 그러면 안 되는 거야?!

"토우카는 엄청나게 미인인데 남자친구가 없는 이유를 알겠거든? 요즘 세상에 그렇게 고풍스럽고 순수한 남자가 있을 리가 없잖아."

요즘 세상?! 방금 말한 요즘 세상으로부터 11년이나 지난 미래에서조차 나는 그렇게 생각했는데!

"저기 말이야, 토우카. 왕자님이라는 건 동화에 나오는 사람이야. 현실에는 존재하지 않는다고."

"있거든! 왕자님 있거든!"

"여기는 일본이거든? 애초에 왕자라는 지위가 없거든? 황태자거든?"

"논리적 갑질! 그런 걸 논리적 갑질이라고 하는 거야!"

"논리적 갑질……?"

"앞으로 일본은 다양한 갑질을 문제시하게 되니까! 지금부터 조심하는 게 좋을 거야! 비와코!"

"빵 터지네. 무슨 말을 하는 건지 이해가 잘 안 되거든?"

젠장……, 이 갸루 녀석. 괜히 머리만 좋아서 정론을 들이대고 있네. 뭔가 반론할 만한 소재가 없을까……, 그렇게 머리를 감싸 쥐고 있자니 사당 반대쪽, 돌계단 쪽에서 타악, 돌멩이를 걷어찬 듯한 소리가 들렸다.

나는 곧바로 비와코에게 눈짓을 한 다음 입을 다물었다. 그녀도 상황을 파악한 건지 고개를 끄덕였다.

소리가 점점 커졌고, 그게 환청이 아니라 누군가의 발소리라는 걸 확신하게 해주었다.

나는 순간적으로 구해줄 사람이 온 건가 하는 희망을 품었지만, 그 희망은 완전히 산산조각 났다.

"쳇……, 그 여자들은 어디 간 거야?"

여기 사는 사람이라면 이곳을 알고 있을지도 모르겠다는 가능성을 우려하긴 했지만, 안타깝게도 쓸데없이 들어맞아 버린 모양이었다.

발소리의 간격과 목소리를 들어보니 혼자 온 모양이었다. 둘 중 어떤 남자인지는 굳이 알 필요도 없다.

어둑어둑한 신사. 사당 안쪽은 빛도 없어서 시야에 들어오지 않을 것이다. 소리를 내지 않고 조용히 있으면 그냥 지나칠지도 모른다.

1초, 2초……, 심장 고동 소리와 함께 시간이 천천히 흘러갔다.

"역시 이런 곳에는 없으려나~."

남자의 목소리가 작게 들렸다.

다행이야……, 안 들켰구나———, 그렇게 안심한 순간.

유카타 품속에 넣어두었던 스마트폰이 진동하며 크게 멜로디를 울렸다.

아차———. 소리를 끄는 걸 깜빡했다.

나는 곧바로 스마트폰을 확인하고는 통화 버튼을 눌렀다.

오빠다. 하필이면 이럴 때……!

하지만 이대로 끊으면 다시 곧바로 전화를 걸지도 모른다.

『토우카니? 여행 갔다가 내일 몇 시쯤 돌아온다고 했지?』

"오빠, 지금 그런 걸 따질 때가 아니야! 다시 연락할 테니까 전화 걸지 마. 절대로!"

작은 목소리로 그렇게 말한 다음 전화를 끊었다. 곧바로 소리를 끈 다음, 나는 스마트폰을 품속에 넣었다.

남자가 계단을 내려가기 시작했다면 아슬아슬하게 들키지 않았을지도 모른다.

물론 그렇게 형편 좋게 일이 풀릴 리도 없었기에.

"찾았다~."

"비와코, 저쪽!"

나는 곧바로 비와코의 어깨를 두드리며 남자가 나타난 곳 반대쪽으로 뛰어가기 시작했다.

사당을 빙 돌아 돌계단이 있는 쪽으로 나갔다. 뒤에서 남자가 쫓아왔다.

"토우카, 어떻게 할 거야?!"

"어쩔 수 없지, 계단을 내려가자!"

그렇게 말하면서 돌계단 쪽으로 가려 했지만, 곧바로 멈춰 서 버렸다.

계단 너머로 선글라스를 걸치고 있는 단발머리가 보였기 때문이다.

"여, 히라이, 오래 기다렸지~."

포위당했다.

나는 비와코만이라도 지키기 위해 그녀 앞을 막아선 채 천천히 물러섰다. 하지만 사당 뒤쪽에서는 보브컷 남자, 히라이가 거리를 좁혀오고 있었기에 사당을 등진 채 도망칠 곳을 잃게 될 수밖에 없었다.

"토우카, 비와코, 너무 번거롭게 하지 말라고~. 어제 그렇게 사이좋게 지냈었잖아~."

"그때는 이렇게 쓰레기 같은 남자일 줄은 몰랐으니까."

나는 온 힘을 다해 욕설을 내뱉었다. 최대한 내게 어그로를 끌어서 비와코가 도망칠 수 있는 빈틈을 만들어야 한다.

"이거 봐, 그래서 고등학생은 그만두자고 했던 거라고. 아직 어린애라 많이 놀았던 바보 같은 여자들이랑은 다르게 경계심이 강하다니까."

"뭐, 그렇긴 한데 말이야. 이 두 명을 보라고. 엄청 괜찮은 여자인 데다 피부도 탱글탱글해서, 20대하고는 전혀 다르단 말이지. 그리고 이렇게 세상 물정을 모르고 반항하는 꼬맹이들을 조용히 만드는 게 더 흥분되지 않냐?"

"그렇긴 하지."

인기척이 없는 곳에 온 게 실수였는지, 이제 물러설 곳이 없는 남자들이 본색을 드러냈다.

"넌 어느 쪽이 더 좋은데?"

"아니, 너는 이미 흑발 쪽으로 마음을 먹고 있잖아? S 같고

253

기가 센 여자를 좋아하잖아, 너."

도저히 어른이 할 이야기가 아닌 것 같다. 소름이 돋는다. 하지만 이게 현실이다. 다른 사람의 아픔을 모르는 이기적인 사람은 어느 시대에도 일정 이상 있는 법이다.

이렇게 궁지에 몰아넣었으니 여유를 부리는 모양이었다. 그들은 초조해하지도 않고 우리 쪽으로 다가왔다.

뒤에서 겁을 먹은 게 느껴졌다. 그 연약한 소녀의 모습을 보니 눈앞에 있는 남자들에 대한 분노를 억누를 수가 없을 것 같았다. 하지만 냉정함을 잃는 것이 가장 큰 실수다.

계단으로 통하는 길은 이이지마가 막아서고 있다. 그 약간 오른쪽에 히라이가 있다.

왼쪽 루트라면 아슬아슬하게 도망칠 수도 있을 것 같다. 가운데에 있는 이이지마의 반응을 조금이라도 늦출 수 있다면…….

나는 비와코의 손을 잡고 남자들에게서 눈을 떼지 않은 채 말했다.

"비와코……, 내가 신호를 보내면 뛰어. 곧바로 계단을 내려가는 거야."

"어?"

"알겠어? 주저하지 말고."

"으, 응……."

이이지마가 히라이보다 한 발짝 앞으로 몸을 내밀었다. 그 순간, 나는 들고 있던 비닐봉지에 다른 쪽 손을 집어넣고 재빠르게 종이봉투를 뜯었다. 그리고 있는 힘껏 시치미토가라시를 쥐고는 곧바로 이이지마의 눈을 향해 내던졌다.

"······윽! 아얏! 젠장, 이게 뭐야! 끄아아악, 아파!"

"지금이야! 비와코! 뛰어!"

우리는 계단을 향해 뛰어가기 시작했다. 그러자 오른쪽에 있던 히라이가 쫓아오려 했다. 나는 곧바로 히라이의 얼굴에도 시치미토가라시 산탄총을 날려주었다.

"으윽! 젠장, 눈이!"

계단에 도착하자 나는 계단을 등지고 멈춰 섰다.

"비와코! 내려가!"

"토우카는?!"

"됐으니까 가!"

"그래도!"

"가라고!!"

나는 마치 말을 안 듣는 부하를 혼내듯 소리쳤다.

비와코는 입술을 깨물고는 아래쪽을 향해 계단을 뛰어내려 갔다.

"이 자식······."

먼저 시야가 회복되었는지 이이지마가 새빨개진 눈으로 나를 노려보았다.

이만큼 어그로를 끌었으니 이제 비와코는 도망칠 수 있을 것이다.

시치미토가라시는 손에 느껴지는 감촉으로 보아 절반 정도 남았나? 가능하면 먹을 분량도 남겨두고 싶은데.

하지만 상대방을 얕보고 있었다. 생각보다 긴 다리를 이용해 시치미토가라시를 비닐봉지째로 걷어차 버렸다. 계단을 몇 개 정도 미끄러져 떨어진 봉투 안에서 적갈색 가루가 쏟아졌다.

그러던 와중에 히라이도 통증이 가셨는지 계단 너머를 보며 움직이려 했다. 하지만 이이지마가 말렸다.

"됐어! 저 금발은 내버려둬. 이 녀석을 엉망진창으로 해주자고."

이제 인간이라 부를 수 없는 모습이 되었다.

자, 어떻게 할까.

시간을 벌 생각이었지만, 시치미토가라시를 잃게 될 경우는 생각하지 못했다. 지금부터라도 도망칠까……, 아니, 이대로 계단을 내려가려 하더라도 금방 붙잡힐 것이다. 이미 다리가 한계다. 축적된 피로가 바위처럼 몸을 무겁게 짓누르고 있다.

뭐, 그래도 목적은 달성했으니까 잘된 거라고 생각하자.

그녀와는 달리 나는 어른이다.

무슨 짓을 당하더라도 나중에 법적 수단을 써주지.

만에 하나를 대비해 스마트폰의 녹음 기능을 켜둘까.

그럴 여유는 없으려나…….

좀비 같은 움직임으로 두 남자가 나를 포위하며 한 발짝, 다시 한 발짝 다가섰다.

이렇게 천박한 남자들은 내가 지금까지 맞닥뜨려왔던 벽과 비교하면 아무것도 아니다.

사회에 나간 뒤로 몇 번이나 괴로운 일을 겪어왔다.

부조리한 일이 생겨도 고개를 숙이고, 일 때문에 사생활도 바쳤다.

부하의 실수도 전부 자신의 미숙함이라며 받아들이고, 책임을 뒤집어써 왔다. 그 행동을 후회하진 않는다. 왜냐하면 그렇게 한 만큼 그들은 내게 확실하게 보답해 주니까. 성장이라는 형태로 보답을 해주니까.

──기운이 나는 미소를 보여주니까.

아, 어째서일까.

어째서 그 미소가 머릿속에 떠오르는 걸까.

티 없고, 순수하고, 그러면서도 자상한 그의 미소가.

괜찮아.

딱히 손을 좀 댄다고 해도 신경 안 써.

상처를 좀 입는다고 해도 별것 아니야.

내가 누군 줄 알아?

완전무결한 카미조 과장이라고.

지켜야 할 것을 지켜냈으니 무서울 게 없다고.

그러니까…….

무서워───. 무섭다고…….

구해줘───, 나나야 군───.

"과장님!!"

뒤에서 내 어깨에 따스한 손이 닿았다. 그리고 큼직한 뒷모습이 내 시야를 가득 메웠다.

몇 번이나 봐온 뒷모습. 언제나 믿음직스럽지 못하고, 실수만 하고, 그래도 열심히 노력하고, 눈에 익은 뒷모습. 곁에 있으면 할 때, 언제나 금방 달려와 주는 그 뒷모습.

그리고, 말한다. 그때와 마찬가지로———.

"무사해서 다행이다."

단 한 명뿐인 내 왕자님이———.

제6장 ┃ 부하와 상사의 여름 추억

내가 깨어난 건 18시가 지났을 때쯤이었다. 붉은 저녁놀에 물든 맹장지문을 보면서 나는 멍하게 있었다.

아, 끝났다.

모두 함께 축제에 가기로 약속한 시간은 이미 예전에 지났다. 내가 대체 몇 시간이나 잔 건지 살펴보니 의외로 여덟 시간 정도. 그러니까 잠든 게 오전 10시 무렵. 새벽을 지나 오전도 거의 끝나갈 때쯤에야 뇌가 긴장보다 수면을 우선시한 것이다.

혼자 남겨져 쓸쓸한 분위기인 방에서 잠시 멍하니 있던 나는 이불을 갰다.

그리고 휴대폰을 바라보았다.

아, 이런 기분은 얼마 만일까.

아침에 깨어나서 시계를 보니 수업 시작 10분 전이었을 때의 공포. 완전히 똑같은 감각을 느끼자 손이 떨리기 시작했다.

안 되겠다……, 과장님에게는 전화를 할 수가 없어.

너무 무섭다. 이, 일단 세수라도 하면서 마음을 진정시킬까.

그렇게 생각하고 방을 나와서 세면실로 가다가 복도에서 비와코 선배의 할머니와 딱 마주쳤다.

"어라, 나나노스케 님, 일어나셨나요. 어젯밤에는 어지간히 힘을 쓰신 모양이네요."

"안 썼어요!"

"어라, 어라, 우후후, 그런 걸로 해둘까요. 다들 축제에 가셨는데, 지금 가면 불꽃놀이는 늦지 않게 볼 수 있을 거랍니다."

"네, 감사합니다."

할머니에게 인사를 한 다음 세수를 하고, 곧바로 세면실에서 다시 휴대폰을 보았다.

응, 역시 과장님에게는 전화를 할 수가 없다. 미안하지만 나는 도망치겠어. 왜냐하면 지금 나는 회사원이 아니라 고등학생이니까. 늦잠을 잤다는 보고를 굳이 카미조 토우카 선배에게 할 필요는 없다. 그냥 선배니까.

그래서 누구에게 전화를 할까 생각하다가 떠오른 적임자가 비와코 선배.

세면실의 작은 창문으로 스며드는 저녁놀도 약해지고 있었기에 나는 바로 전화를 하기로 했다.

뭐, 예상대로 비와코 선배는 화를 내지도 않고 빵 터지네, 빵 터지네라고 하면서 지금 있는 곳을 대충 가르쳐 주었기에 나는 준비를 하고 집을 나섰다.

어젯밤에 과장님과 산책을 한 덕분에 집을 나선 뒤에도 어느 쪽으로 가면 될지 확실히 알고 있었다.

회장에 도착하자 완전히 어두워졌고, 불꽃놀이를 보러온 사람들로 넘쳐나는 상태였다. 비와코 선배는 일반 길에 있는 노점이 아니라 계단을 내려가면 나오는 메인 회장 쪽 시치미토가라시 노점에 있다고 했지. 왜 시치미토가라시 노점에 간 건가 싶었는

데, 아, 과장님이었지 하며 금방 납득했다. 나는 호수를 내려다
보면서 계단을 내려가 늘어서 있는 노점을 둘러보며 시치미토
가라시라는 글자를 찾아보았다.

"아, 저기 있네."

의외로 인기가 많은지 사람들이 길게 줄을 서 있었다.

그래도 시간이 꽤 많이 지났으니 줄을 서 있진 않으려나.

"이상하네. 기다린다고 했는데, 어디에도 안 보여."

어쩔 수 없지, 다시 전화를 해볼까. 그렇게 생각하며 휴대폰
을 꺼낸 참에 멜로디가 울렸다. 너무 딱 좋은 타이밍이었기에
나는 약간 놀라면서도 접이식 휴대폰을 펼쳤다.

"유이토 씨……?"

유이토 씨가 내게 전화를 걸다니, 신기하다.

나는 곧바로 통화 버튼을 눌렀다.

"네, 시모노입니다."

『시모노 군, 갑자기 전화를 걸어서 미안해.』

"아뇨, 무슨 일이신가요?"

『혹시 긴급 상황일지도 모르니까 간단히 이야기를 할게. 너 지
금 토우카하고 같이 있지?』

토우카……? 토우카는 과장님이지? 어떻게 유이토 씨가 과장
님을 아는 거지?

"그, 그 토우카라는 게 카미조 토우카 씨 맞나요?"

『그래, 맞아. 카미조 토우카. 근처에 없어?』

"없어요. 오늘 축제에 왔는데요. 저만 늦잠을 자서 지금 혼자

있거든요."

『그렇구나……, 시모노 군, 냉정하게 들어줘. 아마 토우카는 지금 누군가에게 쫓기고 있을 거야. 아까 연락을 해봤는데, 그 때 상태가 이상했어. 목소리 톤이나 숨소리로 예상해보면 뭔가 문제에 휘말린 게 분명해.』

"네?! 과장님이요?!"

『과장님?』

"아, 아뇨, 저기, 그게, 토우카 씨 별명이거든요. 그건 그렇고 대체 무슨 말씀이세요, 유이토 씨."

유이토 씨는 평소와는 달리 진지한 목소리로 대답했다.

『나도 상황은 잘 몰라. 그래서 유일하게 연결고리가 있는 네게 연락한 거야. 그런데, 그렇구나, 같이 있는 게 아니구나. 시모노 군, 미안한데 토우카하고 합류해줄 수 없을까? 기댈 수 있는 건 너밖에 없어.』

"물론이죠! 과장님이 위기에 처했다면 바로 가겠어요. 그런데 좀 전에도 말씀드렸듯이 제가 늦잠을 자버려서 어디 있는지 짐작도 안 가거든요."

『그거라면 괜찮아. 토우카가 가지고 있는 스마트폰의 GPS와 연동되어 있는 어플을 내 스마트폰에 넣어두었어. 네가 지금 있는 곳을 알 수 있는 무언가를 가르쳐주면 거기부터 내가 길 안내를 해줄게.』

"아, 알겠습니다!"

『그리고 다른 친구들에게는 연락하지 말고. 누가 어떻게 얽혀 있는 건지 몰라. 벨소리가 울려서 불리한 상황을 만들어버릴 가능성도 크고. 실제로 내가 좀 전에 그렇게 해버린 것 같은데……, 아무튼, 서둘러 줬으면 해.』

"네! 그, 그런데……, 과장님의 스마트폰 GPS 기능하고 연동되어 있다니, 저기, 유이토 씨하고 과장님은……."

『뭐, 이런 상황에서 숨기는 건 디메리트가 너무 크겠구나. 말하지 않아서 미안한데, 나는 토우카의 오빠야. 시모노 군, 여동생을 부탁해!』

그렇게 나는 뜻밖의 타이밍에 경악스러운 사실을 알게 되었지만, 그것을 받아들일 틈도 없이 유이토 씨의 지시에 따라 과장님을 찾게 되었다.

◆

우수한 내비게이션 덕분에 나는 어떤 곳에 도착했다. 낯익은 계단.

『토우카는 그 신사에 있을 거야.』

"네, 유이토 씨. 아마 틀림없을 거예요."

누군가에게 쫓기고 있다면 과장님이 알고 있는 곳 중에서 이곳을 선택해서 숨는 것도 이해가 된다.

『어떤 문제가 발생했는지 몰라. 일단 통화를 끊을 테니까 신중하게 행동해줘. 네가 다치는 일이 없게끔 신경 써줬으면 해.』

"걱정해주셔서 감사합니다."

『내가 고맙다고 해야지. 무슨 일이 생기면 바로 연락해줘. 그럼 미안하지만 잘 부탁할게, 시모노 군.』

"네!"

나는 휴대폰을 주머니에 넣고 돌계단을 올라갔다.

대체 무슨 일이 있었던 거야, 과장님. 다른 친구들은 괜찮은가? 긴장감이 내 몸을 감쌌다.

그러자 위쪽에서 급하게 계단을 내려오는 여자애가 보였다.

"비와코 선배……?"

"……윽! 나나노스케!"

그녀는 나를 보자마자 눈물을 뚝뚝 흘리면서 나를 끌어안았다.

"무슨 일이 있었던 거예요! 비와코 선배!"

"토우카가! 토우카가!"

"진정하세요. 과장님은 지금 어떤 상황이죠? 오니키치랑 나오는요?"

내가 어깨를 살며시 붙잡자 어느 정도 진정이 되었는지 비와코 선배가 더듬거리며 설명해 주었다.

"그……, 어제 만났던 두 사람이……?"

"나나노스케, 얼른 가서 토우카를 구해줘!"

"알겠어요. 비와코 선배는 오니키치랑 나오에게 연락해서 합류해주세요. 만에 하나 위에 있는 녀석들에게 동료가 있다고 해도 오니키치가 같이 있다면 괜찮을 거예요."

"아, 알았어!"

"과장님은 제게 맡겨주세요. ──내가 반드시 지켜낼 거니까."

"나나노스케……."

나는 정상으로 향했다.

◆

이렇게 화가 난 건 인생에서 처음일지도 모르겠다.

돌계단을 끝까지 올라간 곳에 있는 신사 경내.

나는 과장님 앞에 서서 두 남자를 노려보았다.

"설마 당신들이 이런 어른이었다니, 지금도 믿기지가 않네요. 히라이 씨, 이이지마 씨."

"아, 시모노 군이라고 했던가? 그 덩치 큰 남자애가 오지 않아서 다행이야. 약해 보이는 쪽이 와서 말이지."

나는 어금니를 뿌득뿌득 악물었다.

그리고 과장님을 보았다.

무서웠을 텐데. 발치를 보니 발끝이나 복사뼈 쪽도 빨갛게 까졌다. 움직이기 힘든 유카타 차림인데도 필사적으로 도망쳤구나. 그리고 그 유카타 너머로도 알아볼 수 있을 정도로 그녀의 다리가 떨리고 있었다.

우리 뒤에는 바로 계단이 있다. 도망칠 루트는 우리가 확보하고 있지만, 이런 상태인 과장님을 도망치게 하더라도 오히려 위험할 것이다. 안 그래도 상대는 체격이 좋은 남자 두 명. 내가 당해버리기라도 하면 오기 전과 상황이 달라질 게 전혀 없다. 그래서 지금 내가 할 수 있는 건 과장님의 곁에 있는 것. 그리고…….

"히라이 씨, 이이지마 씨. 부디 이번에는 봐주실 수 없을까요."

고개를 숙이는 것이다.

창피나 체면 같은 것도 신경 쓰지 않고 고개를 숙인다.

자존심 같은 건 어찌 되든 상관없다. 정의감 같은 건 어찌 되든 상관없다.

이 사람만 지킬 수 있다면 어찌 되든 상관없다.

"시모노 군, 고개를 들어."

이이지마가 내 앞으로 와서 목소리 톤을 낮추고 말했다.

나는 그 말대로 고개를 들었다.

"크헉!"

그 순간, 이이지마의 주먹이 내 오른쪽 볼로 날아들었다.

"나나야 군!"

"괘, 괜찮아요, 과장님."

자세가 무너지긴 했지만, 정신을 잃을 정도는 아니다. 견딜 수 있다.

"네가 토우카의 남자친구야? 그럼 말이지, 제대로 교육을 해줬으면 하거든? 봐, 이 눈을 보라고. 얘가 우리에게 잘 알지도 못하는 시치미 같은 걸 던졌거든? 너무하지 않아?"

"죄송합니다."

"죄송하면 다가 아니잖아, 알겠어? 짜증 난다고!"

한 방 더. 이이지마가 다시 나를 때렸다.

"그만해!"

과장님이 앞으로 나서려 했지만, 나는 팔을 뻗어 말렸다.

"괜찮아요, 과장님. 저, 요즘 단련하고 있거든요."

"나나야 군…….'

입안이 찢어진 모양이다. 쇠 같은 맛이 퍼졌다.

그래도 서 있는 나를 옆에서 보고 있던 히라이가 수상쩍어하며 혀를 차고는 내 앞으로 와서 머리카락을 붙잡았다. 뿌리째 잡혀서 내 왼쪽 눈이 꼴사납게 치켜 올라갔다.

"아니, 시모노 군 말이야~, 뭐 하러 왔어? 공주님을 지키러 온 거 아니야~? 혹시 쫄아버린 거야? 싸움을 해본 적도 없나?"

"제가 때릴 생각은 없어서요."

"뭐어?!"

묵직한 소리를 내며 내 배에 히라이의 무릎이 세차게 파고들었다. 한순간 숨이 막혔지만, 그 직전에 복근에 힘을 주었기에 겨우 대미지를 최소한으로 억누를 수 있었다.

"약속했으니까……, 폭력으로 무언가를 해결하는 건 바람직하지 못하다는 걸……, 배웠으니까. 그러니까 나는 때리지 않을 거야."

"나나야 군, 혹시 저번에 이야기했던 거……, 이런 상황에서 고집을 부릴 게 아니잖아!"

"아뇨, 과장님, 고집을 부릴 거예요. 고집을 부려야죠. 왜냐하면 저는 어른이거든요. 지금 때리게 되면……, 이 녀석들하고 똑같아져요. 잘못을 저지른 두 달 전의 저와 똑같아져요. 그렇게 반성도 하지 않고 성장도 하지 않은 모습을 상사에게 보여줄 순 없죠. 저는 이 녀석들과는 달리 제대로 된 어른이니까!"

히라이가 내 머리카락을 놓고 짜증 난다는 표정을 지었다.

"너, 봐달라고 하고 싶은 거야, 아니면 도발하고 싶은 거야? 꼬맹이가 어른 행세를 하고 싶어 하는 건 이해가 되는데 말이지, 어른의 세계는 그렇게 어설프지 않다고. 알겠냐? 꼬맹이!"

그리고 좀 전에 무릎을 맞은 곳과 완전히 똑같은 곳을 이번에는 주먹으로 때렸다.

"으엑!"

역시 아프네.

너무 괴로워서 한심하게도 양쪽 무릎에 손을 짚어버렸다.

하지만 쓰러지진 않았다.

"남자 주제에 시시한 겁쟁이 녀석이네. 무서워서 때리지 못하는 것뿐이잖아. 고개를 숙이는 것 말고 할 수 있는 게 없냐?"

"뭐, 그렇죠. 제 필살기거든요. 사과하기."

"아~, 그러셔!"

내가 윗몸을 일으킨 순간에 스트레이트 펀치가 힘껏 날아들었다. 의식이 날아갈 뻔했다. 겨우 이를 악물고 의식을 유지했지만, 다음에는 이이지마의 주먹이 관자놀이로 날아들었다.

"원하는 대로 샌드백으로 만들어주마."

그럼에도 불구하고 나는 아슬아슬하게 버티며 땅에 무릎을 꿇지 않았다.

"그걸로 성이 풀린다면 마음껏 때리세요. 때려서 성이 풀리고 그냥 보내준다면 얼마든지 샌드백이 될 거야. 나는 어찌 되든 상관없어. 그 대신———."

나는 두 남자를 힘껏 노려보았다.

그랬지. 이 말을 제일 먼저 해두었어야 했어.

그러지 않았으니 내가 여기에 온 이유를 이 녀석들이 이해하지 못하는 게 당연하겠지.

"그 대신, 토우카 씨를 손가락 하나라도 건드려 봐. 그때는 너희들, 어디로 도망치든, 어디에 숨든, 타임 리프든 뭐든 해서라도 찾아내서 박살을 내줄 테니까———, 각오해라."

내 말……, 그리고 눈빛에 두 남자는 한순간 입을 다물었다.

그리고 무언가를 떨쳐내려는 듯이 둘이서 동시에 내게 달려들었다.

아, 이제 슬슬 한계일지도 모르겠다.

더 이상 맞으면 서 있을 자신이 없다.

하지만 나는 쓰러지지 않아.

지키고 싶은 사람이 있으니까.

이 사람만큼은 반드시 내가 지킬 거니까.

———그러니까, 나는 쓰러지지 않아!!

"이봐, 이봐, 소중한 손녀딸을 울린 괘씸한 녀석이 있다고 해서 와 봤더니……, 터무니없이 바보 같은 남자가 있잖아."

우리 뒤쪽. 길게 이어지는 돌계단에서 딸깍, 딸깍, 날카로운 나막신 소리가 울렸다.

그리고 몸집이 큰 백발 남자 한 명이 천천히 모습을 드러냈다.

"꼬맹이, 그게 네가 말했던 정의라는 거냐? 꽤 까다로운 정의잖아."

"쿠, 쿠마지 씨……."

"하찮군. 결국 그렇게 너덜너덜해지기만 하고 말이야."

갑자기 나타난 백발 남자를 보고 히라이와 이이지마는 당황해하면서도 금방 여유로운 표정을 지으며 말했다.

"이봐, 영감님, 지금은 좀 바쁘거든. 걸리적거리니까 다른 데로 가라고. 안 그러면 쓴맛을 볼 거야."

쿠마지 씨는 그런 남자를 힐끔 보고는 내 머리에 큼직한 손바닥을 얹으며 낮은 목소리로 말했다.

"그래도, 뭐, 저기 어떻게 해볼 수도 없는 나약한 녀석들보다는 훨씬 사나이 같군."

그리고 내 눈앞에 떡 버티고 섰다.

"꼬맹이, 네가 지키고 싶은 녀석이 누군지도, 뭘 하고 싶었던 건지도 잘 알겠다. 납득은 안 된다만, 겁쟁이라고 했던 건 정정하마. 그걸 사과하는 의미에서 이제 내게 맡기거라."

매우 크고 듬직한 뒷모습이 내게 말했다.

쿠마지 씨의 말을 듣고 히라이가 짜증을 내며 땅바닥을 세게 박찼다.

"이봐, 너무 건방지게 지껄여대면 영감이라고 해도 안 봐준다고!"

하지만 쿠마지 씨는 그 기백에 꿈쩍도 하지 않고 나른하다는 듯이 입을 열었다.

"나는 공수도 도장을 하고 있어서 말이다. 어린애들에게도 가르치고 있는 입장상 이렇게 나약한 것들에게 무도를 쓰면 모범이 안 된다. 하지만 독학으로 호신술이라는 것도 하고 있지. 호신술이란 몸을 지키기 위해 쓰는 거다. 젊은이가 나이든 노인을 괴롭히려 하고 있군. 네 정의라는 걸 존중한다고 해도 정당방위라면 상관없겠지? 꼬맹이."

나는 쿠마지 씨에게 대답했다.

"네."

"그러냐."

쿠마지 씨는 그렇게 말하자마자 오른쪽 발을 앞으로 내밀었다. 그러자 히라이가 주먹을 크게 휘둘러서 때려눕히려는 듯이 쿠마지 씨의 품속으로 파고들었다.

그것은 한순간이었다.

옆에서 보고 있던 나조차도 무슨 일이 일어난 건지 알 수가 없을 정도로 화려하게 히라이의 몸이 공중으로 떠올랐고, 빙글빙글 돌면서 땅에 처박혔다.

"크헉……! 끄으, 아아……."

땅바닥에 거세게 부딪히는 소리와 함께 고통스러워하며 신음하는 히라이.

정신을 잃지는 않은 것 같지만, 몸이 움직이지 않는 모양이었다. 일어서지 않았다. 일어나기는커녕 표정이 새파랗게 질린 걸 보니 순식간에 그의 뇌에 진짜 강한 상대에 대한 공포가 새겨진 게 틀림없다.

그 모습을 처음부터 끝까지 보고 있던 이이지마는 뒤로 물러났지만, 흥분 상태였기에 아드레날린의 효과로 공포의 감각이 마비된 모양이다. 이런 상황에서도 쿠마지 씨를 노려보았다.

"왜 그러냐, 애송이. 네가 와주지 않으면 정당방위가 안 되는데. 얼른 덤비거라. 이 나약한 녀석."

"이 영감이이이이!"

쿠마지 씨의 도발에 넘어간 이이지마가 세차게 땅을 박찼다. 덩치가 큰 남자가 마치 멧돼지처럼 가속하는 그 박력은 그의 일그러진 얼굴까지 포함해서 말로 표현하기 힘든 공포를 부추겼다.

나는 그 모습을 확실하게 바라보았다.

이이지마가 왼손으로 간격을 재면서 단숨에 쿠마지 씨를 향해 달려들었다. 몸을 비틀며 쿠마지 씨의 얼굴을 향해 오른쪽 주먹을 쭉 날렸다. 하지만 그 주먹은 쿠마지 씨의 볼을 아슬아슬하게 스치며 허공을 갈랐다.

그와 동시에 쿠마지 씨의 굵직한 두 손이 갈 곳을 잃은 이이지마의 오른팔을 꽉 붙들고는 재빠르게 몸을 통째로 넘겼다.

"──흐읍!"

"크헉……!"

멋진 업어치기 한판이다.

땅바닥에 부딪힌 충격으로 얼굴이 일그러진 이이지마를 보고 쿠마지 씨가 한마디 남겼다.

"단련이 부족하군."

오래된 신사 경내에 어른 남자가 두 명이나 쓰러져 있는 광경은 이상했다.

남자들은 끙끙대기만 할 뿐, 몸을 일으키지 못하고 있었다.

쿠마지 씨는 곧바로 굴러다니던 남자 두 명을 가볍게 들어 올리고는 어깨와 옆구리에 끼고 걸어가기 시작했다.

"자, 그럼 내가 잘 아는 지구대에 이 녀석들을 넘기러 가볼까."

눈 깜짝할 새에 벌어진 일이었다.

바람처럼 사라지려 하는 쿠마지 씨에게 나는 힘이 빠진 채 말을 걸었다.

"쿠마지 씨, 감사합니다."

"흥."

쿠마지 씨는 내 쪽으로 고개를 돌리지도 않고 무뚝뚝하게 코웃음 쳤다.

그리고 돌계단으로 발을 내디디려다가 갑자기 멈춰서서는.

"꼬맹이, 잘 견뎠다."

그런 말만 남기고는 그곳을 떠나갔다.

나는 긴장의 끈이 단숨에 풀려서 알아보기 쉽게 비틀비틀 주저앉았다. 아, 무서웠다. 남자들하고 쿠마지 씨, 둘 중 누가 무서웠는지 굳이 말할 필요도 없을 것이다.

"나나야 군! 병원! 병원 가자!"

곧바로 달려와 준 과장님의 목소리는 떨리고 있었고, 그 예쁜 눈에는 당장에라도 흘러넘칠 듯한 눈물이 맺혀 있었다.

"괜찮아요, 단련해서."

"장난칠 때가 아니잖아!"

"죄송합니다……. 그런데 전 병원보다 먼저 가고 싶은 곳이 있거든요. 이제 곧 불꽃놀이가 시작되죠? 어제 갔던 그 숨겨진 명소, 같이 가실래요?"

"이런 상황에서 무슨……."

"이런 상황이니까 그렇죠. 이런 기회는 별로 없으니까……, 별로 못 모으긴 했지만, 은혜 포인트를 쓰고 싶거든요."

"그게 무슨 소리야……, 영문을 모르겠네. 애초에 당신, 자기가 무슨 상태인지 알기나 해? 입에서는 피가 나고, 그렇게 두들겨 맞고."

"과장님."

나는 둑이 터진 것처럼 쏟아져 나오는 과장님의 말을 일부러 가로막고는 그녀의 눈을 보며 말했다.

"부탁드릴게요."

"그, 그래도……."

"그럼 선향 불꽃놀이 승부에서 이긴 소원을 아직 말하지 않았었죠. 지금 쓸게요. 카미조 토우카 씨———, 저하고 같이 불꽃놀이를 봐주실 수 없을까요."

그녀는 고개를 숙이고 자그마한 손으로 주먹을 꽉 쥐었다. 그리고.

"……바보."

항상 그랬듯이 귀엽게 대답을 해주었다.

◆

　호수가 제일 아름답게 보이는 광장 가장자리 근처에서 걸터앉기에 딱 좋게 평평한 바위를 발견한 나는 주머니에 넣어두었던 손수건을 꺼냈다. 그것을 바위 위에 깔고 과장님에게 말했다.

　"앉으세요."

　"고, 고마워."

　과장님은 약간 쑥스러운 듯이 유카타의 옷자락을 잡으며 거기 앉았다. 나도 옆에 앉았다.

　"오니키치에게 전화를 해보니 비와코 선배랑 만난 모양이네요. 쿠마지 씨도 함께 계시고, 비와코 선배도 꽤 진정한 모양이니까 이쪽은 느긋하게 불꽃놀이를 보고 와도 괜찮다고요."

　"그래⋯⋯, 다행이야. 할아버님께서 함께 계신다면 안심이네."

　"그건 그렇고, 쿠마지 씨가 와주셔서 살았어요. 용케도 우리가 여기 있다는 걸 알았네⋯⋯."

　"내가 비와코한테 할아버님에게 연락하라고 했거든."

　"네?"

　이야기를 들어보니 과장님은 아무런 생각도 없이 신사에 숨은 게 아니었던 모양이다.

　곧바로 연락이 되고, 그러면서도 자신들이 있는 곳을 정확히 알려줄 수 있는 어른. 그 조건을 만족시키는 것이 쿠마지 씨였다. 원래 이곳은 쿠마지 씨와 할머니가 추억을 만든 곳이다. 거기 숨어있다고 하면 확실하게 합류할 수 있다. 그래서 일부러 사람들이 많은 곳을 피해서 돌계단을 올라왔다고 한다. 하지만 쿠마지 씨가 오기도 전에 두 남자에게 들켜버린 게 오산이었다. 과장님은 그 결과, 비와코 선배와 내가 험한 꼴을 당하게 해서 미안하다고 오히려 사과를 했다. 험한 꼴을 당한 건 과장님도 마찬가지일 텐데.

"당신이야말로 어떻게 우리가 신사에 있다는 걸 알았어?"

"아, 맞다!"

"뭐, 뭐가?"

"유이토 씨!"

"어? 오빠?"

어이쿠, 과장님에게서 확실하게 유이토 씨와 혈연관계라는 증언을 받아내 버렸는데. 오빠라고? 어? 미래의 연애 멘탈리스트 Yuito가 과장님의 오빠라고?

"뭐, 이야기하면 길어지고, 애초에 저도 아직 마음의 정리가 안 되었으니 이 이야기는 그만 하죠."

"뭐야?! 어떻게 된 건데?! 나나야 군, 오빠랑 알고 지내는 사이야?!"

"네. 지금 과장님의 심정이 완전히 제 심정이에요."

"무슨 말인지 전혀 이해가 안 되는데."

그렇게 이야기를 주고받다 보니 갑자기 휘이익, 공기를 가르는 소리가 호수 너머에서 들려왔다. 그리고 잠시 조용해졌다가, 성대한 소리와 함께 여름의 밤을 장식하는 꽃이 피어났다.

새까맣던 호수의 수면에 반짝이는 빛이 반사되었다.

나와 과장님은 동시에 그 빛을 받았고, 그리고 그 빛에 넋이 나갔다.

"예쁘다……."

"그러게요……."

"여기 말이지, 비와코네 할아버님께서 할머님께 프로포즈를 하신 곳이래."

"어?! 그래요?"

"응……, 그러니까 할아버님께는 소중한 추억이 있는 곳이겠지."

"……멋진 추억이네요."

나는 쿠마지 씨가 프로포즈를 하는 모습을 상상하면서 불꽃놀이의 흔적을 바라보았다.

아마 내가 지금까지 봐온 불꽃놀이 중에서 제일 아름답게 인상에 남을 불꽃놀이일 것이다.

그것은 경치가 연출한 박력 덕분일 게 분명하다.

하지만 그것보다 곁에 과장님이 있다는 것이, 무엇보다 내 뇌에, 마음에, 무엇과도 맞바꿀 수 없는 추억이 되기 위해 강하게 새겨지고 있기 때문이라는 생각이 들었다.

두 번째 불꽃놀이가 올라갔다.

두 번째가 터질 때는 화려한 빛을 받고 있는 그녀의 옆얼굴을 보고 있었다.

말로 표현할 수 없을 정도로 예뻤다.

물론 불꽃놀이보다 과장님이 더 예쁘다는 느끼한 말을 할 수 있을 리가 없었기에 나는 그저 말없이 그 모습을 바라보는 방관자가 될 뿐이었다.

"그러고 보니까……."

갑자기 과장님이 작은 입술을 움직였기에 나는 가슴이 두근거리는 와중에 눈을 피했다.

"네, 네."

"비와코 때문에 이것저것 움직여준 모양이던데."

"아……, 네. 그래서 진짜 힘들……, 비와코?! 그러고 보니까 아까부터 은근슬쩍 비와코라고 불렀어! 아, 비와코 선배도 과장님을 토우카라고 이름만 불렀고!"

"무슨 소릴 하는 거야? 비와코는 예전부터 나를 이름으로 불렀잖아."

"풀 네임으로 말이지! 카미조 토우카랑 토우카는 천지차이라고! 꼴등하고 수석 정도 차이라고!"

"풀 네임보다 과장님이 더 순위가 낮을 것 같은데."

"어……."

"덕분에 제대로 사이좋게 지내게 되었다고요."

"아니, 설마 비와코 선배, 사이좋게 된 김에 다 털어놓아 버린 건가? 엄청 복잡한 심정인데."

뭐, 그래도. 아무튼 비와코 선배의 소원이 이루어졌다면 만족스럽다. 역시 힘든 일일수록 해냈을 때 달성감이 크다.

"과장님께도 도움이 되어서 기쁘네요."

"……? 내게도?"

"네. 과장님은 고등학생으로 돌아와서 첫 번째와는 다른 청춘을 누리고 싶다고 하셨잖아요. 저도 이제 알겠거든요. 과장님은 친구들과 함께 지내는 고등학교 생활을 하고 싶었던 거라는 걸 깨달았어요. 그러니까 비와코 선배하고 사이좋게 지내면 결과적으로 과장님의 꿈에도 가까워질까 해서요."

"저, 저기……, 내가 누리고 싶은 청춘이라는 건. …………아니, 그래. 그럴지도 모르겠어. 비와코랑 친구가 되었고……, 나오나 오니키치 군하고도 사이좋게 지내게 되어서, 나는 첫 번째보다 훨씬 유쾌하고 즐거운 청춘을 보내고 있어. 고마워, 나나야 군."

"그건 과장님 자신의 힘이잖아요. 저는 딱히 한 게 없어요."

"겸손하구나."

"겸손하게 굴면 상사가 사내평가를 좋게 준다고 신입 시절 때 배웠거든요."

"누가 그랬는데."

"나카가와 계장님."

"……나 참."

몇 번째 불꽃일까. 이번에는 연속으로 작은 불꽃이 이곳저곳에서 마구 피어났다.

그 연속 불꽃 러시가 끝나자 잠시 뜸이 생겼고, 산이 정적에 휩싸였다.

그리고 갑자기 과장님이 진지한 목소리로 말했다.

"있지, 나나야 군."

"……네."

"진심을 말하자면 말이야……, 나, 아까 엄청 무서웠어."

그 목소리는 가냘프고 당장에라도 깨질 것 같은 유리 같아서.

"엄청 무서웠어."

나는 왠지 과장님이 사라져버리는 것 아닐까 하는 불안한 마음에 무심코 그녀의 손을 잡았다.

"죄송해요, 무섭게 해드려서. 제가 과장님에게 좀 더 빨리 왔다면……, 아니, 애초에 늦잠 같은 걸 안 잤다면 이런 일은."

"아니야……!"

과장님이 자신의 손을 잡고 있던 내 손을 다른 쪽 손으로 맞잡았다.

"아니야! 나나야 군이 잔뜩 맞고, 잔뜩 다치고! 이대로 가다간 돌이킬 수 없는 일이 벌어져버리는 거 아닐까 해서……! 만약 나나야 군에게 무슨 일이 생기면 어쩌지 해서……, 그게 엄청 무서웠어……!"

조용해진 밤하늘에 다시 불꽃이 올라갔다.

정신을 차리고 보니 그녀는 울고 있었다.

"그렇게 터무니없는 짓을 하고……! 시시한 오기나 부리고……! 정말……. 무서웠다니까……. 무서웠다고……, 으흐흑……."

나는 다른 쪽 손으로 울먹이는 과장님의 머리를 쓰다듬고 불꽃놀이를 올려다보며 말했다.

"시시한 오기가 아니에요. 남자의 오기라고요. 소중한 사람을 지키고 싶은 남자의 오기죠. 저는 과장님을 누구보다 존경하니까요. 과장님에게 정말 많은 도움을 받았고, 누구보다 큰 은혜를 느끼고 있으니까요. 그러니까……, 가끔은 저도 은혜를 갚게 해주세요."

"흐윽……, 바보오오오오……."

과장님은 내 어깨에 얼굴을 묻고 자그마한 몸을 떨었다.

나는 그런 그녀를 끌어안고 싶다는 생각이 들었다.

그저 순수하게, 끌어안아주고 싶다고 생각했다.

거절당할지도 모른다.

그게 무섭지 않다고 하면 거짓말일 것이다.

하지만, 그래도 상관없다.

그래도 상관없다.

무섭더라도 받아들이고, 그럼에도 불구하고 맞서고 싶다고 스스로 정한 거라면.

그건 내가 정말로 하고 싶은 거니까.

떨고 있는 그녀에게, 내가 정말 좋아하는 카미조 토우카에게.

———해주고 싶다고 생각한 거니까.

"토우카 씨, 끌어안아도 될까요?"

나는 과장님의 어깨에 살며시 손을 얹은 다음, 촉촉한 눈을 바라보았다.

그녀는 한순간 내 눈을 본 다음, 곧바로 고개를 숙였다.

"………………안 돼."

그렇게 작은 목소리로 말했다.

"그런가요……, 죄송합니다, 이상한 말을 해서."

나도 작은 목소리로 대답했다.

그러자 그녀가 고개를 들었다.

"이렇게 몸이 상처 투성이가 됐으니까, 안정을 취해야 하잖아."

"…………과장님."

"───내가 끌어안을 거야."

그녀는 그렇게 말하고 나를 살며시 끌어안았다.

"오늘만……, 특별한 거니까."

부드럽고 따스한 온기가 내 온 몸을 감쌌다.

마지막 불꽃이 올라간다.

그녀에게서 희미하게 치자꽃 향기가 났다.

"그러고 보니까 과장님, 유카타……, 잘 어울려요."

"……정말, 너무 늦었잖아, 바보야."

여름의 향기다.

── ▌ 에필로그

   정신을 차리고 보니 여름방학도 눈 깜짝할 새에 끝나고 새 학기가 시작되려 하고 있었다. 사회인이든 학생이든 장기 연휴라는 건 마치 신칸센처럼 초고속으로 지나가고, 우리는 다시 역마다 정차하는 완행열차를 타게 된다.

   나를 흠씬 두들겨 팬 그 두 사람이 어떻게 되었는가 하면, 쿠마지 씨가 들쳐메고 지구대로 끌고 간 것까지는 좋은데 실제로 맞은 피해자는 나 뿐이기에 피해 신고를 할지 여부가 내 판단에 달리게 되었다. 어떻게 할까 생각하던 나는 역시 그런 어른은 갱생해야 한다고 생각하고 결단을 내렸다.

   결과적으로 피해 신고는 하지 않았다. 그 대신, 쿠마지 씨가 운영하는 공수도장에는 무도를 열심히 배우는 어린이들 가운데 덩치가 큰 남자애 두 명이 신입으로 들어와 날마다 엄하게 배우게 된 모양이었다.

   참고로 그런 사건이 일어나고 있던 와중에 나오와 오니키치가 뭐 하고 있었는지 신경 쓰여서 나중에 물어보니 그냥 둘이서 축제를 즐기고 있었다고 한다. 정말 그 두 사람답다.

   교문을 지났을 때, 마침 그 두 사람의 뒷모습이 보였기에 나는 빠른 걸음으로 다가가 말을 걸었다.

   "이봐~, 좋은 아침~."

"오, 나나찌, 오랜만! 다친 데는 이제 괜찮아?"

"그래, 덕분에. 일단 병원에도 가봤는데 타박상 정도라 크게 다친 곳은 없대."

"그거 다행이네! 나나찌가 무사해서 텐션 맥스! 매드 맥스!"

뭔가 새로운 용어가 나왔네. 단어 선택이 전체적으로 낡았단 말이지.

"나나야~, 만약에 수업 중에 또 아파지면 내 가슴을 만져도 되거든~?"

"수업 중에 갑자기 자리에서 일어나서 네 가슴을 만지러 가면 선생님이 '이봐, 갑자기 뭐야?'라고 할 거 아냐!"

"그래도 아프면 어쩔 수가 없잖아."

"애초에 네 가슴에 통증을 완화시켜주는 효능은 없어!"

2학기가 되었는데도 이 친구들이 떠들썩한 건 마찬가지인 모양이다.

한숨을 쉬면서도 무심코 웃어버리는 나도 마찬가지지만.

셋이서 나란히 건물 입구를 향해 걸어가기 시작하는데 뒤쪽에서 터무니없이 큰 목소리로 말다툼을 하는 소리가 들렸다. 우리는 무슨 일인가 싶어서 돌아보았다.

"뭐어?! 분명히 대령이 범인이거든! 마지막에 그 미소 못 봤어?! 그런 건 무조건 숨겨진 주제가 있는 거야!"

"너는 어째서 그 감동 스토리를 그렇게 비뚤어진 각도로만 보는 거야?! 대령님의 깊은 애정에서 나온 미소잖아!"

"보통 무덤 앞에서 웃어?! 그 녀석, 분명히 저질렀어! 틀림없거든!"

"너, 휴먼 드라마 영화를 본 적도 없어?!"

"아니, 그거 서스펜스 코너에 있었던 거거든!"

"뭐어?! ……뭐어?! 나는 몰라!"

아마 이 학교 2학년 중에서 제일 예쁜 미인과 제일 귀여운 갸루일 것 같은 두 사람이 나란히 내용이 잘 이해가 안 되는 말싸움을 하면서 이쪽으로 다가왔다.

주위에 있던 학생들이 일제히 그 두 사람의 압도적인 미모와 파멸적인 말투에 주목했다.

그런 금발과 흑발 여자애에게 거유가 아무렇지도 않다는 듯이 말을 걸었다.

"과장님, 비와코, 왜 그래? 아침부터 그렇게 사이좋게."

"나오퐁, 이게 어디가 사이좋게 보인다는 거야?! 비와는 토우카에게 열받았거든!"

"맞아, 나오! 나야말로 이렇게 말을 안 듣는 금발 갸루에게 열받았어!"

"자자~, 무슨 일이 있었는지 나한테 이야기 해봐."

왠지 나오가 제일 어른스럽게 보이는데!

"어제 말이지, 비와 방에서 토우카하고 빌려온 영화를 봤거든."

아니, 엄청나게 사이가 좋잖아!

"그래, 그래, 그런 다음에 노래방에 가서 적당히 노래를 부르고 그 영화의 감상회를 하게 되었던 거야."

그러니까 영화의 감상회 같은 건 사이좋은 사람들밖에 안 한다고! 게다가 노래방까지 같이 가고 말이야!

"그랬더니 토우카가~!" "그랬더니 비와코가~!"

이제 됐어! 뭐야! 처음부터 그렇게 사이좋게 지내지! 이번 여름에 내가 해온 분투는 대체 뭐였는데! 은혜 포인트를 두 배로 내놔! 이미 써버렸지만!

뭐, 그래도 잘됐네. 그렇게 무서운 일이 있었지만, 그걸 뛰어넘었기에 두 사람의 우정이 더욱 깊게 이어진 건지도 모르겠다. 그리고 두 사람이 활기차게 보이는 것 같아 다행이다.

그렇게 꽤 좋은 생각을 하고 있는데도 말싸움은 멈추지 않았다.

나는 어이없어하면서도 두 사람의 어찌 되든 상관없는 싸움을 가로막으며 인사를 했다.

"비와코 선배, 좋은 아침이에요."

"오, 나나노스케~, 좋은 아침~!"

표정이 확 바뀌면서 밝은 목소리로 인사해주는 비와코 선배. 역시 갸루다.

그러고 보니⋯⋯, 그런 생각에 주위를 둘러보면서 항상 비와코 선배와 함께 다니던 사람들을 찾아보니 예상대로 몇 명이서 눈을 동그랗게 뜬 채 이쪽을 보고 있었다. 뭐, 그렇게 되겠지. 이번 여름방학 때 그녀의 교우 관계에 무슨 일이 벌어진 건지. 응, 그런 생각이 들긴 하겠지.

자, 인사를 해야 할 선배가 한 명 더 있다.

과장님과 만난 건 그 사건 이후로 처음이다.

솔직히 쑥스럽긴 하지만 쓸데없이 동요하는 모습을 보이면 더

287

껄끄러울 것이다. 지금은 남자답게 당당히 나가야지.

"과장님도 좋은 아침이에요!"

"…………."

"과장님……?"

"…………."

무시하고 있어?!

어째서?!

그렇게 생각하고 있자니.

"……좋은 아침."

작은 목소리가 들렸다. 다행이다. 무시하는 건 아닌 모양이다.

하지만 안심한 것도 잠시, 과장님은 눈조차 마주치지 않고 성큼성큼 걸어가버렸다.

어? 역시 뭔가 화가 났나?

"나나노스케~, 토우카를 화나게 만든 거야~? 저 애는 화나면 무섭다고~."

마치 남 일이라는 듯이 이히히히 웃고는 비와코 선배도 과장님을 쫓아갔다.

멍하게 서 있던 내게 동급생 두 명이 살며시 양쪽 어깨를 두드려 주었다.

"나나찌, 뭐, 인생을 살다 보면 이런저런 일이 있기 마련이야."

"응, 나나야, 신경 꺼."

내가 무슨 짓을 했다고?!

호, 호, 호, 혹시, 그날, 불꽃놀이를 보면서 분위기에 몸을 맡기고 건방지게도 부하가 상사를 끌어안고 싶다고 해서, 냉정해진 뒤에 분노가 치밀어 올랐나?!

그, 그럴 수가! 이번 여름에 둘 사이의 거리가 확 가까워졌다고 생각했던 게 나뿐이었어?!

젠장! 역시 여심은 이해가 안 돼!

그렇게 결국 언제나 안타까운 내 2학기가 시작되었다.

◆

나, 카미조 토우카는 동요하고 있었다. 2학기가 시작되고 비와코와 함께 등교한 것까지는 좋았지만, 설마 아침부터 나나야 군하고 마주칠 줄이야.

그의 얼굴을 볼 수가 없다.

볼 수 있을 리가 없다.

그런 일이 있었는데, 부끄러워서 볼 수가 없잖아!

끌어안았거든?! 허그했다고! 아, 그때 감촉을 아직 잊을 수가 없어!

하지만, 하지만 말이야.

그 여름방학 때 이후로 처음 만난 시모노 나나야는 아무렇지도 않다는 듯이, 요만큼도 동요하지 않고 인사를 해왔다고.

어? 나만 부끄러워하는 거야?!

그런 것 따위는 마음에 담아둘 정도도 아니라는 거야?!

어째서 그렇게 태연한 표정으로 나를 보는 거야?!

안 되겠다. 얼굴이 뜨겁다.

볼 수가 없다. 대답할 수가 없다. 숨을 쉴 수가 없다.

겨우 나온 말은.

"……좋은 아침."

그게 한계였다.

그래서 나는 도망치듯이 그곳을 떠났다.

아니, 그 태도는 대체 뭔데!

불꽃놀이 때 그건 내가 좋다는 거 아니었어?!

이른바 호감을 보여준 거 아니야?!

꽤 호감이었잖아!

으~, 열받아~. 이번 여름에 거리가 단숨에 가까워졌다고 생각했던 건 나뿐이었던 모양이다.

아~, 그 녀석의 마음을 알 수가 없다.

정말, 진짜.

실수투성이인 부하가 내게 호감을 보이는 이유를, 전혀 알 수가 없다.

후기

자, 앞날개에서 이어지는 이야기입니다만, 여러분, 여름과 겨울, 어느 쪽이 더 사랑의 계절이라고 생각하시나요?

본편을 읽어주신 분께서 망설임 없이 '여름!'이라고 말하실 수 있을 만한 이야기가 되었다면 좋겠다고 생각하는 작가, 토쿠야마 긴지로입니다. 뭐, 저는 겨울파지만요.

학생 시절의 여름방학은 길죠. 그리고 왠지 가슴이 두근거리죠.

올해 여름은 무슨 일이 일어날까⋯⋯. 혹시 신기한 워프 게이트가 나타나서 이세계 모험이 시작되나? 아니면 산속에서 초 미래적인 로봇을 발견해서 쥬브나일 이야기가 개막되나? 현실도 밀리지 않습니다. 강호 라이벌 학교와의 합동 합숙과 뜨거운 연습 시합인가?!

아니! 엄한 여자 상사와 고등학교 시절로 타임 리프해서 다시 보내는 여름방학 라이프죠!

뭐, 이런 느낌으로 제 마음속에 소용돌이치는 청춘 파워를 작렬시킨 것이 이번 작품입니다.

여전히 나나야와 토우카, 이 두 사람은 애가 탑니다만, 역시 어른이라고 해야 하나, 인생 경험을 쌓은 사람답게 마지막에는 꽤 대담한 행동을 했죠. 어른의 연애치고는 아직 갈 길이 멀지만요⋯⋯.

의외로 쉽사리 잘 풀릴 것 같다는 생각도 드는 나나야와 토우카의 관계, 하지만 그 두 사람이니까요. 혹시 생각이 있으시면 여러분께서도 계속 그들이 나아가는 모습을 지켜봐 주시면 좋겠습니다.

2권에는 새로운 캐릭터가 나오거나, 마지막 부분을 어떻게 할까 같은 문제로 담당 편집자분께 의논하는 경우도 많았고, 평소보다 더 신세를 졌습니다. 조금이라도 독자 여러분들께서 즐기실 수 있게끔 앞으로도 한데 뭉쳐서 노력해나가려 합니다.

그리고 이번에도 일러스트를 담당해주고 계신 요무 선생님, 정말 감사합니다.

만나 뵈었을 때 몰래.

"2권에 요무 선생님께 부탁드리고 싶은 장면이 있거든요~, 우후후후후~."

라고 기분 나쁜 느낌을 엄청 드러내며 말씀드렸습니다만, 정말, 최고의 일러스트를 그려주셔서 이 사람은 소원을 이루어주는 진짜 신이구나! 저는 전달받은 일러스트를 보고 두 손을 모아 기도했습니다. 굳이 말할 필요도 없이 토우카가 트윈테일이 된 바비큐 장면이죠. 토우카의 트윈테일, 파괴력이 대단하지 않나요? 요무 선생님……, 아니, 신이시여. 감사합니다.

그밖에도 많은 분들께서 도와주셨고, 1권 때부터 응원해주신 독자 여러분의 성원 덕분에 무사히 이번 2권을 낼 수 있게 되어 감사의 말씀 드립니다.

앞으로도 부디 잘 부탁드립니다.

토쿠야마 긴지로

역자 후기

안녕하세요, 천선필입니다.

『엄한 여자 상사가 고등학생으로 돌아갔더니 내게 호감을 보이는 이유』 2권, 재미있게 읽으셨는지 모르겠습니다.

이번 2권은 여름방학으로 시작해서 여름방학으로 끝났던 것 같습니다. 여름방학, 그야말로 학생들의 특권이죠. 나중에 학교를 졸업해서 회사를 다니거나 다른 직업을 가지면서 사회인이 되면……, 정말 가끔이라도 좋으니 한 달 정도 푹 쉬고 싶다는 생각을 하게 되는 것 같습니다. 학생일 때는 몰랐는데, 어른들이 '방학이 부럽다'라고 하는 이유를 나중에야 알게 되었거든요. 아마 독자 여러분 중에 학생 분들도 많이 계실 것 같은데, 실감이 되시나요? 하긴 방학이라고 해도 요즘은 학원이나 다른 것들 때문에 제가 느꼈던 방학과는 다를지도 모르겠습니다. 이 후기를 읽고 계신 독자 여러분들께서는 자유로운 여름방학, 겨울방학을 보내셨으면 하는 마음입니다.

이왕 이야기를 시작한 김에 작품과 관련이 별로 없는 이야기를 좀 더 해보자면, 저 같은 경우에는 대학교부터 진짜 방학이었던 것 같습니다. 제가 학교를 다닐 때는 방학 때도 자율학습이라는 명목으로 학교에 나가야 했거든요. 요즘은 어떤지 잘 모르겠지만, 그런 이유 때문에 거의 두 달 정도 되는 기간인데다 다들 성인이라 사회적인 제약에서 해방된 상태이고, 아르바이트 등으로 약간의 경제력까지 갖추고 있었던 대학생 시절의 방학이 더 기억에 남는 것 같습니다. 물론 대학교에도 계절학기라고 해서 원하는 사람들은 수업을 들을 수 있었습니다만, 저는 계절학기를 신청한 적이 단 한 번도 없었습니다. 방학 때는 놀아야죠.

이런 생각을 하면서『엄한 여자 상사가 고등학생으로 돌아갔더니 내게 호감을 보이는 이유』2권을 번역하였습니다. 매번 그랬듯이 감사의 말씀 드리고 후기를 마치려 합니다.

항상 신경을 많이 써주시는 담당 편집자분, 그리고 책을 내는데 도움을 많이 주신 소미미디어 관계자 여러분, 그리고 가족 여러분. 감사합니다.

그 누구보다 감사드리고 싶은 분은 독자 여러분입니다. 제가 이렇게 무사히 번역을 마치고 후기를 쓸 수 있는 것도 독자 여러분 덕분이라 생각합니다. 진심으로 감사드립니다.

다시 찾아뵙게 될 때까지 행복한 하루 보내시길 바랍니다.
감사합니다.

천선필

KIBISHII ONNA JOSHI GA KOKOSEI NI MODOTTARA ORE NI DEREDERE SURU RIYU 2
~ RYOKATAOMOI NO YARINAOSHI KOKOSEI SEIKATSU ~
Copyright © 2021 Ginjirou Tokuyama
Illustrations copyright © 2021 YOM
Korean translation rights arranged with SB Creative Corp.
through Japan UNI Agency, Inc., Tokyo

엄한 여자 상사가 고등학생으로 돌아갔더니 내게 호감을 보이는 이유 2

2022년 04월 15일 1판 1쇄 발행

저　　　자 | 토쿠야마 긴지로
일러스트 | 요무
옮 긴 이 | 천선필
발 행 인 | 유재옥
본 부 장 | 조병권
담당편집 | 박치우
편집 1팀 | 김준균 김혜연 박소연
편집 2팀 | 정영길 조찬희 박치우
편집 3팀 | 오준영 곽혜민 이해빈
디 자 인 | 김보라 박민솔
라 이 츠 | 한주원 이승희
디 지 털 | 박상섭 이성호 최서윤 김지연
발 행 처 | (주)소미미디어
인쇄제작처 | 코리아피앤피
등　　　록 | 제2015-000008호
주　　　소 | 서울시 마포구 토정로 222, 403호(신수동, 한국출판콘텐츠센터)
판　　　매 | (주)소미미디어
영　　　업 | 박종욱
마 케 팅 | 한민지 최정연 한소리
물　　　류 | 허석용 백철기
전　　　화 | 편집부 (070)4164-3962, 3963 기획실 (02)567-3388
　　　　　　 판매 및 마케팅 (070)4165-6888, Fax (02)322-7665

ISBN 979-11-384-0895-0
ISBN 979-11-384-0602-4 (세트)